恋愛イニシアティブ

Azusa & Kazuhisa

佐木ささめ

Sasame Saki

エタニティ文庫

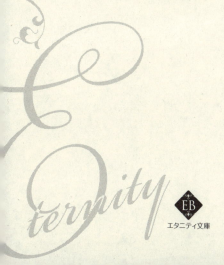

目次

恋愛イニシアティブ

プロローグ

帰りたいな。

最近、ふとした瞬間にそう思うことが増えた。

山代梓《やましろあずさ》はキーボード上で軽やかに躍《おど》らせていた指を止め、視線を窓の外に広がる蒼穹《そうきゅう》へ移した。澄んだ空の青は郷里の名古屋と変わらない色合いで、彼女の瞳を染めている。

八月の下旬に、名古屋にある本社から大分県に転勤して約一ヶ月。名東《めいとう》ホームコーポレーション大分支社の営業企画部で働く梓は、仕事中にときどきこのように空を見上げる。それは、胸の裡《うち》に湧き上がるやりきれなさや寂しさを誤魔化《ごまか》すためだ。

梓は大きく息を吐き、視線をパソコンの画面へ戻す。再び指を動かして作成中の企画書へ意識を集中させた。

この会社は、能力次第でどこまでも上に行ける実力主義だ。そして、上に行く者は必ず名古屋本社に勤務することになっている。

だから、大分支社にいても結果さえ出せば本社に戻れる可能性は十分にあるはずだ。

逆に言えば、結果が出なければいつまでもこの地に居続けなければならない。

この一ヶ月、己《おのれ》の心の重石《おもし》がとれたことはなかった。

いつまでここにいればいいのか。それともずっとここにいるのだろうか。

仕事をこなしながらも、不安が頭から離れない。そんな毎日の繰り返しだった。

あの日、彼と出会うまでは。

梓の色彩を全て塗り替え、運命までも変えた男に囚《とら》われるまでは——

1

九月下旬のまだ残暑が厳しい時分、唐突にソレはやって来た。廊下から、どよめきが聞こえてくる。

「え？　いったいなに？」

黄色い悲鳴まじりの声など、転勤してから初めて聞いた。梓が思わずそう疑問を零《こぼ》すと、隣の席に座る事務員の水野《みずの》が答えてくれた。

「あ、山代主任は初めてですね。うちの会社の税理士さんがいらっしゃったんですよ」

「税理士さん？　なんでこんなに騒がしいの？」

本社では、梓が所属していた営業企画部と経理課のフロアが違っていたので、税理士に会う機会は全くなかった。税理士という職業は、会社を騒々しくさせる存在なのだろうか。

するとスク水野がクスクス笑いながら教えてくれた。

「見れば分かりますよ。……ホラ」

カチャリ。扉が開く音と共に背の高い影が入室してくる。

その瞬間、フロア内の空気が動いた。若い女性からパートのおばちゃんまで、「女」の性を持つ者達が一斉に熱を孕《はら》んだように見える。

梓は、その存在を目にして瞳をまん丸に見開いた。

す、すっごいイケメン！　これはかっこいい！

百八十センチ以上は確実にある長身に、見事に整った容貌《ようぼう》。鼻筋はすっと通っており、ゆるく弧《こ》を描いた唇は色っぽい。やや切れ長の、深い色合いの瞳を見つめていると、こちらの魂が吸い取られそうなほど、水際《みずぎわ》立《だ》った男前だ。

「……ものすごくいい男ね。あの人が税理士？」

水野に問い掛けると、彼女はうっとりとした表情で彼を見つめたまま頷く。

「はい。去年からうちの税理士さんになった方なんです。林和久《はやしかずひさ》さんとおっしゃって、三十四歳の独身なんですよ」

「ふーん、詳しいわね」

人間離れした美貌にドキドキしつつも、少しだけ既視感《デジャヴ》を抱いて梓は首をひねった。うーん、どこかで見たことがある顔だわ。梓は記憶を探りながら、応接ブースへ向かう男の姿を目で追う。

すると、男がブースに入る直前、一瞬だけ視線をこちらに向けた。梓の眼差しと交わった刹那《せつな》、美しい顔に笑みが浮かぶ。だが、それは「ニヤリ」という表現が相応《ふさわ》しい禍々《まがまが》しいもの。彼女の背筋に悪寒《おかん》が走った。

なによ、今の。梓が絶句しつつチラリと隣の人物を見ると、水野は未だに酔いしれた顔で税理士が消えた辺りを見つめている。どうやら彼の黒い笑みを好意的に捉えているようだ。

ってことは私だけ？　誰もあの表情を不吉に思わないの？

梓は目を瞬《またた》かせて、水野と同じように彼がいた辺りを見やる。しかし当然ながらその答えは出ない。だが、梓の胸中にはなぜか嫌な予感がどんどん蓄積されていく。

ふと思い付いて、梓はパソコンへ向き直り、取引先一覧を引っ張り出した。この会社はマンションから工場まで幅広く物件を扱うリース建築を手掛けているので、人の出入りが多い。梓本人は税理士と面識はないが、営業フロアを通ったときに彼とすれ違っていたのかもしれない。

そう思って取引先一覧を見ていると、その中に、『林税理士事務所』の名前を見つけた。

梓はピンときた。

この名前……ってもしかして。

彼女が脳のデータバンクから情報を引き出そうとしていると、「山代さん、ちょっと」と呼ばれた。顔を上げると、そこには税理士と応接ブースにいるはずの経理課長が立っている。

「悪いけどお茶を出してくれる？」

「は？」

言われた内容に、梓は目を見開いてしまった。お茶くみはパートのおばちゃん達の仕事だ。正社員であり主任の立場にある梓がやることではない。

「あの、なぜ私が？」

立ち上がりながら聞き返すと、課長は申し訳なさそうな顔をして、視線を一瞬だけ応接ブースへ投げた。そして背が低い梓に合わせるようにやや腰を屈《かが》め、小さな声で話す。

「税理士の林先生がね、君にお茶を出して欲しいって言っているんだよ。その、ほんの少しだけでも話したいって」

「……」

それってつまり。

隣に座る水野が息を呑む気配を、梓ははっきりと感じた。初めて会った美貌の男性が梓にアプローチをしてきている――つまりそういうことなのだろう。

「いや、でも、仕事中ですし……」

助けを求めて直属の上司である営業課長へ目を向けるが、彼は梓と視線が合うなり親指を立てて満面の笑みを浮かべた。

グッドラック、じゃないって！

「あの、お断りしてもいいでしょうか」

「駄目」

はっきりきっぱりと断られ、梓の表情が引きつる。そんな彼女を憐《あわ》れみの眼差しで見やった経理課長は、

「あとで理由を教えてあげるから、今は頼まれてくれ。私が資料を取りに行っている間に出しておいて欲しい」

と言い残して去って行った。

しばらく呆然と立ち尽くしていた梓だったが、四方八方から好奇の視線にさらされるのが辛くなり、ふらふらと給湯室へ向かった。

でもちょっと待ってよ。話すって仕事中になにを話すのよ。税理士先生と会ったのは初めてだし、というか目が合ったのも一瞬だし。なにをどうしたらこの展開になるのよ？

梓は現在、営業企画部――売上を分析して営業戦略をたてたり、営業部員をサポートしたりする部署――に所属しているが、もともとは営業部員として多くの人と接してきた。難しい顧客との交渉にも慣れている。だがこのような事例にはお目にかかったことなどないため、パニックに陥《おちい》っていた。

それでも混乱する思考をなんとか落ち着かせて緑茶を淹《い》れ、恐る恐る応接ブースへ近付く。そこはフロアの一角を背の低いパーティションで区切っただけのスペースだ。支社長の好みで選んだ、座り心地の良いソファに例の人物がいた。

長い指で書類をめくる姿に、彼女の視線は自然と吸い寄せられる。身長だけでなく、手や足など彼は体のパーツが大きい。座高も高く、すっきりと背筋が伸びて姿勢がよかった。

ふいに彼が顔を上げて梓を見た。

男の色香をたっぷりと乗せた微笑みが彼女へ向けられる。バッチリと目が合った梓は己《おのれ》の顔面が熱を持つのを感じ、慌てて客人の前に湯呑みを置いた。次いで経理課長が座る席にも置く。そのまま顔を伏せて下がろうと思ったが、突き刺さるような眼差しに負けてほんの少し目を上げた。

「お疲れ様です。仕事の手を止めさせてしまい申し訳ありません」

声だけで背筋が震えたのは初めてだと梓は思う。脳髄《のうずい》を揺らす低くて蠱惑的《こわくてき》なセクシーボイス。梓は返事もできずに固まってしまった。

今、私は自分でも分かるほど顔が赤くなっている……

たかが声でここまで反応するな、と己《おのれ》を叱咤《しった》するものの自分の意思ではどうにもできない。林税理士はその反応に気を良くしたのか、美貌の笑みをますます深くして名刺を差し出した。反射的に受け取ってしまい、しまった、と臍《ほぞ》を噛むけれどもう遅い。

「仕事抜きで会えませんか？　連絡を待っています」

彼は輝かんばかりの笑顔を振りまいて上機嫌だ。梓は本気で意味が分からなくて呆気にとられた。

「で、でも、あの――」

「あぁ、山代さんありがとう」

梓の声を遮《さえぎ》るかのように、重そうな資料の束を抱えた経理課長が入ってくる。梓はお盆と名刺を持って応接ブースをそそくさと退出した。

給湯室を片付けて自席に戻ると、待ちかねた様子の水野が話し掛けてきた。

「山代主任、林先生になにを言われたんですかっ？　まさか付き合ってくださいとかじゃないですよね」

険のある顔つきでまくし立てた水野は、梓が手にしている名刺に素早く目を向け、眉間に皺《しわ》を寄せる。

「……そこに書いてある番号って、プライベート用の番号じゃないんですか？」

言われて気が付いた。名刺には手書きで携帯電話番号が記されていたのだ。

そういえば連絡をくれって言っていたわね。

ようやく冷静になってきた梓は、大きく息を吐いてからその名刺をびりっと破った。

「あっ！」

水野が漏らした声は思いのほか大きく、周囲の視線を集めてしまう。彼女は亀のように首を竦《すく》め、その状態のまま梓に話し掛けた。

「なんで破っちゃうんですか、もったいない」

その顔には、「捨てるぐらいなら私にちょうだい」とはっきり書かれている。だが梓は曖昧《あいまい》に答え、更に細かくちぎってごみ箱へ捨てた。

梓は彼へ連絡をするつもりなど更々なかったし、かといって受け取った名刺を無断で他人へ渡すつもりもない。そのまま捨てて、仮に名刺を拾った誰かが彼へ電話を掛ければ、梓が名刺を捨てたことがばれてしまうだろう。だから、念入りに紙吹雪状態にしてごみ箱に捨てたのだ。

梓は仕事を再開したが、脳の片隅で先ほどの男を思い出していた。

びっくりするほど綺麗な顔立ちだった。しかも背が高くバランスの良い体躯《たいく》。彼がやって来た時に女性社員が騒いだのも頷ける。税理士ではなくモデルか俳優でもやればいいのに、とお節介なことを考えてしまうほどイケメン。

梓だって人並みの美意識を持つのだから、あれほど魅力的な男性に秋波《しゅうは》を送られれば胸がときめいてしまう。だが心の奥底で警鐘《けいしょう》が鳴り響くのだ。なにかおかしい、と。

初めて会った——というか目が合っただけの——美形に惚れられるほど、自分は絶世の美女ではない。己《おのれ》の外見を客観的に表現するならば、メイクで作られたそこそこの容姿、といった感じだ。身長が百四十八センチしかないのもあって、二十九歳になった今も可愛いと言われることがある。しかし、あんな美男子に釣り合うほどではない。この状況には裏があると思って当然だろう。

更に言うなら、あのときの彼の表情。初めて目が合ったとき、一瞬だけ見せた不敵な笑み。腹黒さを如実に表したあの微笑を思い出すたびに、梓は背筋が小さく震えてしまう。

君子危うきに近寄らず、よ。それに私はしばらくの間、恋なんてしたくない……

梓は胸の奥でくすぶる小さな痛みに気付かないふりをすることにした。

だから彼が仕事を終えて応接ブースから出てきても、熱い視線を向けられても、梓はパソコンから目を離さなかった。

午後八時を過ぎた頃。梓のデスクに経理課長が近付いてきた。

「お疲れ様、山代さん」

いつもなら遠くから声を掛けるだけなのに珍しい。そこで梓は彼が昼間に言った、『あとで理由を教えてあげるから』という言葉を思い出す。きっと理由を話しにきてくれたのだろう。

「お疲れ様です。……会議室へ行かれますか？」

まだ社員がちらほらと残っている。言いにくい話ならば場所を移した方がいいだろうと気を利かせて言うと、経理課長は静かに頷いて先に会議室に向かった。梓はパソコンをロックしてからその後に続く。

二人は蒸し暑い空気が籠もる会議室の窓を開け、シンプルな会議用デスクを挟んで向かい合う。そこで梓は経理課長から意外すぎる林税理士との繋がりを聞き、唖然とした。

林税理士事務所は、本社社長に紹介されたのだという。

昔から業務をお願いしていた税理士が高齢で引退することになっていたため、一年ほど前から新たな税理士を探していた。すでに何人か候補がいたのだが、ある日突然、遠く離れた本社の鶴の一声で林税理士事務所と契約することになった。どういう関係なのかまでは知らないが、本社社長と繋がりがある以上、林税理士の機嫌を損ねない方がいいと経理課長は思っているのだという。

そこまで聞いた梓は、経理課長の前で失礼だと思いながらも、大きな溜め息をついてしまった。なぜ急にそんな小さな税理士事務所がうちと契約できたのか、分かってしまったのだ。

「……ありがとうございます、課長。なぜお茶くみを断れなかったか、よーっく分かりました」

「すまんね山代さん。そういうわけだから来月も頼むよ」

経理課長は申し訳なさそうに告げて帰っていった。

そういえば、うちの税務監査は毎月あるんだったわ。

梓は席へ戻りながら、深い溜め息をついた。

2

秋も深まる十月上旬の三連休。

最終日となる今日、梓は大分県宇佐《うさ》市に住む親友の希和子《きわこ》の家へ遊びに来ていた。彼女は、以前名古屋本社の同じ部署で働いていた後輩だ。

数年前に大分県人と結婚した彼女は、名古屋から離れて、夫の家族と同居している。同居とはいっても夫の実家は資産家で広大な敷地を持っているため、離れで夫と子供と共に住んでいるのだが。おかげで梓も遊びに行きやすい。

大分県で唯一《ゆいいつ》の友人なので、梓は希和子と会うのをいつも楽しみにしていた。しかし……

「梓せんぱーい、なにキョロキョロしてるの？」

「い、いやぁ、別に」

今日ばかりは早く帰りたかった。というかここへは来たくなかった。梓がもっとも会いたくない人物が、この敷地内に住んでいるからだ。だが親友から、

『最近全然会えなくって寂しいですー！　もう一ヶ月はご無沙汰ですよ。三連休って一日も空いてないんですか？　あーいーたーいー！』

という可愛らしいメールを受け取ってしまっては、無下にできない。それに会いたいのは梓とて同じ。結局、遠い宇佐市まで電車に乗って——梓は大分市在住なので、同じ大分県内であっても距離はかなり離れている——遊びに行くことを決めた。ただ希和子はもうすぐ臨月に入る妊婦なので、あまり長居はしないつもりだ。

離れにいるので夫側の親族には会わないはずなのだが、やはり落ち着かない。母屋《おもや》からなるべく見えないようなルートを選びながら離れの玄関まで歩いてきたが、向こうは自分がここにいることに気付いているかもしれない。

もし気が付いていたら。

それを考えるとお尻がむずむずしてくる。

そんな梓の様子を見て、希和子が訝《いぶか》しげな顔で聞いてきた。

「先輩、本当に今日はどうしたんですか？　もしかしてアノ日？」

「違うわよ。……その、今日って母屋にご家族はいらっしゃる？」

「へ？　そりゃいますよ。旦那さまはこっちの離れにいるけど」

「それはいいんだけど。……ねぇ希和子。うちの会社が林税理士事務所と契約したのって、あんたの紹介？」

「あ、驚きました？　実はお兄さんに頼んでおいたんです。嫁ぎ先の仕事が増えたらいいかなーっと思って」

ふふふ、と嬉しそうに笑う表情は愛らしいが、今回ばかりは「なに余計なことをしてくれるのよ」と言ってやりたい気分だった。

なぜなら、梓に声を掛けた林税理士は希和子の夫の兄なのだ。

林税理士事務所は、この敷地内にある希和子の夫の実家。ちなみに希和子自身は名東ホームコーポレーション代表取締役社長の妹であり、会長の娘でもある。本社社長にとって林税理士は、義弟の親族となるのだ。

めっちゃコネ契約じゃん。そりゃお茶くみも断れないわよ。

しかし悲しいかな、会社勤めの身である以上、こういったしがらみは避けられない。

それでも思わず溜め息が零《こぼ》れてしまう。

「……なんで希和子の旦那がうちに来ないかなぁ」

「別に旦那さまが行ってもよかったんですけど、大分支社へはお義兄さんが行きたいって言ったらしいですよ」

やっぱりな。あれほどのイケメンがごく普通の女に、数秒目が合っただけであからさまなモーションを掛けるなど信じられない。あれは間違いなく梓のことを知った上での行動だ。

梓は八月下旬に大分支社へ転勤してきたとき、一度だけ希和子の家へ遊びに来ている。おそらくそのときに自分を見たのだろう。何を気に入ったのかは知らないが、全く嬉しくない。あの無駄にキラキラと輝く美貌の男が梓に声を掛けたせいで、若手の女性社員から恨みがましい目つきで睨まれ、パートのおばちゃんからは興味津々の目で見られるのだから。

営業企画部がある三階のフロアに、二十代の女性社員は梓と水野しかいないので、まだいい。しかし、一階にある店舗で一般向けの賃貸物件の対応をする部署には女性スタッフが多い。すれ違うたびに睨まれるなんてたまったものではない。眼差しが痛いなんて初めての経験だ。

「あの、梓先輩、会社でなんかありました？　旦那さまの方がいいとか言うなんて……もしかしてお義兄さんが仕事で何か失敗でもしたんじゃ……」

眉間に皺《しわ》を寄せた梓を見て、希和子が不安そうに尋ねてきた。

「ううん、そうじゃなくってさ。ただなんとなくだけど、お義兄さん、私のことを知ってるみたいな感じだったから」

「そりゃ私の結婚式で会ったことがあるからじゃないですか？」

「……」

そういえばそうだった。三年前、梓は新婦友人として、林税理士は新郎の兄として出席しているはずだ。どうりで見たことがある顔だと思った。すっかり忘れていたけれど。

すると希和子がなにかを思い出したのか、「あっ」と小さな声を出した。

「この間、梓先輩がうちへ来たとき、お義兄さんに先輩のことを訊《き》かれました」

「ふ、ふーん。どんな風に？」

「えっと、『今日来てた子って友だちか』って訊かれたから、今月から大分支社に転勤してきた、会社の先輩だって答えただけです」

ということは、一ヶ月ほど前に何か気に入られるようなことがあったということか。

いつ見られたのかサッパリ分からないけど。

「希和子、お義兄さんって他にはなにか言ってなかった？」

「いえ、それ以外はなにも。……あの、本当はなにかあったんじゃ……？」

「あー、すっごいイケメンが来たって会社中の女の子達が騒いでたから、印象に残ってて」

「あぁ！　お義兄さんって旦那さま以上のイケメンでしょ。びっくりしませんでしたか？」

「そうね、『色々』な意味で驚いたわ」

色々、の部分を強調してみたけれど、もちろん希和子には通じない。

「でしょー！　ちょっとおかしなところがあるけど、まぁ悪い人じゃありません」

身内にもそう言われるなんて、やっぱりおかしいのか、あの人。

梓が思うに、彼はおそらく自分の行動が相手を追いつめることを理解している。あれほどのイケメンなら、己《おのれ》の容姿が周囲にどのような作用をもたらすかなんて、よく知っているはずだ。なのに、あんなに堂々と梓へ粉をかけて無駄な諍《いさか》いを引き起こそうとする理由とは。

――クレームでも何でもいいから、私から彼に連絡するように仕向けているとしか思えない。

梓はそっと額を手で押さえ、溜め息をつく。なにか理由があってそうしているのだろうが、もう少しやり方を考えて欲しかった。いや、それ以前にできればそっとしておいて欲しかった。自分は恋愛をする気はさらさらないのだから。

梓はしばらく希和子と雑談した後、日が沈みはじめたので帰ることにした。

「じゃあ、そろそろ帰るね」

「では送っていきまーす」

もうちょっとお喋《しゃべ》りしたかったが、林税理士と遭遇したくない。駅まで送っていくと申し出てくれた希和子に甘え、玄関を出て車庫へ向かう。

すると二人の気配を察したのか、敷地内で放し飼いになっている十二頭もの犬達が吠えながら近寄ってきた。

林家は近所から犬屋敷や犬御殿などと呼ばれているらしい。希和子の義両親が無類の犬好きで、捨て犬の里親を探すというボランティア活動をしているのだ。ただ引き取り先の見つからなかった犬達はこの家で飼うことにしているため、こうして大所帯になってしまったそうだが。

梓も犬好きなので、喜んで犬に近付いた。犬達の中でも一番好きな柴犬へ顔を近付ける。すると口の周りをペロペロと舐められた。無邪気な犬の行動に癒《いや》される。

いい気分で車庫へ向かったものの、どうやらそこは梓の鬼門だったらしい。車の整備をしていたのだろう、見覚えのある顔があった。

「あぁ、もう帰るの？」

げっ！　林税理士!?　なんでここにいるのよ！

まるで梓が帰るのを待っていたかのように佇《たたず》む男を見て、梓の足が一歩、二歩と後退する。

「お義兄さん、友達を駅まで送ってくるねー」

「なんだ、それなら俺が送っていくぞ。妊婦は大人しくしていろよ、危ない」

それは嫌だ！　旦那はどうした！　と梓は心の中で喚《わめ》いた。

梓がここへ来るときは駅まで希和子の夫が迎えに来てくれたので、帰りも送ってもらいたい。

だが、かろうじて仕事で培《つちか》った笑みを貼り付けた。

「いえ、お気持ちはありがたいんですが、まだ希和子と話したいこともあるので――」

「赤ん坊が泣いているぞ」

彼が指差した離れから、確かに赤ちゃんの泣き声が聞こえてくる。

「あっ、やだ寝てたと思ったのに！　じゃあお義兄さん、すみませんがお願いします」

「あぁ、任せてくれ」

「ちょ、希和子！」

「梓先輩、ごきげんよう～」と足早に立ち去る友人の声が、風と共に吹き抜ける。友人へ伸ばしていた梓の手は、虚《むな》しく空を掴んだ。

「では行きましょうか」

義妹との会話と比べてやけに丁寧になった口調が、心持ち弾んでいるように聞こえるのは気のせいだろうか。梓はごくりと口内に溜まった唾液《だえき》を呑み込んでから口を開く。

「あ、あの」

「はい？」

「お気持ちは大変嬉しいのですが、歩いて帰りま――」

「ここから最寄り駅まで十五キロ以上ありますよ」

まずい。梓は背筋を冷や汗が伝うのを感じた。

「えぇっと、来るときは弟さんに乗せてもらったので――」

「あいつ、今、出掛けているんです」

使えないな、旦那！

全く罪のない友人の夫を心の中で非難した梓は、それでも諦めずに最後の抵抗をしてみる。

「確かこの辺りってバスが走っていたと思うんです。それを使えば――」

「駅まで何回か乗り換えの必要がある上、休日だと一日一往復って路線もありますよ」

あぁ、八方塞《はっぽうふさ》がり。このままここで意地を張っていても帰れないので、梓は仕方なく彼が開けたドアから助手席に乗り込んだ。

車が走り出してすぐ、彼の方から話し掛けてきた。

「日が落ちると結構寒いですね。寒気などありませんか？」

「いえ、大丈夫です」

「それは良かった」

なにやら笑いを含んだ声が憎らしい。梓は緊張で声が固くなっているというのに、相手は余裕な態度だ。しかも車内は密室なので相手の声がよく響く。車庫で話をしていたときよりも低くてやや渋い声が梓の脳髄《のうずい》を揺らす。

そういえばこの男は無駄に声が良かった。ウグッと腰にくる衝撃を、慌てて背筋を伸ばすことで誤魔化《ごまか》した。

もうこうなったらここで決着をつけてやる。梓はこれは仕事の延長なのだと無理矢理考えることにして、彼に目を向けた。

「あの、先日会社で名刺をいただきましたが、あれはどういった意味でしょう」

「どう、とは?」

疑問の体裁をとっているが、梓の言いたいことなど分かっているのだろう。面白そうに微笑む表情は、彼女の予想を肯定するものだ。梓は苛立《いらだ》ちを抑えて話を続ける。

「正直なところ困惑しております。話したこともない方から、いきなりあのような行動をされましたので」

「貴女の連絡先を知りたくて、ついあのような方法をとってしまいました。気に障《さわ》ったのなら謝ります。申し訳ない」

ちっとも申し訳なく思っていない口調で返されると、さすがに腹が立つ。

「何か用事があるのでしたら、希和子——義妹さんに訊《き》けばいいのでは？」

「訊いてもよかったですか？　貴女としては」

「……」

なんかヤダ。とっさに浮かんだのは否定の気持ちだった。「友人を介して男性と知り合う」のならまだしも、「友人を介して、友人の家族である男性と知り合う」というのには微妙な遠慮がつきまとう。付き合ったとしても別れたりなんかしたら大変気まずい。

「でもやっぱりあんな派手なやり方は止めて欲しかったです」

「では仕切り直しで。俺と付き合いませんか？」

直球が飛んできた。デッドボールを受けたかのように、梓の頭部が左右に揺れる。

「……あのですね、私と付き合ってもつまらないと思いますよ」

「おや、なぜ？」

小さく笑う声が車内に響く。彼がこの会話を楽しんでいるのは明らかだ。

「今まで仕事一辺倒でしたので、気が利いた会話もできませんし」

「構いませんよ。そういったことは、こちらが心配するものでしょう」

「そうかもしれませんが。それに休みが不規則になる可能性が高いのです」

会社は基本土日祝祭日は休みだが、営業部員に合わせて休日出勤になることがあるのだ。

しかし彼は梓の抵抗をあっさりといなす。

「それなら大丈夫です。俺は自営業だから休日は調整が利くので」

ちっ、と梓はうまくいかない流れに胸中で舌打ちをする。

「とりあえずメシを食いにいきませんか。確かこちらに来てまだ一ヶ月ほどですよね。地元には結構旨《うま》いものがあるんですよ」

「……ありがとうございます。でも、私より他の方と食事に行かれた方が楽しいと思いま——」

「それは俺が決めることだ」

梓の言葉を遮《さえぎ》るように放たれた言葉は、さっきまでの丁寧な口調ではなかった。義妹である希和子と話していたときの口調に近い。

「俺は君のことが気になるけど、まだ詳しいことはなにも知らない。君も俺のことを知らないだろ？　お互いどういう人間か判断するためにも、まずは話す機会を持つべきじゃないかな」

「……そうですね」

「手っとりばやいのは飲みに行くことだけど、酒は君が警戒しそうなんで止めておくよ。まずは食事だけ。お互いを知るためにも、どう？」

「あなたの言い分は分かりました。ですが、もう少し時間をください」

「なんで？」

「今は仕事に集中したいのです。まだこちらに来たばかりで、精神的な余裕もないものですから」

　大分支社に勤務することになった梓の目標は、売り上げが落ちている営業部門の業績アップだ。そのためには、今までおこなってきた土地所有者に対するリース建築の営業戦略を一から見直す必要があるし、営業部員への指導もある。

　ここへは遊びに来ているわけではないのだ。まず第一に仕事をしなければ、と梓は考えていた。

「お食事はある程度、仕事が落ち着いてからではいけませんか？」

「ふーん、どのくらい？」

　一年とか二年とか言ってやろうか、と思ったが、二人きりの密室状態で相手の機嫌を損ねるのはまずい。

「営業は二月と八月が手空きになるので――」

「まさか二月まで待てとか言わないで欲しいな。今は十月だよ？」

　先手を打たれてしまった。まぁ、でも普通はそうだろうな。

　梓は内心で頷きながら折衷案《せっちゅうあん》を告げる。

「では年が明けてからはいかがですか。あと三ヶ月くらい経てば、だいぶ落ち着くと思いますので」

「確か『ドア・イン・ザ・フェイス・テクニック』だっけ？　負担の大きい条件を提示してから、それより負担の少ない本命の要求を呑ませるのって。営業の仕事でも使うの？」

……こいつ馬鹿じゃないな。己《おのれ》の思惑を読まれた梓はそっと唇を引き結ぶ。

「そういうわけではありませんが、突然の話に驚いていますので」

「俺が名刺を渡してから一週間は経っているけど」

「急《せ》いては事を仕損じますよ」

「善は急げって言うでしょ」

こいつはやはり、ただ見た目がいいだけのイケメンじゃない。かなりアクが強い男だ。梓の方からアクションを取らざるを得ない状況を作ろうとしたことといい、今のやりとりといい、計算高いと断言できる。

確か水野が、彼は三十四歳の独身だと言っていた。これほどの美男子がその歳まで独身というのはちょっと解《げ》せない。身に着けているものは仕立てが良く一流品だとひと目で分かるし、自宅の規模から考えても金銭に不自由はしていないはず。

そして自分をデートに誘うくらいだから、女嫌いでもない。希和子が言っていたとおり、ちょっとおかしな人物なのだろう。

「……分かりました。とりあえず今月中にはご連絡します。それでよろしいですか」

「よろしくないけど仕方ないね。でも月末までおあずけってのは勘弁してくれよ」

悪戯《いたずら》っぽく微笑む男に、梓は引きつった笑みしか返せなかった。

3

そして連休明け。だるい気持ちで出社した梓を待ち受けていたのは、女性社員達の嫉《しっ》妬《と》の嵐だった。

「おはようございま……す」

ロッカールームに入ったとたん、女性社員から憎々しげな視線を浴びてしまう。語尾が伸びてしまったのは、驚きで一瞬固まってしまったからだ。

いったいなんなの。連休前から睨まれてはいたけれど、こんなに憎しみを込めた眼差しではなかった。いつもは堂々と振る舞う梓だったが、女性社員のほぼ全員から恨みのオーラを飛ばされればさすがに怯《ひる》む。

早くこの場から立ち去ろうと、そそくさと自分のロッカーに荷物を入れて鍵を掛けた。ロッカーの扉がほんの少しヘコんでいるのは気のせいだろうか。

だが、ここで余計な詮索《せんさく》をしてはいけない。そう思ってロッカールームを出ようとしたが、入り口を女性達に塞《ふさ》がれてしまった。

「……退《ど》いてくれない？」

言っても無駄なんだろうなと思いつつ、力の入らない声で告げてみる。予想通り素直な返事はもらえず、険のある声で問い返された。

「山代主任。昨日の夜、大分駅前で貴女の姿を見かけました」

「車から降りて来るところだったんですけど、あの車って林先生ですよね」

「白のアテンザ。ナンバーも同じでした」

「チラッと見た運転席の人の顔も、林先生だと思います。あの人を見間違えるはずないもの」

「どういうことか説明してください」

なるほど、こういうことか。梓は正面に立ち塞がる女性社員を眺めて納得する。

昨夜、林税理士に送ってもらったとき、自宅ではなく最寄りの大分駅前で降ろしてもらった。住んでいるところを知られたくなかったからだ。まさかそこを職場の人間に目撃されるとは。よほど自分の運勢は悪いらしい。

「あのね、もう始業まで十分を切っています。皆さん持ち場につきましょう。話を聞きたいなら仕事が終わってからにしてください」

あんた達は何しに会社へ来ているんだ。そう怒鳴ってやりたいのをぐっと堪えて言う。

もちろんそれで彼女達が引くとは思っていない。案の定、四方八方から罵声《ばせい》が飛んできた。

「こっちの質問に答えなさいよ！」

「なんでアンタが林先生と一緒なのよ！」

「抜け駆けすんじゃないわよ！」

「名刺もらったからっていい気になってんなよ！」

「とっとと話しなさいよ！　このチビ！」

「そうよ！　あんたみたいなチビじゃ先生と釣り合わないわよ！」

身体的なコンプレックスを突くな。百四十八センチしかない身長を気にしているので耳を塞ぎたくなるが、弱味を見せまいとなんとか抑え、金切り声を右から左へ聞き流す。

とりあえず彼女達が落ち着くのを待とうと、言い返さずに突っ立っていることにした。

すると、突然ロッカールームの扉を激しく叩く音が響いた。女性社員達がピタリと口をつぐむ。

「おい！　ここでなにをやっている!?　もう始業時間だぞ！」

一階の賃貸仲介を統括するチームリーダーの声だ。女だらけの職場をまとめる強面《こわもて》で、かなり厳しいことで有名な社員である。彼の一喝《いっかつ》に、梓を除くこの場の全員が硬直した。

梓は、扉の前に立つ女性社員達を押し退けてドアを開ける。

「おはようございます。お騒がせして申し訳ありません」

「山代主任、これはどういうことだ？　彼女達はなにを――」

「申し訳ありません。ロッカールームにゴキブリが出て、誰が退治するかで揉めていたんです」

「……俺の聞き間違いか？　君を罵倒《ばとう》する声が聞こえたと思ったんだが」

「気のせいでしょう」

首を傾けて柔《やわ》らかく微笑むと、眉間に皺《しわ》を寄せていたチームリーダーはさらに渋い顔を作る。だが梓が営業時代に培《つちか》った接客用の笑みは、簡単に崩れたりしない。しばしの間、苦虫を噛み潰したような顔と営業スマイルがぶつかっていたが、先に折れたのはチームリーダーの方だった。

「……君達、早く仕事を始めなさい」

彼は、梓の背後で固まっている女性社員達へ向けて言う。梓が振り返ると、彼女達が蜘蛛《くも》の子を散らすようにしてロッカールームから出ていくところだった。

「山代主任、庇《かば》うことはないぞ」

「まぁ、貸しを作っておいた方がいいかと思いまして」

それに女性という生き物は、集団になると恐ろしいほどのパワーとエネルギーを生み出す。できれば敵に回したくない。

「ああいう女達は、一度ガツンと言ってやった方がいい」

「私もそう思いますが、とりあえず今は仕事が優先ですので」

今日は午前中に営業部員に同行する予定が入っているので、急いで準備をしなければならない。梓は彼に礼を言って、小走りでオフィスへ向かった。

しかし、それで女性社員達の怒りが収まったわけではなかった。同行訪問から帰ってきて、お昼に自分のデスクでお弁当を広げていると、いつもなら外に行く水野がコンビニのサンドイッチを片手に寄ってきた。営業事務の水野とは席が近いので、帰社してからずっと監視されているような気配を感じていたのだが……

「で、山代主任、林先生と付き合っているんですか？」

ギラギラと光る瞳。肉食系女子とはまさにこういう子を指すんだな、と思いながら梓はおにぎりを頬張る。

「付き合っていないわ。だいたい、先生からいただいた名刺は破って捨てたでしょうが」

水野は梓のあからさまな拒絶を見ているせいか、今朝の吊るし上げには参加していなかった。とはいっても林税理士に惹かれている一人には違いないし、彼が梓にアプローチしたことを社内に広めた張本人でもある。こうやって梓から情報を引き出して、他の女性社員へ報告するのだろうか。

「じゃあ、なんで林先生の車に乗っていたんですかっ」

「逆に訊《き》くけど、なんで先生の車だって思うのよ。同じ車なんて世の中にいっぱいあるでしょ」

「いいえ。先生の車は白の初代アテンザスポーツ23S、ナンバーは大分三〇〇の××－△△です。間違えようがありません！」

梓は口に運んでいた卵焼きをポロリと弁当箱へ落としてしまった。

あ、あんた達は追っかけている男の車のナンバーまで覚えているのか。そういえばロッカールームでの吊るし上げのとき、そんなことを言っていたわね。

これはもはやストーカーの域に達するのでは。

梓の心の声が聞こえたのか、はたまた水野に常識が残っていたのか、彼女は頬を染めて視線を床に落とす。

「だって先生と会えるのは月末の一回だけで、しかも宇佐に住んでいるので偶然すれ違うこともできないんです」

だから同じ車を見かけるとナンバーを確認する癖《くせ》がついているんです、と水野は続けた。

梓はそんな彼女をまじまじと見つめる。

「宇佐市に住んでいるのは知っているのね」

「事務所の住所がなぜか取引先一覧に載っていないんですよ。後をつけた子が、宇佐市で必ず高速道路を降りるってところまでは突き止めたらしいんですけど」

「……」

まさしくストーカーだ。そこまでするともはや犯罪ではないだろうか。というかそれだけの気力があるなら仕事で活かして欲しい。

梓は、子を心配する親のような心境で水野を見つめる。すると彼女は、視線を上げて強い眼差しで梓を睨んだ。

「それで山代主任。なんで先生の車に乗っていたんですか？」

まずい。平静を装い、お弁当をつっつきながらも、梓は本当のことを話すべきかどうか必死に考える。

水野の話を聞く前までは、林税理士が親友の義兄であり、昨日は親友に会いに行った帰りに、自宅近くの駅まで送ってもらっただけだと話すつもりだった。しかし彼と繋がりがあることを告げれば、きっと水野だけでなく他の女性社員達も梓に群がってくるだろう。個人情報を聞き出して、彼とコンタクトをとるために。

彼がどうなろうと知ったことではないが、希和子に迷惑をかけることは絶対にしたくない。自宅にまで彼女達が押しかけたりしたら大変だ。もうすぐ出産を迎える大事な時期なのに。

「昨日は……その、偶然宇佐市に行ってたのよ。観光なんだけど、ホラ、私って大分県に来たばっかりじゃない。だから色々な名所を回っているのよね。で、そのとき偶然林先生にお会いして、駅まで送ってもらったの。大分って交通の便が不便じゃない。それで、ね」

かなり苦しい言い訳だったが、水野は単純なのか、それとも想い人に気になる女性ができたことを認めたくないのか、ふんふんと頷いている。

「じゃあ、主任と先生って付き合っているわけじゃないんですね」

「そうよ。それに、私は先生と今後も付き合う気なんて一切ないし」

キッパリと否定すると、水野はそれを聞いて嬉しそうに微笑む。

「なーんだ、心配して損しちゃいました。でもいいなぁ、私も偶然の出会いを期待して先生を探しているのに、一度も巡り会ったことがないんです」

そう言うと水野は残りのサンドイッチを素早く平らげ、ポーチを持って軽やかな足取りで化粧室へ向かう。

彼女の後ろ姿を見送った梓はぐったりとして俯《うつむ》き、デスクへ倒れそうになる頭部を頬杖で止めた。

昨日の帰り、林税理士からアドレスを教えてくれと何回か言われたのだが、連絡は自分からすると告げて頑《かたく》なに断ったのは正解だった。

彼と付き合うつもりなどないので、今後の接触も避けなければならない。約束を反故《ほご》にするのは気が引けるけれど、自分を守るためだ。

それに、新しい恋で失恋の傷を癒《いや》すなんて芸当ができるほど、自分は器用な人間ではないのだから……

4

ロッカールームの出来事から三週間ほど経った十月の末。月に一回、林税理士が会社に来る日がやってきた。

梓はなんとかこの日に外出できないかと画策したが、やはり今年の運勢は悪いらしく、徒労に終わった。会いたくない人物と顔を合わせるかもしれないと思うと、朝からソワソワして落ち着かない。

ちなみに梓以外の女性社員は、別の意味で朝からソワソワしていた。誰の目から見ても彼女達の化粧はいつもより濃く、香水の香りもキツイ。経理とは関係のない部署の人間も、「あぁ、今日は税理士さんが来る日だな」と気付いてしまうほどである。

十時半を過ぎた頃、廊下から前回と同じようなざわめきが聞こえてきた。どうやら梓を悩ませる元凶が華麗に舞い降りてきたらしい。梓は額を押さえて小さく呻《うめ》く。

そして件《くだん》の男性が営業フロアに入ってくると、声にならない嬌声《きょうせい》がそこかしこから上がった。

「あらあら、お出ましのようね」

からかいを含んだ声をパートのおばちゃんから掛けられたが、梓は仕事に没頭しているふりを貫き、パソコン画面を見つめて自分に降り注ぐ視線をやり過ごす。だが悪い予感は当たるもので、さっそく経理課長から声を掛けられた。

「山代さん、悪いがお茶を頼む」

経理課長は申し訳なさそうに言い、資料を集めに行った。その背中を見送り、梓は渋々と立ち上がる。

あぁ、やっぱりお茶出しの指名を断ってはくれないのね。ホステスじゃないんだから、と思いつつも、林税理士は社長の身内だから仕方ない、と念仏のように己《おのれ》に言い聞かせて給湯室へ向かう。

約束を反故《ほご》にし続けていることを責められるかもしれない。その状況を想像して、思わず梓は胃の辺りを手で押さえる。

こんなことなら素直に連絡するべきだったかしら。しかしそこではたと気付く。名刺を破ってしまったので、彼の連絡先を知らないことに。

希和子に訊《き》けばすぐに分かるだろうが、まだ彼女にこの状況を知られたくない。もちろん、林税理士事務所にプライベートな内容の電話を掛けることは憚《はばか》られる。どうやら自分で自分の首を絞めてしまったらしい。

梓は溜め息をひとつ落としてお茶を淹《い》れる。意趣返しに苦いお茶でも淹れてやろうか、と意地悪な考えが頭を過《よ》ぎるけれど、生来の真面目な気質がそれを拒む。己の愚直さを歯がゆく思いながら丁寧に緑茶を淹れると、応接ブースへ運んだ。

そこには相変わらず素晴らしいほど男前な税理士が、書類を片手にパソコンを操作していた。現在、梓の頭痛の種であるその人物は彼女の気配に気が付くと、すぐに顔を上げる。

にこり、と屈託ない笑顔で見つめられて、拍子抜けしてしまった。相変わらず、思わず見入ってしまうような美貌だ。

「お久しぶりです。やはりお会いできるのはこのときだけのようですね。残念だ」

彼は、前回希和子の家で会ったときのやや砕けた口調を隠して丁寧に話す。だが、その言葉の端々に約束をすっぽかされたことへの恨みが込められているのはよく分かった。

「……そうですね。職場以外でお会いする理由はないと思いましたので」

「では、理由があれば会いに行ってもいい？」

「理由？」

「ええ。この仕事は昼までには終わりますから、一緒に食事でもどうです？」

おいおい、あんたはなにをしにここへ来たんだ。仕事をしに来たんじゃないのか。

「お弁当がありますから。申し訳ありません」

これは嘘ではない。以前は水野と会社近くのお店でよくランチをとっていたが、林税理士から名刺を受け取って以来、彼女との関係がギスギスし始めてお弁当を作るようになったのだ。一人で出かけてもいいが、お店で社員の女の子達に会うと、ヒソヒソ話をされるので鬱陶《うっとう》しい。結局、食費の節約も兼ねて弁当を作ることにした。

そこへ山盛りの資料を抱えた経理課長が戻ってきた。梓は話はこれで終わりとばかりに素早くお茶を配り、毅然《きぜん》と背筋を伸ばして応接ブースを離れた。パーティションで見えなくなるまで背中に彼の視線がまとわりつくのを感じて緊張する。たかがお茶出しでここまで神経を張りつめたのは、社会人生活で初めてだった。

自席へ戻りパソコンへ向かうと、すぐ近くに座るおばちゃん達が笑いを押し殺しているのが見えた。それとは対照的に隣席の水野が恨みがましく睨んでくるのも。その全てを振り切って、梓は仕事を再開した。

それから約一時間半後、ちょうどお昼休みに入った頃に応接ブースで人が動く気配がした。

ようやく帰ってくれる。小さく吐息を零《こぼ》した梓だったが、不穏《ふおん》な気配が背後から近付くのが分かり、冷や汗が流れた。大きな影が現れ、天井から降り注ぐ光を遮《さえぎ》る。

「山代さん」

ちょっと部外者をフロアに入れないでよ！　いくら契約を結んでる税理士でも、ここの社員じゃないんだから！

梓は経理課長へ向かって怒鳴りたい気持ちだったが、もちろんそんなことは許されない。周囲は好奇心のために見て見ぬふりだ。

特に経理課長は、林税理士事務所との契約が代表取締役の紹介によるものだと知っているので、咎《とが》められないのだろう。もちろん梓もそれは当てはまるので、無視することもできずに「……なんですか？」と嫌々ながら答える。

「お茶、美味《おい》しかったです。ありがとう」

見上げれば悪魔の微笑みが彼女を見下ろしていた。隣席の水野がボーっと見惚《みと》れている気配を感じる。——でも私はそうならないわよ。

「山代さんも昼休みでしょう？　お昼を一緒に食べませんか？」

おいおい、あんたは人の話を聞いていなかったのか。

「先ほどお弁当があると申し上げましたが」

「もちろん覚えています。でも外はいい天気ですので、近くの公園でランチなんてどうです？」

いやです。と、梓が口を開きかけたとたん、彼は名刺入れを取り出し一枚の名刺を梓のデスクへ置く。先月受け取ったものと同じで、プライベートの携帯番号らしきものが書いてある。

「……以前もいただきましたので、結構です」

突っぱねてみたが、どうやら相手は諦めが悪いらしい。更にニッコリと微笑んで口を開く。

「破り捨てられたと聞いたので」

思わぬ台詞《せりふ》に梓はウッと詰まった。なぜ知っているのか。素早く周囲を見渡せば、経理課長が慌てて忙しそうに仕事をしだした。そういえば、社内で林税理士と世間話ができるのは経理課長だけだ。

ブルータス、お前もか！　梓は心の中で叫び、不本意ながらその名刺を受け取った。

こんな場所で喧嘩《けんか》をするのも大人げない。

「それにそちらから連絡をいただけると約束してくださったのに、一向になかったので待ちくたびれました」

そう言いながら林税理士は身を屈《かが》めて、梓との距離を詰める。

「外、行きましょうね」

ニヤリ。口角を吊り上げて微笑むその表情に、梓はぶるりと震えた。

一ヶ月前、初めて彼を見たときに感じた不吉な感覚が再び胸中に生じる。美貌の笑みが黒く見えるのはやはり気のせいではない。

梓は名刺をポケットに突っ込むと、ランチバッグを持って無言で立ち上がった。林税理士と連れ立ってオフィスを出ると、その背中に好奇心や嫉妬《しっと》心が入り混じった視線が刺さるのを感じた。

確かに外はいい天気だった。秋の柔《やわ》らかな光が、色を変えつつある葉の間から光のシャワーとなって降り注ぎ、爽やかな風が襟元をくすぐる。閉め切ったコンクリートの建物の中で、パソコンと睨めっこすることによって鬱屈《うっくつ》した気分が、解放されるようだ。会社から少し離れた公園に着くと、林税理士はコンビニへ食べ物を買いに行った。梓はベンチに腰掛けて大きく深呼吸をする。

気持ちいい。これで一人だったらもっと気分がいいんだけどな。

梓は真っ青な空を見上げて長い息を吐き出す。しばらくすると、ジャリ、と石と砂を踏み締める音が聞こえてきた。顔をそちらへ向けると、林税理士がコンビニの袋を提《さ》げて近付いて来るところだった。

「お待たせ。食べようか」

この公園に着くまでの間に、彼のご丁寧な仕事用の口調はなくなっていた。しかも、なにやら楽しそうな表情をしている。彼は梓の隣に腰掛けると、ビニール袋の中からおにぎりを取り出して包装を破った。それを横目で見ながら、梓もお弁当を膝の上で広げる。

しばらく、とりとめのない話をぽつぽつと交わしていたが、彼が三つあるおにぎりを全て平らげたところで本題に入った。

「この前会ったとき、月末までおあずけは勘弁してって言ったけど、忘れちゃった？」

「申し訳ありません。本気で忘れていました」

「酷いなぁ」

その台詞《せりふ》とは裏腹に、彼はくっくっと小さく笑う。どうやら怒ってはいないようで、梓はホッと息を吐いた。

「まさか本当におあずけにされるとは思いもしなかったよ。こんなことは初めてだ」

「では貴重な体験をされましたね」

「面白いこと言うね、君」

「いえ、私は仕事が恋人の面白味のない人間です。気が利いた会話の一つもできませんし……って以前もお伝えしたと思いますけど」

「本当にそうだったら、営業としては致命的じゃない？」

思わず舌打ちをしそうになった。というか、本当に少し音を立ててしまったかもしれない。

梓が苛立《いらだ》ちを募らせているのに、彼の方は実に楽しそうだ。

「ごめんごめん、君とのやり取りが面白くって。女性とこういう会話ができるのは久しぶりだから」

「それ、世の女性に失礼ですよ」

「でもこれが俺の本音でね。君のような人は貴重なんだ。大抵はああいう女達に囲まれるからな」

そう言って彼は視線を梓の後ろに向ける。つられて目を向けた梓は、ビクリと体を竦《すく》ませてしまった。

会社の女性社員達が、木や茂みの陰からこちらの様子を窺《うかが》っているではないか。しかもその人数はかなり多いようで、ちょこちょこ覗《のぞ》く顔は毎回違う。いったい何人、後をつけてきたのか。

意中の男を見る彼女達の表情はとろけているが、隣に座る梓を見たとたん、眼差しが針のように鋭くなる。

手が震えてきてしまい、梓は箸を膝に広げたナプキンの上へ置いた。急速に食欲が失せ、脇に置いてあった弁当箱の蓋を取って閉める。

「もう食べないの？」

「……食べる気を失くしました」

彼女の青褪《あおざ》めた顔を見た彼は、小さく頭を下げた。

「嫌な思いをさせたな。俺はああいう手合いには慣れているけど、君はそうじゃないことを忘れていた。すまん」

するとと彼の手がヒョイと弁当箱を持ち上げる。

「あっ、ちょっとなにを」

「食べないんだろ。いただきます」

ちょっと待てぇっ！　こんな衆人環視《しゅうじんかんし》の中で私の弁当をあんたが食べたら、こっちがどんな目に遭うと思っているんだ！　しかもそれ食べかけだぞ！

慌てて奪われた弁当箱へ腕を伸ばすが、百四十八センチしかない梓と、百八十センチ以上ある林税理士とでは腕のリーチが違いすぎて全く届かない。彼は悪戯《いたずら》っぽい笑みを浮かべて弁当箱を頭上に掲げている。梓は立ち上がって取り返そうとするものの、彼もまた立ってしまうのでジャンプしても届かない。

梓は全く気付いていなかったが、その光景は周囲から見れば単にイチャついているだけに見える。

「ちょっと、怒りますよ！　返してください！」

「食べないんだろ。なら俺がもらっても――」

「食べるわよ！　食べるから返して！」

「うーん、でも一ヶ月近く約束をすっぽかされた恨みがあるからなぁ。どうしよっかなー」

ここでその件を持ち出すか。梓が恨みがましい目つきで睨むと、彼は見下ろしながらいてくる。

「いやすまん。でも本当に食べないなら、もったいないんで食わせてくれよ」

「食べるって言ってんでしょ！」

歯を剥《む》き出しにして怒る梓を見て、彼はとうとう声を上げて笑い出した。あまりに長い間ヒーヒーと腹を抱えて笑っているので、怒り心頭だった梓も呆れてだんだん落ち着いてくる。

「笑いすぎよ」

「すまんっ、久しぶりに大笑いしたから止まらなかった」

「そのまま笑い死ねば？」

「ひでぇなぁ。俺が死んだら世の女性達が泣くぜ」

「その中に確実に私は含まれていないけどね」

「あー、そしたら俺が泣く。梓ちゃんに突き放されたら泣いちゃう」

幾重《いくえ》にも被った仮面を完全に剥《は》ぎ取ったらしい彼は、おどけた調子で話す。

梓はふと、今の彼の言葉にあったある単語が引っ掛かり、箸を止める。

「ねぇ、なんで私の名前を知ってんのよ」

「ん？　あぁ、嫁さんが君のことを『梓先輩』って呼んでたから」

嫁さんって、あんた結婚してたのか!?　梓が目を白黒させて驚いていると、林税理士はその表情から察したのだろう、すぐに訂正してきた。

「弟の嫁のこと。希和子って呼ぶと心の狭い弟が怒るんだよ」

でも、いくら義妹だからって本当の妹じゃないんだから、「希和子さん」が普通だろう。

そこへ梓の頭の中に親友の声が蘇《よみがえ》る。

『ちょっとおかしなところがありますけど、まぁ悪い人じゃありません』

梓は最後の「悪い人じゃありません」の部分に訂正線を引いておいた。この男は、ただのおかしな男だ。しかし、その彼は抜かりがないようだ。

「そうそう。名前と言えば、俺のことも和久と名前で呼んでくれ。でないと会社で君を梓って呼びそうだから」

「はぁぁっ!?」

あまりの衝撃で二の句が継げない。なぜ自分が彼の名を呼ばないことと、彼が自分の名を呼ぶことに繋がりがあるのか。全く脈絡がない話の流れに全身を戦慄《わなな》かせる。

「それって脅《おど》しっ!?」

「なんで？　脅される心当たりでもあったか？」

林税理士はにこやかに微笑む。その笑顔は見惚《みと》れるほど素敵だが、梓はそれどころではない。彼女の闘争心がメラメラと燃え上がった。

ちっくしょう！　今に見てなさいよっ！　怒りで頬を真っ赤にしながらも、悔しさをこらえる。口から「うぅ〜っ」と唸《うな》り声が漏れると、再び彼が笑い出した。

ゲラゲラとひとしきり笑う男を横目に、梓は食べ終わった弁当箱をランチバッグにしまった。

「話し方が変わったな」

「はぁ？」

話し方がどうかしたのか。ギロリと険《けわ》しい視線を彼に向ける。相手は全くダメージを受けていないようで、長い腕を伸ばして唇へ触れようとする。梓は慌てて仰《の》け反《ぞ》った。

「ちょっと！　いちいち触んないでっ」

「そう、それ」

「なにがよ」

「口調が砕けている。いい傾向だ」

梓はハッと手で口を押さえる。そういえばいつの間にかタメ口で喋《しゃべ》っていた。いったいいつからだろう。気が付かなかった。

満足そうに微笑む男――和久は指を引っ込め、やや表情を改めて話し掛ける。

「俺は君が気に入った。付き合いたいと思うんだけど、どうかな」

梓が顔を上げると、柔和《にゅうわ》な顔つきの和久と目が合う。その眼差しに、雰囲気に今までとは違う真摯《しんし》な気配を感じ取って目を瞬《またた》かせた。

「周りを見れば分かるだろうけど、俺はこの顔のせいで好きでもない女ばかりに囲まれてきた。そのほとんどはストーカー紛《まが》いのことをする、ちょっと常識から外れた女性だ。普通というか、まともな女性はこの顔に気後《きおく》れして近寄ってこなかった。君のように容姿に惑わされない人は滅多にいなかったんだ」

その口調の中に寂しさを感じた梓は、今までの反発はどこへやら、憐憫《れんびん》の情が湧いてきてしまった。梓はそんな己《おのれ》の心の変化に戸惑う。

「……あの、なぐさめにはならないかもしれないけど、人間の第一印象は視覚から形成されるわ。だから、貴方にたくさんの女性が近付くのは仕方ないと思う。けど、全ての女性がそういうストーカー紛いの人達だったわけじゃないんでしょう?」

「もちろん。だから昔は落ち着いた印象の女性と付き合ってみたんだぜ。けど駄目だったな。やっぱり同じことをやられた。俺に近付く人間の中で、本当にまともな女なんて一人もいなかった」

梓は少し寂しい気持ちを抱きながら頷く。まともな感覚、というか常識を持つ人間なら、好きな男性の嫌がる行為などやらないだろう。

「それで私なの?」

「そう。嫁さんちに遊びに来た君を、見かけたんだ。そのときピンときてね」

「はぁ」

やはり転勤した直後、希和子の家へ遊びに行ったときに気に入られたらしい。いったいどこが良かったのだろう、と梓は首を傾げる。

和久はさらに話し続ける。

「それで先月、声を掛けてみたんだ。この顔に惹かれない女性だったから興味を持った。しかもつけ回すようなことはしないし、話してみると面白い。くるくる変わる表情が可愛いと思ったしね」

梓は「可愛い」と言われたことに頬を染めるが、すぐに表情を引き締めて視線を地面に落とす。

これほどのイケメンに好意を示されれば悪い気はしない。だけど今の自分には恋をする余裕はないのだ。

「ごめんなさい、私……、恋愛はしばらくしたくないの」

梓は未だに数ヶ月前に別れた男の影を引きずっていた。

元彼とは社会人になってから長い年月を共に過ごした。

別れて転勤した今でも、仕事中に手が空いた瞬間や部屋で一人で過ごしているときのふとした一瞬、そして今みたいに恋愛のことを考える刹那《せつな》に、元彼とのことを思い出してしまうのだ。

和久はなにか事情があることを察したのか、俯《うつむ》き加減の梓の顔を覗《のぞ》き込んでくる。

「なら、恋愛じゃなければいい？」

「え……」

どういう意味なのか。首を捻《ひね》る梓に、彼は自然な笑みを向ける。

「俺は君を見て『好感』を抱いて、それが今日『好意』に変わった。でもたぶん、これはまだ『愛情』じゃない。それでも君を無視できない気持ちがあって、もっと君のことを知りたいと思った。だからまずは友達から始めればいいんじゃないか？」

こちらを見る目に含まれる熱が、梓の体内へ潜り込んでくる。見つめ合ったまま動けなくなった梓は、どんどん体温が上昇するのを感じてゴクリと唾液《だえき》を呑み込む。

これ以上、見ては駄目だ……

魂を吸い取られるような感覚が恐くなり、自分から視線を外して俯いた。

負けた。頬や耳、そして首筋まで熱く感じて赤くなるのが自分でも分かる。ショートヘアの梓ではその変化がバレバレだろう。そして自分の反応を眺める彼が嬉しそうな表情になるのも分かった。

「とりあえずメシを食いに行こう。飲みでもいい。前も言っただろ、お互いを知るためにも食事に行くべきだって」

「……飲み友達で終わるかもよ」

「まぁ、そうならないよう努力するよ」

彼の自然な笑顔に、梓の心がドキリと鳴った。不安を抱かせるような黒い笑みではない、柔《やわ》らかな表情が眩《まぶ》しい。何だか恥ずかしくなってきて俯いてしまう。

ふと、自分の腕時計が目に入る。昼休みが終わりに近付いているので、ここで切り上げることにした。ベンチから立ち上がる直前、連絡先を教えて欲しいと告げる和久に素直に頷いた理由は、自分でもよく分かっていない。ただ「林和久」と新たに登録されたアドレス帳を見て、不思議な気分になった。

だが——

「行きは良い良い帰りは怖い……」

「ん？　なんか言った？」

言いましたとも。公園からの帰り道、梓は和久と並んで歩きながら溜め息を落とす。

「公園に来るときは気付いていなかったからいいけど、帰りは気付いちゃったから怖いなぁって言ったのよ」

「なるほどね」

そう言いながら彼は後ろを振り返った。すると、二人をつけてきた女性社員達がパッと建物の陰に隠れる。逆に視線が合ったことに喜び、甲高い声を上げたりしている。

「……あの子達を刺激するから、送ってくれなくてもいいんだけど」

「君んとこの会社の駐車場に車を置いてあるからね。俺も行く方向が同じなだけ」

「あぁ、白のアテンザね。ナンバーは大分三〇〇の××－△△で合ってた？」

「よく知っているな」

彼女の頭上から驚愕の声が降ってくる。

「貴方の追っかけが教えてくれたのよ。連休のとき大分駅まで送ってくれたでしょ。そのとき貴方の車を見たって騒いでいたわ。ナンバーも同じだから間違いないって。すごいわよね」

「あぁ、そういうことか」

和久は納得したように頷いている。梓がナンバーを知っていたことには驚いたのに、ストーカー行為を知っても冷静だった。そのことに梓は眉をひそめる。

「驚かないの？」

「もっと驚くことを教えてやるよ。一ヶ月前、君に名刺を渡した日の夜から、俺の携帯へ引っ切りなしに電話が掛かってきた。全て名東ホームコーポレーションの女性社員からだ」

「え？」

それはどういうことなのか。目を瞬《またた》かせる梓へ、彼は「ニヤリ」と例の黒い笑みを浮かべる。

「君、俺の名刺をかなり細かく破り捨てたんだって？　彼女達は頑張って名刺を復元させたんだろうなぁ。涙ぐましい努力だよ」

　梓は目をまん丸に見開いてしまった。和久の名刺を破り捨てた時、ゴミ箱の中には他のゴミもたくさん入っていた。細かくちぎった名刺の欠片《かけら》を見つけ出すだけでも難しいはず。それなのに紙片を全て集め、元通りに貼り合わせるなんて。

　梓の足がピタリと止まる。一拍遅れて和久の足も止まった。

「すまん、胸くそ悪い話を聞かせたな」

「……ううん、私こそごめんなさい。まさかそんなことになるなんて思わなかったから」

　思い出したくもない昔の記憶がよみがえった。――そうだ、ストーカーとは常識外れなことを平然とやってのける人間だった。

「そりゃ、普通はそんなことしないからな。でも俺は慣れている。気にするな。携帯も替えたし」

「本当にごめんなさい……軽率だったわ、すみません」

　携帯を替えるという手間と費用まで掛けさせた罪悪感で、梓はしょんぼりと落ち込んでしまった。和久に促《うなが》されて歩き始めるが、だんだんと頭が下がって視線がアスファルトに釘付けになる。そんな彼女へ笑いを含む声が掛けられた。

「じゃあ立ち直る話でもしようか。以前、君を車で送っていったときの会話を覚えている？」

「へ？」

車で送ってって、連休のときのことよね。えぇっと……

宙を睨みながら梓は記憶を反芻《はんすう》する。食事に行こうと誘われて、自分はもう少し時間をくれと言って、今月中には連絡すると約束をして、でも自分はそれをすっぽかして――今に至る。だから今日、彼とランチをすることになったのだ。

……ん？

おかしい。自分が名刺を受け取った直後にそれを捨てたことを、彼は当日の夜に知らされていたという。ならば当然、その後の三連休に会ったときも知っていたことになる。しかし、それではあのときの会話に矛盾が生じる。

梓が自分の電話番号を捨てたと知りながらコンタクトを求め、『月末までおあずけってのは勘弁してくれよ』と念を押す。これはどういうことなのか。

ポカンと呆けて彼の顔を見上げると、ようやく気付いたのかと笑いながら見返してくる。

「一ヶ月もすっぽかせば、さすがに負い目を感じてくれるかなと思って放置したのさ。真面目そうな君なら、罪滅《つみほろ》ぼしでランチぐらい付き合ってくれると思って」

実際、付き合ってくれたしね。そう話す和久は悪戯《いたずら》が成功した子供みたいな表情になった。瞬時に梓の顔が怒りで赤くなる。

「だ、騙《だま》したのね！」

「駆け引きと言ってくれ」

「嘘つき！　同情して損したわ！」

「おや同情してくれたんだ。言うんじゃなかったかな」

しれっとうそぶく男は大変楽しそうに笑っている。梓は心の中で、「この策士！　腹黒！」と罵《ののし》りながら歩調を速めてズンズンと先を歩いた。会社の敷地に入るまで彼を従えるような形で歩き、そのまま振り向かずに裏口から中へ入ろうとする。だがそのとき。

「――俺のことで落ち込むことはないさ」

背後から聞こえた呟《つぶや》きに、梓は思わず足を止めてしまった。パッと振り向いた視界に映るのは、すでに背を向けて駐車場へ向かう和久の姿。とっさに梓が、「林さん」と声を掛けると、彼は振り向かずに手を上げながら、

「和久。……今夜連絡するよ、梓」

と告げて颯爽《さっそう》と立ち去っていった。

呆然と立ち尽くす梓の脳裏《のうり》に彼の声がよみがえる。

『じゃあ立ち直る話でもしようか』

彼は自分を気遣ってくれたのだ。冗談のような口調で、真実を軽やかに織り交ぜて。

梓は彼が消えた空間をじっと眺めながら、形容しがたい気持ちが胸の奥に広がるのを

感じる。

自分の胸を押さえ、知らず知らずのうちに詰めていた息を大きく吐き出した。

己《おのれ》の軽率な行動で落ち込んでいた気分を浮上させてくれた――そんな彼を少し見直す。

彼と付き合うという選択肢はないが、友達として会うのは構わないかな、と考える。

だが、その気持ちは三階のフロアに入る直前、待ち伏せていた女達にトイレへ拉致《らち》されたことで揺らいでしまったけれど。

5

女子トイレという場所は不思議だ、と梓はときどき真剣に思う。連れ立ってトイレに消える女性達は一様に化粧直しをして、ときには歯を磨《みが》き、そしてときには噂話に花を咲かせている。

梓は単独行動を好むので、つるんでトイレに行くことはない。加えて少し前まで現役の営業ウーマンだった彼女は、トイレで立ち話をするより、外回りで疲れた足を休ませたかったので、そそくさとデスクに戻っていた。

そんな女子特有の群れから外れた梓は、若手女子の中では出世頭ということもあって、たびたびトイレでの噂話のネタになった。そのほとんどは本人が耳にすればあまり愉快な話ではない。女性達は人と違う、というよりも自分と違う行動を取る同性を槍玉《やりだま》に挙げたいらしい。

不愉快な噂話など聞かなければいいと思うのだが、梓が個室に入った後にトイレに来た女性達が噂話を始めるのでどうにもならない。そういった場面に遭遇してしまうと身動きが取れなくなり、延々と己《おのれ》の悪口を聞く羽目になる。

だから梓は女子トイレがあまり好きではない。できれば自分専用のトイレが欲しいなんて馬鹿げたことを夢想してしまうほどだ。

そのトイレへ強制的に連行された梓は、平気なふりをしていたが内心泣きたかった。

「いいなぁ～山代主任。私もあんなイケメンに口説かれたいです」

「でも主任は林先生と付き合うつもりはないんですよね」

「先生とアドレス交換したんでしょ？　教えてくださいよ～」

「知らないなんて言わないでくださいね。ちゃーんと見てたんですから」

「付き合わないなら宝の持ち腐れですよ。私達が代わりにお付き合いしますからご心配なく」

「そうそう、主任の身長じゃ彼と釣り合いませんもんね。私達の方がお似合いだと思いません？」

女性社員達が声を落として「口撃《こうげき》」するのは、前回のロッカールームの一件で学習したからだろう。あのときは大声を上げて、チームリーダーになにをしているのかバレてしまったからだ。

だがそんなことを学習しないで欲しいと梓は切実に思った。それにすでに就業時間となっている今、これだけ多くの女性社員が帰ってこない時点で、なにが起きているかなど周囲は気付いているはずだ。

梓は吊るし上げメンバーの一人である水野と目が合った。前回は加わっていなかった彼女も今回は参加していた。梓の真っ直ぐな眼差しを受けてさっと目を逸らす彼女を見て、梓は寂しくもあり悲しくもあったが、なによりも可哀相だと思った。

ここへ転勤してきた当初は彼女とも仲が良かった。

水野は本社でキャリアを積んだ梓に憧《あこが》れを抱いたらしく、初日からランチに誘ってきた。仕事が遅いことを悩んでいた水野は、どうしたら業務をうまくこなせるかとよく尋ねてきたものだ。和久の話をしている時はテンションが上がるが、いたって普通の女の子で、梓も自分を慕ってくれる彼女を可愛いと思っていた。

彼が梓へ接触してからはぎこちなくなったけれど、いつか元通りの関係に戻りたいと思っていた。それなのに、とうとうこの騒ぎに加わっている。水野は梓と彼が二人っきりで出掛けるのを目の当たりにして、我慢ならなくなったらしい。

――恋って怖い。

梓は本気で実感する。こんなことをしても、恋する相手の心など手に入れられないのに。まさに『恋は盲目』だ。

だけど恋愛によって追いつめられる女の心情を、自分は嫌というほど理解している。

なぜなら梓自身も恋によって自滅して、ここに飛ばされてきたのだから。

だが恋愛について語ってもこの事態は良くならない。早く女性社員達を仕事に戻さなくては。

後であの男から迷惑料をふんだくってやろうかしら。

そう心の中で和久に悪態をつくと、梓は深呼吸して口を開いた。

「まず順に答えていくわ。一つめ、社員による税理士先生へのストーカー行為は会社として無視できない問題です。先生が貴女方を訴える可能性は低いけど、もしそうなった場合、退職勧告を言い渡されることも忘れないで」

梓の言葉に、女性社員達は一様にぎょっとする。退職は大袈裟《おおげさ》かもしれないが、決してありえない事態ではない。

梓はこの隙に一気にたたみ掛けることにした。

「二つめ、確かに私は先生から連絡先を教えていただきましたが、それを貴女達に教えることはできません。なぜならご本人から『迷惑だ』との言葉をもらっているからです」

はっきり言ったわけじゃないけど、まぁいいか。梓は押し黙る女性達を端から順に眺める。この程度の脅《おど》しで大人しくなるなんて可愛いものだ。

「三つめ、私の身体的な特徴と恋愛に相関性はありません。それよりも、今の自分の顔を客観的に見た方がいいわよ。目が吊り上がって可愛い顔も台無しじゃない。その顔を林先生が見たらなんて言うかしら」

ウッと詰まった女性社員達は洗面台の鏡を見て、ついで周囲の仲間達をチラチラと見やる。恋する男にどう見られるかという乙女心が、彼女達を現実に戻したらしい。その様子を見て、梓はなにやら笑えてきた。

「最後に、今はもう就業時間となっています。貴女達は遅刻を繰り返しているので、就業規則に基づいた懲戒処分《ちょうかいしょぶん》を受ける可能性があるわ。言い訳を考えながら早く持ち場に戻りなさい」

とはいっても戒告処分《かいこくしょぶん》――始末書の提出くらいだろうけどね。おそらく減給まではいたらないだろう。

梓は闘志を失ったらしい女性社員達をかき分けてトイレを出た。実は足が震えていたのだが、なんとか虚勢を張ってオフィスに戻る。部屋に入った瞬間、直属の上司である営業課長が席を立った。かなり厳しい表情をしている。

「山代、なにがあった」

彼のデスクの脇には一階のチームリーダーがいることから、なにがあったと問いながらも事情を察しているようだ。とりあえず梓は頭を下げる。

「申し訳ありません、遅れました。少々厄介ごとに巻き込まれまして」

「……それはうちのスタッフが関係しているせいなんだろう」

苦りきった声で呟《つぶや》くリーダーへ、梓は曖昧《あいまい》な微笑を向ける。どうやら気付いているようだ。まぁそれも当然だろう。ほぼ全ての女性社員から熱い視線を浴びる税理士が、彼女を外へ連れ出したのだ。残された女達がそのまま指をくわえて見ているとは誰も思っていなかった。

梓は簡潔にトイレでの出来事を伝えると、すぐに仕事へ戻った。ちょうどそこへ水野がフロアに戻ってきた。すぐに営業課長が彼女を連れ出す。行き先は会議室らしい。

二人の後ろ姿を見送りながら、梓は安堵しつつも暗い気持ちになった。

今回の件で水野との関係は修復不可能になっただろう。仕方がないと思いつつも寂しかった。でもこれで目を覚ましてくれればと願う。

その夜、梓は和久から受け取った名刺を鞄《かばん》に入れて帰路についた。夜になると冷え込む大気に亀のごとく首をすぼめ、テクテクと歩き慣れた道を進む。アパートへたどり着いて着替えたら、まずは食事作りである。

今までずっと実家暮らしで食事など作らなかった梓だったが、最近自炊にハマっている。料理上手な希和子にアドバイスをもらい、冷凍食品を駆使して一人分の小さなおかずや保存食を作ったりする。面倒臭い作業だが、今はまだ新鮮な気持ちだ。

小さなキッチンに立ち、出来上がったトマトソースパスタを皿に盛り付けテーブルへ運ぶ。

「いただきます」

きちんと手を合わせてから食べ始める。静かな部屋で一人きりの食事は未だに慣れない。誰か一緒に食べてくれる人がいれば、作り甲斐もあるし、楽しいのだけれど。

梓はフォークを動かしながらぼんやりと考える。

こんなときはどうしても元恋人のことを思い出す。彼は大食いというわけではなかったが、梓よりはたくさん食べたし、たまに作る手料理も綺麗に平らげてくれた。彼と一緒に食事をすることが好きだった。

入社式で出会った元彼は、新人研修で隣の席になったことがきっかけで付き合いだした。告白もなしで始まった交際だが、六年も続いたのだから相性は悪くなかったと思う。直接的な言葉ではなかったけれど、元彼は結婚をほのめかすことも何度かあった。梓の家に遊びに来たことも何回かあって、両親へ紹介もしている。

ただ元彼が在籍する営業開発部はとんでもなく仕事がハードで、休日出勤も当たり前。すれ違うことも多く、お互い二十九歳になっても具体的な結婚話は出なかった。

梓はそのことに焦《あせ》りを覚えていたものの、女から結婚を迫るのは嫌だ、とプライドが邪魔をして、自分から結婚話を持ち出すことはなかった。それがまずかったのかもしれない。よその女にその隙を突かれたのだから。

半年ほど前、彼はある取引先の社長令嬢にひと目惚れをされた。梓はそのことを知って少し不安になったものの、彼が令嬢からの交際の申込みをすぐに断ったと話してくれたので安心していた。

だが、相手はしつこかった。彼を諦めきれない彼女はなんとストーカー行為を始めたのだ。

彼はつきまとい行為を止めて欲しいと何度も令嬢へ伝えたらしいが、全て聞き流されてしまう。彼女の行為はどんどんエスカレートしていった。そしてある日、堪忍袋《かんにんぶくろ》の緒が切れた梓は、とうとう公衆の面前で令嬢に向かってコップの水をぶっかけてしまったのだ。

今思えば、あれは彼女の作戦だったのかもしれない。

お嬢さまは水を掛けられたとき、氷が目に入って怪我をしたと梓を訴えた。さらに、父親を通して名東ホームコーポレーションへ苦情を申し立ててきたのだ。おかげで梓は警察から暴行罪の嫌疑で取調べを受ける羽目になった。結局怪我はでっち上げだったので不起訴になったが、梓が警察から事情聴取を受けたことは会社で広まってしまった。

そして外部に醜聞《しゅうぶん》が漏れるのを恐れた上層部から転勤を命じられたのだ。売り上げが落ちている大分支社へ、優秀な人材を送るという名目の左遷。

大分勤務が決まった直後、梓は恋人から別れを告げられた。遠距離恋愛はできないという理由で。

……たぶん本当のところは違うんだろうな。梓は手早く夕食を食べながら思い返す。

令嬢はストーキングするほど激しい部分を持っていたが、かなりの美人だった。梓とのデート中に彼が上の空になることが多くなっていたのは、気持ちがグラついていたからだろう。それに、彼が令嬢と二人きりで会っていることはなんとなく気が付いていた。

間違いなく二人は今、付き合っているのだろう。

息が詰まり、心臓が止まったかのような感覚が梓を襲う。それを振り払うように首を左右に振ると、冷凍庫からウォッカとコンビニで買ったロックアイスを取り出した。小さな食器棚からは背の高いコリンズグラスを、冷蔵庫からはライムジュースと辛口のジンジャーエールを持ち出す。グラスに音を立てて氷を放り込み、適当にウォッカとライムジュース、そしてジンジャーエールを注いで混ぜる。ライム抜きのモスコミュールの完成だ。

カラリと鳴る氷と炭酸が弾ける小さな音のハーモニーを楽しみつつ、カクテルをゆっくりと味わう。ウォッカの刺激をジンジャーの芳醇《ほうじゅん》な香りが包むこの飲み物が、梓は好きだった。……元彼も好きだった。

コリンズグラスに口付ける彼女の唇に、一滴の雫《しずく》が零《こぼ》れる。ややしょっぱく感じるカクテルを一気に飲み干した。普段ならここで止めておくのだが、今日は酔いたい気分になっていて、もう一杯作る。

飲んでいるうちにアルコールの勢いも手伝ったのか、視界がぼやけて頬に雫が伝わってきた。

そのまましばらくすすり泣いていた梓だったが、突然、鳴り出した電話の呼び出し音で頭を上げた。ノロノロと鞄《かばん》からスマートフォンを取り出すと、液晶画面には和久の名前。

なんでこんなときに掛けてくるかなぁ。

泣き声を聞かれたくないので、ひっく、としゃくり上げながらじっとしていた。しかしなかなか切れないので、仕方なく通話ボタンを押す。

「もしもし……」

『もしもし？　梓？』

「……名前で呼ばないでよ」

相変わらず失礼な人だ。梓はハーッと大きく息を吐いてから鼻をすする。その動作の意味を彼は正確に理解したらしい。

『もしかして泣いてた？』

「……」

勘が鋭い男だ。弱味を見せたくないので否定しようと思ったが、そこで意趣返しを思い付く。

「えぇ、昔の彼を思い出して、懐かしくって」

『……』

今度は和久の方が沈黙した。目論見《もくろみ》が成功した梓は喉の奥でククッと小さく笑う。スマートフォンを耳に押し当てながら、グラスを気持ち良く呷《あお》った。

カチン、とロックアイスが歯に当たる音は、電話の相手にも届く。

『飲んでるのか?』

話を変えてきた。梓もこれ以上、突っ込んで訊《き》かれたくない内容ではあったので、素直に「そう」と肯定の返事をする。

『なに飲んでいるんだ?　焼酎?』

「そういえば九州って焼酎が有名よね。でもこれはモスコミュール」

『それな、ライムの代わりにカボスを入れてみろよ。旨《うま》いぞ』

「カボス?」

ってなんだっけ?　彼女の脳裏《のうり》にライムに似た緑色の柑橘類《かんきつるい》が浮かび上がる。だがその丸っこい姿がカボスなのかスダチなのかはよく分からない。

『大分県ってカボスの産地なんだ。スーパーでも必ず売ってるし、うちの庭にもカボスの木が生えてるぞ』

彼曰《いわ》く、ジントニックやギムレットでも、カボスを使うと爽やかな香りのカクテルができるらしい。思わず彼女の口から、へぇ～と感嘆の声が零《こぼ》れる。

「もしかしてバーテンダーでもやってたの？」

この男がシェーカーを振ったらそれだけで千客万来になりそうだ。しかも女性客ばかり。

『いや、違う。俺の友人の家が料理屋で、創作カクテルを提供しているからそれで教えてもらったんだ。そうそう、その店に君を連れて行きたいんだけど、週末って空いてる？』

あぁ、これを言いたくて電話してきたんだな。今日のお昼、帰り際に彼が電話をすると言っていたことを思い出す。

「空いてません。――と言いたいところだけどお詫びに付き合うわ」

『お詫び？』

「携帯電話」

『あぁ、あれか。気にするな、君が悪いわけじゃないんだから』

「そうかもしれないけど、私の気が済まないから」

『律儀だね』

「まぁね」

クスクスと梓が小さく笑うと、電話回線の向こう側にいる相手も笑っているのが感じられた。不思議だ、あれほど不愉快に思っていた男とこんなに砕けた会話ができるなんて。いつもより多く摂取したアルコールが原因なのか、それとも昔を思い出して感傷に浸ったのが原因か、はたまた一人の寂しさが身に沁《し》みたのか。

そのどれでも構わないし、その全てでも構わないと梓は思う。

郷里から離れたここ大分県に友人は一人しかいない。しかもその友人はもうすぐ産み月のため、会う機会が少なくなる。職場の同僚と仲良くなる可能性は今日で断ち切られた。だから人恋しくなって、誰かとこうやって繋がりたくなったのだろう。

ただ、彼の好意を利用している罪悪感からは、目を背《そむ》け続けていたけれど。

6

十一月最初の土曜日。和久と食事へ行く日だ。お昼頃に自宅まで迎えに行くと言われたが、梓はやんわりと断った。住所まで知られるのはちょっと、と警戒心が働いたのだ。

だが梓はこのあたりの地理がよく分からないため、近所のコンビニまで迎えに来てもらうことにした。

今日の天気は快晴。降り注ぐ太陽の光で気温がゆるやかに上がっていく。身支度を終えた梓はベッドに腰掛け、ボーっと休日のテレビ番組を眺めていた。

お腹減った。いったいなにを食べさせてくれるんだろう、あの人は。

連れて行ってくれる料理屋がどこかは知らないが、以前彼が『地元には結構旨《うま》いものがある』と言っていたので多少は期待している。食べ物に罪はない。

迎えに来る美形よりも、舌と胃袋を満たしてくれる美食に心を囚《とら》われながらごろりと寝転がる。すると、傍に置いてあったスマートフォンから着信メロディが鳴り響いた。

『今コンビニまで来た。出られるか？』

「もちろん。ちょっと待ってて」

相変わらず色気に溢れた声だわ。梓はしみじみ感心して、バッグを手に家を出る。背の高い人と並ぶことで自分の身長の低さを強調されたくなくて、頑張って十センチヒールの厚底ショートブーツを選んだ。

徒歩三分の近さにあるコンビニへ向かえば、白い車にもたれている長身の男が見える。

私服姿は先月、希和子の家で見たとき以来だ。ブラックのテーラードジャケットを羽織り、その下には同色のデザインカットソーが覗《のぞ》く。濃いオリーブのカーゴパンツは、彼の足の長さをよりいっそう際立たせていた。

柔《やわ》らかな風に短めの黒髪を遊ばせて佇《たたず》む姿は、それだけで様になっている。コンビニを利用する老若男女が彼をチラチラと盗み見していた。

梓は少し立ち止まり、首を傾げて男を眺める。本当に人目を引くほどのいい男っぷりだ。なぜこれほどの男が自分を求めるのか理解できないほどに。

しばらく見つめていた梓だったが、彼が振り向いたことで我に返ると、何気ない様子で車へ近付いた。

「お待たせしました」

「いや、待ってないよ」

「そりゃどーも」

遠慮の「え」の字もない口調で会話を交わすことに抵抗がなくなった自分を複雑に思いながら、梓は助手席へ乗り込んだ。

「林さん、どこまで行くの?」

「前にも言っただろ。俺のことは名前で呼んでくれって」

「名前、なんだったかなー」

アドレス帳に登録したのだからもちろん知っているのだが、すっとぼけてみる。彼は笑って告げた。

「和久」

かずひさ。声に出さずに口内で呟《つぶや》くと、ほんの少し甘い響きを感じる。少し前までは苦い思いしか感じなかったのに、本当に不思議だ。

「ちなみに、俺はこうして隣にいる女性を名字で呼ぶ習慣はない。君のことは梓って呼ぶから」

「馴れ馴れしい」

バッサリと切り捨ててやっても相手は微塵《みじん》も動揺しない。面の皮は厚そうだ。

こんな風に気が置けない会話を異性と交わすのは久しぶりだった。ただの友達として付き合っていくことはできないのだろうか。それが相手にとって残酷なことだとわかっているけれど。

そう考えた瞬間、胸の奥がほんの少し軋《きし》む。想いを寄せる相手に拒絶される痛みは、それが他者のものでも自分のことのように感じてしまう。慌てて思考を他のことへスライドさせた。

「で、どこ行くの？　確か友人の料理屋さんなのよね」

「そう。旨《うま》い料理を出してくれるから気に入ると思うよ」

「ねぇ、前も思ったんだけど、宇佐市に住んでるのにわざわざ大分市まで仕事に来るなんて大変じゃない？」

宇佐市と大分市の間には温泉で有名な別府《べっぷ》市まである。高速道路があるとはいえ、毎月、片道四十分もの距離を通うのは不便じゃないのだろうか。

「いやそれほどでもないぞ。おたくほどの大口なら喜んで出張するし。大分支社以外に中津《なかつ》支店へも行ってるんだ」

「ふーん。じゃあ、こっちには仕事でしか来ないんだ」

それは嬉しいような、悲しいような気がする。ふと飲みに行きたいと思っても、気軽に彼を呼び出すことはできない。だが彼は首を左右に振った。

「いや、こっちには友人が多いからときどき遊びに来てるよ。高校はこの近くにある学校に通ってたしね」

だからこの辺りの地理には詳しいと彼は話す。

「へぇ、高校からこんな遠い場所に」

「そう、私立の高校でね、宇佐にもいい学校はあったけど、寮に入りたかったんだ」

男子寮とな。中学生の頃、友達のお姉さんから借りて読んだ男子寮を舞台にした少女漫画を思い出した。高校の男子寮で、個性的なキャラが次から次へと巻き起こす騒動は面白かった。

どんな寮生活だったのか聞きたいところだ。食事のときにでも聞いちゃおうか。好奇心で梓の若干緊張していた表情が弛《ゆる》む。和久がそれに目敏《めざと》く反応した。

「なに？」

「ううん、リアルで男子寮に入った人を初めて見たから、ちょっとね」

するとと隣からクックッと押し殺したような笑みが聞こえて、梓は眉をひそめた。自分の反応を見てしょっちゅう笑っているが、この男は笑い上戸なのだろうか。

赤信号で停車すると、和久が悪戯《いたずら》っぽい表情を向けてきた。

「今さ、男子寮が舞台の少女漫画のこと考えたんじゃない？」

ギョッとした梓の体が本当に跳ね上がった。

「な、な、なんで――」

「なんで分かるかって？　それはまだ秘密」

青信号に変わったので、和久は前に向き直り車を発進させた。

この人、他人の頭の中を覗《のぞ》くことができるのかしら？

答えをお預けされた彼女は、それからかなりの時間が経つまで動悸《どうき》が治まらなかった。

7

ちょうど午後十二時に着いた食事処は、お洒落《しゃれ》な店構えだった。大分駅の近くにある
その店は、大通りから少し奥に入らないと気付かない場所にある。そのため、建物が突

然現れたかに見えて、梓は驚いた。

梓は車を降りると、なにやら大事そうに紙袋を抱える和久に促《うなが》されて店の入り口に近付く。メニューが書かれたホワイトボードを見ると、どうやら海鮮料理の店らしい。

うぉ、とうとう関《せき》さば、関あじデビューかしら。梓の中で期待値がどんどん膨《ふく》らんでいく。

和久が入り口の引き戸を開けて中へ入ると、とたんに威勢の良い出迎えの声に包まれた。梓は思わず彼の広い背中に隠れる。ソロソロと彼の後に付いて歩くと、店の奥から和久と同年代の男性が満面の笑みを浮かべて出てきた。

「時間通りだな。久しぶり」

親しげな口調から察するに、この男性が彼の友人なのだろう。和久は手土産なのか、紙袋から黒いひょうたん型のボトルを取り出して渡した。

「これ、頼まれたやつ」

「おぉ、すまんな！　助かるよ！」

「あぁ。で、悪いけど今日は座敷でもいい？」

「いいけど、珍しいな」

「カノジョ連れてきたからね。奥の方にしてよ」

「ちょっと待てっ！　彼女じゃないわよ！」

梓が和久の背中から飛び出して睨み上げる。すると、彼女を見て驚いた表情の友人が、一拍おいて笑い出した。

「相変わらずお目が高いねぇ」

「なに言ってんの。いいモン食わせてくれよ」

和久は梓の背中に手を添えて店の奥へ進んだ。気安く触るなと言ってやりたかったものの、他のお客が自分達をチラチラと見ているので大人しく従っておく。

奥座敷は紫檀《したん》の屏風《びょうぶ》できっちりと仕切られていた。人目がなくなったことに安堵した梓は、座布団に座ってようやく息を吐く。するとすぐにお茶を載せたお盆を持って、先ほどの男性がやって来た。

「おまえ、車だよな」

「そう、だから酒はいいよ。あぁ内梨《うちなし》、彼女は山代梓さん。うちと契約している会社の人」

いきなり紹介されて、梓は慌てて頭を下げた。内梨と呼ばれた彼の友人はニコニコしている。

「梓、こいつは俺の高校の同級生でこの店の息子」

いま呼び捨てにしたわね！　ギッと目の前に座る美形を睨み付けるが、もちろん和久は動じない。そんな梓へ内梨がお茶を配りながら声を掛けた。

「なにか嫌いな食べ物はありませんか？」

「え、あ、いや、大丈夫です」

険《けわ》しい顔を第三者にバッチリ見られた恥ずかしさに、梓は俯《うつむ》いてしまう。内梨が去るのと入れ代わりに、若い女性店員がお通しを持ってきた。彼女が立ち去るとすぐに梓の口から恨み言が零《こぼ》れる。

「呼び捨てにしないでよ。『友達』なんでしょ?」

「なら『梓ちゃん』でもいいか?」

「……」

梓は無言で拒否を示す。だが、和久は微笑みながら不貞腐《ふてくさ》れた彼女を見つめている。

無駄に美しい顔に見られていると落ち着かなくて、梓は思わずそっぽを向いた。

そうしているうちに料理が次々と運ばれてきた。その皿をチラリと見た梓は、不機嫌な表情をすっ飛ばして料理に釘付けになる。

「こっ、これは……っ!」

「ん? 関《せき》さばと関あじのコースを頼んだんだ。食べたことある?」

「ないっ! いただきます!」

キラキラした瞳で箸を取り、同じく脂《あぶら》がのってキラキラと輝いている魚の身へ伸ばす。一切れ口に運んで絶句した。臭みが全くなくて身がプリプリとしている。旨味《うまみ》が口中に溢れてとろけていく。

「美味《おい》しい！」

「そう、良かった」

和久がクスクスと笑う。梓は笑われたことに微妙な気持ちを抱いたが、目の前の海鮮料理を味わうことに集中した。

さばなんてシメサバ以外は食べたことなかったのに、箸が止まらないほど美味しい。関さばに添えてある臓物も不思議な甘さを感じる。白子《しらこ》が口の中でねっとりと溶け、梓は思わず笑顔になった。

すると、和久が店員を呼びとめて焼酎の注文をした。梓は驚いて顔を上げる。

「お酒って、車はどうするのよ」

「いや、これは君の分」

「え、でも」

「君があんまり旨《うま》そうに食べるから、旨い酒も飲ませたくなった」

どんな顔で食べていたのだろう。梓が反射的に己《おのれ》の顔を撫でると、また男の顔が綻《ほころ》ぶ。本当によく笑う男である。しかもイケメンだから、笑顔がやたらと輝いて眩《まぶ》しい。――よし、これからは心の中でキラキラ王子と呼んでやろう。

「でもまだお昼だし」

「旨い焼酎をさっき持ってきたから、この機会に是非。飲めないわけじゃないだろ？

この前も飲んでいたし」

　飲んでいたって、いつのことよ。首を捻《ひね》る梓だったが、すぐに、彼と電話で話したときモスコミュールを飲んでいたことを指しているのだと気付く。

　やがて内梨がグラスを持ってきた。中には無色透明の液体と大きな氷。

　梓が恐る恐るグラスに顔を近づけると、ほんのり甘い香りが立ち上ってくる。えも言われぬ芳香、とはこういうものを言うのだろうか。

　ちょびっと口に含んでみると、口腔を焼くような刺激がする。アルコール度数がかなり高いのだろう。それなのに、口当たりがまろやかなので飲みやすい。

「すごい」

「気に入った？」

「うん。これも美味《おい》しい！」

「それは良かったです」

　内梨も嬉しそうに口元をゆるませて去っていく。梓は素晴らしく美味な料理とお酒を味わいながら、いつしかリラックスして和久へ話し掛けていた。

「これ、どこの酒屋さんでも買えるの？」

「んー、これは古酒だからどこでもってわけじゃないけど、同じ醸造元《じょうぞうもと》でこれより手軽に飲める焼酎もあるよ。『耶馬美人《やばびじん》』っていうんだ。そうだ、今度生産地の耶馬渓《やばけい》に連れて行ってやるよ。もうそろそろ紅葉が見ごろだ」

「えっと、でも」

「『友達』を誘っているんだけど、どう？」

「……ちょっと考えさせて」

なんだか彼のペースで事が進んでいる。このままズルズルと付き合っていてもいいのだろうか。相手は自分に好意を寄せている人なのに。

気まずくなった梓は話を変えるため、彼の手元を見てふと気付いたことを尋ねてみた。

「大分県って本当にカボスをよく使うのね」

「あぁ、生活の一部だからな」

「へぇ」

ちょうどそこへ内梨が皿を運んできた。バター醤油《じょうゆ》の芳《こう》ばしい香りに梓の鼻がヒクヒクと動く。彼は梓の前に皿を置く。

「簡単なものですがどうぞ」

そう言いつつ出されたのは、焼いた肉厚な椎茸《しいたけ》にバターと醤油をかけたシンプルな料理だった。

「わっ、美味しい！　すごい！　初めて見ました、こんなにぶ厚い椎茸って！」

今まで食べてきた薄くてペラペラな椎茸はなんだったのかと思うくらいだ。きのこ好きの梓は満面の笑みを浮かべ、それをハフハフと頬張る。

すると、目の前にいる美形が不機嫌そうな声を出した。

「俺も食いたい。なんで梓だけ？」

「特別メニューだから。おまえは家の裏山から採ってくればいつでも食えるだろ」

「そりゃ食えるけどさ、自分で採ってきて自分で焼かなきゃならねーじゃねぇか」

「当たり前だ」

梓は美味《おい》しい椎茸を食べながら、友人二人の会話にピクリと反応する。

「あの、こんな椎茸がたくさん生えているの？」

男二人の口がピタリと閉ざされる。和久が梓に目を向けると、気を利かせた内梨はそっとその場を立ち去った。

「うちが所有している山に自生しているんだよ。好きなだけ採れるから一度遊びにおいで」

このぶ厚い椎茸がたくさん――なんて魅力的なお誘いなんだろう。しかし彼と二人であの家に行ったら、希和子はなんて言うだろう。というか容易に想像できる。

『えぇーっ！　梓先輩とお義兄さんって付き合っていたんですかーっ⁉』

……とか言ってはしゃぎそうだ。友達だと言っても信じないだろう。梓はフッと力なく笑う。

「で、うちに来るか？　嫁さんも喜ぶよ」

「希和子には会いたいけど、この間出産したばかりでしょ？　今訪ねたら迷惑なんじゃ……」

「気にするなよ。嫁さんはもう平気で動き回っているぞ」

「あれ？　出産直後って寝てなきゃいけないんじゃなかったっけ？」

「そう。でも二人目だからかな、ちょこちょこ動いては弟に止められている」

「そっか……」

出産祝いだってしたいし、なによりここでの自分の友人は希和子しかいないので、行きたいのはやまやまだ。しかし、やはり迷う。和久は自身を「友達」と主張するが、恋人へ昇格したいと願う男と真の友人にはなれない。だからこの誘いにのって期待を持たせるようなことはしたくない。新しく友人を作ればいいのだが、この男のせいで梓が職場の同僚と親しくなる機会も失われたのだし――

そこでふと思い付いた。

「あの、林さん」

「『和久』。名前で呼んでね」

「はいはい。では和久さん、うちの会社に来たら、私をお茶出し係に指名しないでね。あと話し掛けるのも禁止」

「なんで？」

「女の子達の嫉妬《しっと》が怖いので」

「それは分かるけど、俺が君に近付かなくなっても彼女達は報《むく》われないぜ」

「でもあの子達が貴方を好きでい続けるのは自由だと思うし」

「君がそれを言うのか？」

俺の気持ちを知っているおまえが。

そんな言葉にならない彼の心の声が聞こえるかのようだった。泰然《たいぜん》とした態度のまま薄い笑みを浮かべる男と、梓は真正面から見つめ合う。射抜かれそうなほど強い眼差しから目を逸らせない。

男の好意を知りながら、他の女の気持ちを汲《く》み取れだなんて酷い台詞《せりふ》だ。でも自分は彼の想いを受け入れることは難しい。

しばらくして、和久がハーッとわざとらしい溜め息をついて天井を見上げる。

「惚れた弱みかねぇ」

その言葉に彼女の頬が紅潮する。

「……まだ『愛情』じゃないんでしょ」

和久は以前、自分を見て「好感」を抱き、実際に話をして「好意」に変わったが、まだ「愛情」ではないと話していた。

「でも俺は君が好きだ。……分かったよ、今後名東ホームコーポレーションに行っても君と一切接触しない。その代わりこうやってプライベートで俺と会ってくれること。いい？」

「男友達としてなら。じゃあ椎茸《しいたけ》採りは希和子の都合を訊《き》いてから連絡するわ。それでいい？」

「いいけどさ、来週は嫁さんに予定があった気がするぞ。だから、先に別府へ行かないか」

「別府？　って温泉で有名なあの？」

まさか温泉に入るとか言わないでよ。恋人でも家族でもない男性と二人で温泉へ行くのはさすがに戸惑う。だが和久は彼女の考えを読み取ったのか、首を軽く振った。

「別府って言っても温泉だけじゃない。昔から観光に色々と力を入れているぞ。俺はガキの頃、別府で育ったからよく知っているんだ」

「へぇ、そうなの」

梓がそう言うと、タイミングよく内梨がご飯ものを運んできた。

大分県の郷土料理「あつめし」だ。これは「温飯《あつめし》」とも書き、元々は漁師が船上で食べたまかないがルーツだと内梨が説明してくれる。

「大分の郷土食の一つに、鮮魚を酒、醬油《しょうゆ》、みりんで漬けた『りゅうきゅう』があるんです。あつめしとはそのりゅうきゅうをご飯に乗せて、出汁《だし》をかけて食べる料理なんですよ」

お茶をかける場合もあるそうだが、この店では熱々の出汁《だし》をかけて提供するらしい。

梓はフゥフゥと息を吹き掛けながらゆっくりと食べた。出汁とブリから浸み出したエキスの融和《ゆうわ》が素晴らしい。梓の顔が自然と綻《ほころ》ぶ。

「本当に、美味《おい》しい」

地元の名古屋でも魚介類は豊富に売っているが、海の傍にある街ではないので、どうしても活きの良さでは負けるのだ。

ただ車で一時間ほど飛ばせば海に出るため、そこでなら獲れたての海の幸《さち》を味わえる。梓もドライブがてらよく出掛けていた。――元彼の運転する車で。

自分に好意を持ってくれる男と相対して座りながら、昔の男のことを思い出す。そんな身勝手な自分を認めて、梓は顔を上げられなくなった。自分が今、いつもと同じ顔を作れていないような気がする。

良心の呵責《かしゃく》を紛《まぎ》らわせたくて、梓は口を開いた。

「……ありがとう、和久さん」

「なにが?」

「食事。すごく美味しかった」

故郷とは違う食文化を舌で感じ、ここが遠く離れた土地なのだと思い知る。そして自分の傍に彼がいない現実も。

でも私はここが嫌いじゃないわ。うまくいかないことも多いけど、長い時間を掛ければ過去の記憶は風化するはず。私はそれをゆっくりと待ちたい……

梓は込み上げてくる切ない想いを温かな料理と共に呑み込み、胸の奥底へ沈めた。

8

それから一週間。梓は会社でいつもどおり淡々と仕事をこなしていた。女性社員との溝も当然、埋まらない。

だからだろうか、ときどきカレンダーを眺めて週末を待ち望むようになったのは。

この日になれば誰かと会える。楽しい時間が過ごせる。そこにある感情は恋愛ではないが、ただ純粋に彼に会いたいと思うようになった。

そして週末。別府温泉郷。

ここは街全体で観光に力を入れている、全国有数の温泉地だ。

和久はその別府の街と別府湾を見渡せるサービスエリアで車を停めた。海と山に囲まれる別府市を見て感動した梓は、思わず大きな声を出してしまう。

「わぁぁ――っ！　うわぁっ、すごい！　すごい綺麗！」

「いい眺めだろ」

自然が多い別府市は本当に素晴らしい景色だ。緑に囲まれた海では水平線の青と蒼穹《そうきゅう》の蒼が交じり合い、白い雲がアクセントとなって一大パノラマを形成していた。

梓は興奮を抑えきれず頬を紅潮させひとしきりはしゃぐと、今度は冷たい風を受け止めて言葉もなく佇《たたず》む。

和久の話ではこの場所から眺める夜景は格別らしい。

「夜景かぁ。やっぱり綺麗でしょうね」

「そうだな、今度は夜に来る？」

「うん！」

梓は反射的に返事をしたが、そのとき和久が薄く黒い笑みを覗《のぞ》かせたことには気付いていない。

車に戻った二人はその後、別府市内に入って昼食をとることにした。

「食べたいもの、何かリクエストあるか？」

「そうね……豪華すぎないもの」

「なんだそれ？」

「だってこの前の関さば関あじって、ものすごく美味《おい》しかったけど高かったでしょ？あんな豪華な食事はたまに食べるからいいのよ」

それに前回の食事代は全て和久が払ってくれていた。

梓はいつ財布を出そうかずっとタイミングを窺《うかが》っていたが、自分がお手洗いへ立った隙に彼が勘定を済ませてしまった。そういうところは外見通りのスマートさだと思うものの、携帯電話の件を詫びる意味も兼ねて誘いを受けたのだから、これでは意味がない。

梓は自分が払うと訴えたが、彼は金額を教えてくれなかったので、結局奢《おご》られたままだった。

「じゃあ、せっかくだから郷土料理にするか」

高速道路を降りてしばらく進むと、和久はあるお店の駐車場へ車を止めた。

そこは古民家を改造したような外観のお店だった。店内は満席だったがお客の回転が速いのかすぐにテーブル席へ通された。

梓はメニューを開いたものの、すぐに頭の中が疑問符でいっぱいになる。聞いたことのない料理名ばかりで、どういった料理なのか名前だけでは判断できなかったのだ。全てを和久に説明してもらうと時間が掛かりそうなので、彼に任せることにした。

和久はメニューを見ながらテキパキと注文をする。

「だんご汁定食を二つ」

だんご汁って何だろう？

梓は和久に尋ねた。

「それは出てきてからのお楽しみ」

そう時間が経たないうちに料理が出てきた。野菜がたっぷり入った汁物で、ちょっと形が歪《いびつ》な幅広の麺が入っている。見た目は味噌汁の中にうどんが入っているという感じだ。

旬のものが入った季節のご飯に小鉢も付いている。

「だんご汁って、うどんのことだったんだ」

「と、思うだろ。まぁ食ってみろ」

悪戯《いたずら》っぽく笑う男の表情を不思議に思いつつ、幅広の麺を食べる。

「あれ？」

思わず声が出た。うどんと食感が違ってモチモチの食べ応えがある。

和久の説明では、だんご汁の「だんご」とは小麦粉に少量の塩を加え水で練った団子を、平べったく伸ばしたものらしい。うどんと同じ原料なのに、こんなに食感が違うなんて不思議だ。

「つまりだんご汁って手打ちの幅広麺を、具だくさんの味噌汁の中に入れたもの？」

「……間違いじゃないけど、そう言われると違うって言いたくなる」

和久は腕組みをして宙を睨む。ふと名案を思いついたかのように笑顔で続けた。

「そうそう、確か家にあるグルメ漫画でだんご汁を詳しく説明してたから、今度貸してやるよ」

そして、和久はその漫画について詳しく話し出した。梓はその様子をポカンと眺める。

それって、確か私が小学生ぐらいのときにやってたアニメの原作漫画のことよね。

梓はその漫画を読んだことがないものの、新聞社の社員を中心に食にまつわる出来事が起こるというあらすじは知っていた。

そういえば先週、車中で和久が学生のころ男子寮に入っていたと聞いた時のことを思い出す。梓が某少女漫画を思い浮かべたところ、なにを考えているかを和久に当てられた。あのときは人の頭の中を覗《のぞ》いたかのような反応に驚いたが、それよりもその「少女漫画」の内容を知っている方に驚くべきだった。

梓は胸中に渦巻《うずま》く疑惑を持て余しながら、例の漫画について熱く語っている美形を見る。するとちょうど顔を上げた彼と、バッチリ目が合ってしまった。

「ん？　なに？」

「あ、いや、その、漫画、詳しいのね」

「あぁ」

そこで和久は箸を持ったままじっと梓を見る。梓は、己《おのれ》の顔に汁でも付いているのかと狼狽《うろた》えてしまった。

「ええっと、私の顔になにか付いてる？」

「いや……、そうだな、梓は漫画とかアニメとか見ないか？」

「へ？　子供の頃は見てたけど、大人になったらさすがに見ないわよ」

「そうか……」

そこで会話がぶつりと途切れた。先ほどまで嬉々として語っていた和久が、気まずそうな表情で自分から視線を逸らす。いつも自信に溢れているような彼にしては大変珍しい態度で、梓は不安にも似た緊張感を抱いた。

「あの、どうかした？」

「……どうせいつかはバレるだろうから、今、言っておきたいんだけど」

「なにが？」

「俺、さっきみたいにいきなり漫画やアニメの話を持ち出すことがある」

「うん」

たいへん驚きました。

「それで……これからもしょっちゅうあると思うんだ」

「……うん」

この辺りから二人の間に張り詰めた空気が漂《ただよ》いだした。梓はまじまじと和久を見つめる。まさか、これほどのイケメンがアレな趣味を持っているのだろうか。

「だから、まぁ……俺は世間でいうところのオタクってやつなんだ」

やっぱりー！

「漫画も読むけどアニメを見るほうが多いかな。それ系のイベントにもよく行くし」

「そ、それ系って？」

「えーっと、同じ趣味の人間達が集まって騒ぐイベント、だな？」

なんの騒ぎをするつもりなのか。このモデル並の容姿を誇る美男子が、実はオタクだったなんて意外すぎるカミングアウトだ。

「そういうのに君を付き合わせようとは思わないけど、この趣味を止めてくれとか言われると困る」

「うん、まぁ、そうよね、趣味だもんね……」

未だに頭の中は混乱しているが、「趣味」と言われて冷静さを取り戻した。オタクというのはマニアックな人——自分の好きなものに熱中する人のことだ。

あ、そういえば鉄道マニアのことを「てっちゃん」なんて愛称で呼んだりするわよね。それだけ皆いろいろな趣味を認めているわけで。この人の場合は、それが鉄道じゃなくって漫画やアニメが好きっていうことか。

オタクとマニアは狭義では異なるかもしれないが、彼女の中ではそうたいして変わらないと解釈がなされる。そう考えると別段、奇異なことではない。

梓はふんふんと頷きながら和久へ微笑みかける。

「うん、別にいいんじゃない？　オタクでも」

すると目の前に座るイケメンが目をまん丸に見開いた。しかもついさっきまでぎこちない表情だったのに、一瞬で生気がみなぎったように見える。その変わりようを目の当たりにした梓の方が驚いてしまった。

「な、なに？」

「いや、なんでもない。嬉しいよ」

ニコリ。超絶美形の極上の微笑みが返ってきて、梓は慌てて下を向いた。顔面が熱を持つのが分かる。赤くなっているだろう顔を隠したくて犬食いのような勢いでだんご汁をすすった。行儀が悪いと分かっていても顔が上げられないのだ。

梓は、今日初めて男の人が美女に微笑まれて鼻の下を伸ばす意味を、体で理解したのだった。

9

食事を終えた二人は市内散策をすることにした。

別府は国際観光温泉文化都市に指定されており、観光にかなり力を入れているようだ。食後に梓が甘いものを食べたいと漏らしたので、二人は観光案内所へ寄り、プリンを販売している市内の店をまとめたマップを手に入れた。ここからは車ではなく歩いて店に向かう。

食観光プロジェクトの一環であるそれは、別府市内でプリンを取り扱う菓子店、温泉、ホテルなど、五十店舗近くが掲載してあった。梓はウキウキと地図を広げ、プリンを求めて歩く。

やがてたどり着いたお店で二つ購入すると、天気がいいので外のベンチで食べることにした。

嬉々として包装を開ける梓だったが、和久が笑みを浮かべながらじっと自分を見ているのに気付き、背を向けるようにして体を捻《ひね》る。

「なんでそっち向くんだ？」

「いや、なんかそんなに見られると落ち着かないじゃない」

昼食の時も、和久はなぜか途中からニコニコしつつ梓の食事する様子を眺めていたのだ。もともと笑い上戸のようだが、オタク談義の後からやけに上機嫌に見つめられて身の置き所がない。

別に見られて困ることはないが、イケメンに見つめられるのは気恥ずかしい。ちょっと失礼な態度だとは分かっていたが、その体勢のままスプーンを口に運んだ。

「ん〜っ！」

美味《おい》しい！　一口食べて梓の顔がニンマリと微笑む。濃厚な味わいで、口に入れたとたん、とろけていく。これは大人受けするプリンだ。

どうしましょ、ほっぺが落ちそうだわ。などと一人悦《えつ》に入っていると、突如《とつじょ》頭上から上下逆さまの男の顔が降ってきた。梓は限界まで目を見開き、液体に近いプリンにもかかわらず喉に詰まらせそうになる。

どうやら背後から、和久が前屈姿勢で覗《のぞ》き込んでいるようだ。長身だからこそできる技である。

「な、な、なにやってんのよ！」

「いや、背を向けてるから美味しそうに食べる顔が見れない」

だからなんなのよ！　と言ってやろうと思ったが、あまりにも和久が笑うので、呆れて何も言えなくなった。

その後、二人は徒歩ではなく車でお店を二軒回ってプリンを購入した。とはいっても食べるのは梓だけで、和久は「これ以上、甘い物は要らない」と早々にギブアップしている。

帰り道の途中、ある大きな温泉施設の前を通りかかった和久が、「あ、ここならいい」

と言ってその駐車場に入った。梓はここにもプリンがあるのだろうか、と視線を隣へ向けると、そこには和久が「ニヤリ」と楽しそうに笑う顔。反射的に梓の体が助手席側のドアにへばりつく。

　この笑みはよく知っている。会社で彼と初めて会ったときに見た、その後の悪い展開を予兆していた黒い笑み。あのときに感じた嫌な感覚は未だに覚えている。

「せっかくここまで来たんだ。温泉に入ろうか」

　サラリと告げられた言葉に、梓は激しく瞬《また》かせた。

「え、ちょっと待ってよ。私、温泉に入る用意なんてなにもしてないわ」

「大丈夫、ここはタオルを借りられるし。化粧品ならこれ使って」

　和久はそう言って後部座席に置いてあるコンビニ袋を引き寄せ、中から取り出した商品を梓へ渡す。それは某化粧品会社のトラベルセットだった。透明なポーチの中にはクレンジングオイル、洗顔ソープ、ローション、保湿オイルが入っている。梓も小旅行の際、お世話になった記憶がある。

　しかし、なぜ男の彼がこんな物を持っているのか。いや、さすがに常に持ち歩いているということはないだろう。――つまり最初から温泉に入るつもりだったのだ。

「いやいやいや、ちょっとご遠慮します」

「別府まで来て？　温泉だぜ、本当に入らないのか？」

そりゃせっかく有名な温泉地に来たのだから、本音では入りたい。だがプライベートで会うようになってまだ二回目の男に、堂々とすっぴんを晒《さら》す度胸はない。化粧をしたまま入ればいいのかもしれないが、温泉に入って汗をかけば、結局メイクも落ちてしまう。

「……」

梓が逡巡《しゅんじゅん》しているうちに、和久は運転席を降りて助手席のドアを開ける。

「おいで」

長い腕を伸ばして手を差し出される。彼の背後を通り過ぎるお客達が、こちらをチラチラと見てくるので居たたまれない。彼らの顔には痴話喧嘩《ちわげんか》なのかという好奇心が見え隠れしている。

渋々といった様子で、梓は和久の手を取った。もうなにを言っても無理そうだ。この男は遠慮という言葉を知らないらしい。梓は深く溜め息をつく。しかし。

「手、放して」

車から降りても手を握られたままなのは許容できない。やむをえず従っているのに、喜んでついて行っているように思われたくないのだ。――それに私はあんたの恋人じゃない。

ガッチリ掴んで放そうとしない男に苛立《いらだ》ちが募る。

「あ、駄目？」

「駄目に決まっとるがね！」

腹立たしさのあまり地元の方言が飛び出た。すかさず和久のツッコミが入る。

「あぁ！　それって名古屋弁だよな！　嫁さんがうちに来た頃も、ときどき使ってた」

なんだか懐かしい、と笑い続ける彼を見て、梓は眩暈《めまい》がした。

この人、家でもこんな調子で人を振り回しているのかしら？　希和子はよく義家族として付き合っていられるわね。

そんなことを考えているうちに、手を引っ張られて温泉施設の中に入ってしまった。

和久は二人分の入館料とタオル代を払い、梓にタオルとコンビニ袋を渡すと、「じゃ、一時間後に休憩所で」と言い置いて男風呂へ消えて行く。

こんなのってアリ？　梓はよろめきながらも、最終的に全てを諦めトボトボと女風呂へ向かった。

午後三時という中途半端な時刻のせいか、利用客はさほど多くはないようだ。

服を脱ぎながら梓はメイクをどうしようかで再び悩む。どうしよう、どうしよう、と素っ裸のまま迷っていると、クシャミが出た。

このままでは風邪を引いてしまう。悩んだ末にクレンジングオイルを掴み、浴場へ足を踏み入れた。

中はびっくりするほど広かった。岩風呂やひのき風呂、露天風呂もある。

梓は思い切ってメイクを落として髪も洗い、それからゆっくりとお湯に浸かった。説明書きを見ると、ここはナトリウム塩化物泉の源泉掛け流しとのこと。指についているお湯をペロッと舐めてみると、確かにしょっぱい。

久しぶりの温泉に、ほぅ、と声が出た。しばらく湯の中で体を温めてから、露天風呂へ移動する。晩秋の風を顔に受けつつ気持ちのいい汗をかいた梓は、ボーッと別府の空を眺めた。

ここからだと星は良く見えるかしら……

梓は都会で生まれ育ったので、満天の星空というものに憧《あこが》れていた。小学生の頃、野外学習で一泊した町の星空に感動したのがきっかけだ。それからは、山奥の温泉地などへ行く際は必ず夜空を見上げている。

暗い空を照らすおびただしい星の瞬《また》きは圧倒的で、どこまでも続く輝きを眺めていると、己《おのれ》が抱える悩みやつらさなどが吸い込まれていく。それは心の雲がゆっくりと晴れていくような感覚で、苦悩を一時《いっとき》でも忘れられた。

確か、希和子が住んでる地域は街灯が少なかったな。あそこなら満天の星空が見えるだろうか。

十月に遊びに行った広大な犬屋敷を思い出す。しかし同時に、そこは和久の家であることも思い出して、しかめっ面になってしまった。

一度思い出してしまうと、彼の秀麗な顔と、しょっちゅう笑っている姿がどんどん湧き出てくる。あの人はこれからも自分を誘い続けるのだろうか。――私はこちらで恋人を作るつもりはないのに……

空を見つめていた瞳を硬く閉じる。左遷に近い形で飛ばされてきた梓だったが、成績次第では本社に戻れる可能性がある。

ちなみに、今回の転勤は梓が引き起こした不祥事――結局罪には問われなかったが――を揉み消すための措置《そち》ではあるが、実はそれだけが理由ではない。

本社には梓の仕事ぶりを妬《ねた》む人間や、女性に己の地位を脅《おびや》かされたくない旧時代的な人間もいて、今回の転勤はそういった人々の意向もあったらしい。だが一方で梓を正当に評価する人間も多い。

だから業績が悪化している大分支社を立て直せば、味方となる人間はすぐに彼女を引き戻すだろう。実力主義のこの会社で、その人事に異を唱える者はさすがにいない。

人間関係を除けば仕事は順調だったので、この調子で行けば三年ほどで本社へ戻れるかもしれないと梓は考えていた。

でもそのとき、この地に恋人がいたらどうすればいいのか。遠距離恋愛を続ける自信は全くない。人は物理的な距離が離れれば離れるほど、心も離れやすくなると聞く。

ただ、現在、恋に対して消極的な梓だが、結婚願望もあれば子供だって産みたいと思っている。だからこそ早く本社へ戻り、地元で婚活でもしようかと考えていたのだが……

そういえば、と梓はふと思い出す。元彼と交際中に将来の話題が出たとき、彼は共働きで子供を育てたいと言っていた。名東ホームコーポレーションは福利厚生が手厚い企業だし、梓も育児をしながら働き続けたいと思っていたので、彼の言葉は嬉しかった。

しかし結婚自体が夢となった今では、ほろ苦い思い出だ。

梓は項垂《うなだ》れて唇を噛む。自分は未だに元恋人を忘れられない。こんな風に彼と過ごした時間を懐かしんでしまうほどに。違う男性と会っている最中に思い出してしまうほどに。

これが未練なのか。

水面すれすれまで俯《うつむ》いて目を固くつぶり、息を詰めた。いつの間にか口の中に流れ込んできた塩味は、温泉の味だ――そう己《おのれ》に言い聞かせながら。

そのまましばらくの間、昔の男を思い出して落ち込んでいた梓だったが、いつまでもここでメソメソしていても仕方ない。せっかく温泉に入っているのだから堪能しなくては、と気分を切り替えることにした。

何種類かあるお風呂へ順番に入っては、肌を滑るお湯を楽しむ。休憩を挟みながら心ゆくまで温泉を満喫していたのだが、ふと時計を見て一時間近くのんびりしていることに気が付いた。和久との約束の時間が近付いているのだ。

梓は後ろ髪を引かれつつ脱衣所へ移る。しかしそこではたと思い出した。すっぴんを晒《さら》すのは仕方がないとして、髪を整えるスタイリング剤がないのはまずい。梓のショートヘアは髪質のせいか、スタイリング剤をつけて乾かさないと膨《ふく》らんでしまうのだ。

くそーっ！　どうすりゃいいのよ！

憤慨《ふんがい》する梓はこの元凶である男の顔を、脳内で二、三発殴りつけた。しかし妄想を膨らませても状況は変わらない。

もうこうなったらどうにでもなれ。やけになった梓は乾かしっぱなしのボサボサの髪に、保湿オイルでテカテカ光る顔で休憩ロビーに向かった。

そこにはすでに和久がいた。彼も今しがた出てきたばかりなのか、ソファに座って髪をわしゃわしゃと拭いている。顔が伏せ気味なので、その整った容貌《ようぼう》に気付いた女性客はまだいないようだ。

梓は少し離れた位置で足を止めて和久を見つめる。

本当に綺麗な人だ。それに、引き締まった体には無駄な肉が付いていない。手足が長くスタイルもいい。イケメンや美男子といった表現がこれほど似合う男性はそういないだろう。

なぜ、彼の恋愛対象が自分なのだろう。

もしかして自分はからかわれているのだろうか。だが、それにしては彼の態度には違和感がないほど優しい。

梓は近くの壁にもたれながら目を閉じる。

初めて訪れる土地で、初めての一人暮らし。女性社員達との確執《かくしつ》。人恋しく不安感が拭《ぬぐ》えない毎日は精神的にとてもつらい。だからこの日常に刺激を与えてくれる存在が嬉しくて、和久と会うことに戸惑いを感じながらも、心のどこかで喜んでいる自分がいる。

自分に向けてくれる好意。一人きりではない食事。そんなご褒美《ほうび》を与えてくれる彼は、心を軽やかにしてくれるビタミン剤みたいだ。だからこそ、己《おのれ》のエゴで和久の気持ちを弄《もてあそ》んでしまうかもしれない状況に、梓は胸を針で刺されるかのような痛みを感じていた。

瞼《まぶた》を開いて再び和久の姿を見つめると、梓は無言で足を進めて彼の前に立つ。梓の気配に気付いた和久は、手櫛《てぐし》で髪を整えながら顔を上げた。

珍しく梓を見上げる形になった彼は、彼女を認めたとたん、ポカンとした間抜け面になった。とはいっても美男子の間抜け面は本当の意味の間抜けではない。いつもの澄ました笑顔とは違う驚きを含む表情、とでも表現すればいいだろうか。いずれにせよ、かっこいいことには変わりない。

イケメンって本当に得だわ。梓は心の底から感心する。

そして数秒後――和久が両手で口を押さえて噴き出した。体を折り曲げて声を押し殺しながら笑っている。

「笑わないでよ」

「すまん、潔《いさぎよ》いと思ったんだ。それに髪がポヨポヨしてて可愛い」

なんだそのポヨポヨって。怒ろうと思ったが、あまりの和久の笑いっぷりに、不機嫌だった梓の全身から力が抜ける。

やがて笑いをおさめた和久は、体を起こしてソファの隣をポンポンと叩いた。ここへ座れと言いたいらしい。梓はほんの少し迷ったあと、少し距離を開けて座ることにした。すると、いきなり和久が指で頬を突っついてくる。梓は思わず飛び上がってしまった。

「なにすんのよっ」

「いや、素肌が綺麗だと思って」

焦《あせ》る梓に構わず、和久は長い指を更に顎の先までツッと滑らせる。梓は慌てて人が一人座れるほどのスペースを空け、さっきよりももっと彼と距離を置いた。それでも微笑みながら見つめてくる眼差しに、梓は両手で頬を包みながら湯上りのせいではない熱を感じて動揺する。

肌の手入れはどんなに忙しくても欠かしたことはない。おかげで二十九歳でもシミのない、毛穴も開いてない肌を保っている。これは彼女の小さな自慢だった。

そういえば元彼もこの肌を気に入っていたな。一瞬、脳裏《のうり》に浮かび上がった影が確かな形を取りそうになるが、和久の言葉でそれはかき消された。

「今日はこれで家まで送ってくよ。また来週迎えに行くから。嫁さんも来週は家にいるはずだ」

「椎茸《しいたけ》狩りね」

「そう。ついでに映画でも観よう。観たいやつがもうそろそろ始まるんだ」

「なに観るの？」

「秘密」

もしかしてアニメじゃないでしょうね。さっきは自分の趣味に付き合わせる気はないと言っていたけど。

だが、和久は屈託のない笑みを浮かべて機嫌がいい。そんな彼を見ていると、先ほどまで少ししんみりしていた梓の心も浮上してきて、何だか嬉しかった。

10

和久に自宅まで送ってもらった後、梓は希和子へ出産祝いをしたいから家まで行くというメールを送った。

　その際、和久が家まで送り迎えすることを迷いながら書き込むと、間髪を容れずに電話が掛かってきた。

『ちょっと先輩！　お義兄さんが先輩の部屋まで迎えに行くってことは、二人は付き合ってるのっ⁉　え、付き合ってないって？　そりゃ嘘でしょう！　いったいいつから付き合いを始めたんですか⁉　まさかこの前、送ってってもらったときに食べられちゃったとか⁉　ヤダお義兄さん送りオオカミ！』

　あまりの大声でのマシンガントークに、梓は耳からスマートフォンを離す。

「あのね、希和子。あんたのお義兄さんとはただの友達なんです」

『友達って、セックスフレンドの方？』

「なんでそうなるの！」

　思わずスマートフォンを顔の正面に持ってきて叫んでしまった。おそらく今度は希和子の方がスマートフォンを耳から離しているだろう。

『え〜、だって男女間で友情って成り立つんですか？　男性って、興味のない女性は基本的に無視ですよ』

「きっついこと言うわね」

『だって身をもって知ってるもん』

　そういえばこの子は元社長令嬢だった。男性が希和子の出自を知って態度を豹変させる場面は、梓も見たことがある。

『だから、お義兄さんが梓先輩に声を掛けるのは下心ありってことでしょう？　付き合ってくれとは言われなかったんですか？』

「……言われたけど」

『ホラやっぱりー！　友達なんて言ってるのは先輩だけですよ！』

それは梓だって分かっている。だがまずは友達から始めようと提案したのは和久の方だ。それに甘えてはっきりさせずにいるのは申し訳ないと思うが、お互い納得して友達付き合いをしている……はず。

黙ってしまった梓の気配を読み取って、希和子はやや落ち着いた声で喋《しゃべ》り始めた。

『ねぇ梓先輩、お義兄さんじゃ駄目なんですか？　先輩とお義兄さんって性格的にお似合いだと思うんだけどな』

「そうね、身体的にはデコボコだけどね」

チビッ子の自分と長身の彼が並ぶたびに、身長差がありすぎることを実感する。

すると希和子は意外なことを教えてくれた。

『あー、お義兄さんってちっちゃい子が好きらしいからねー』

「え？」

希和子の話では、彼女が林家へ嫁いで来たばかりの頃、和久に振られた元恋人が家に

乗り込んできたそうだ。梓と同じくとても小柄な女性は希和子をひと目見るなり、

『なんであんたみたいなデカイのが和久の女なのよ！　私みたいな身長が低い子が好きだって言ってたくせにーっ！』

と勘違いした挙句、すごい剣幕で罵《ののし》ったという。

自分にとって身長はコンプレックスなのに、それがいいという人間がいたとは新鮮な驚きだ。

『で、先輩。身体的なことは一旦置いといて、お義兄さんは本当に駄目ですか？』

「あぁ、うん、悪くはないと思うけど単に私が恋愛に前向きになれないの。ごめん」

昔の男を忘れられないから――

その台詞《せりふ》は声に出さず胸の裡《うち》で呟《つぶや》いたのだが、希和子には通じたらしい。

『……私だったら新しい恋で癒《いや》します』

「うん、私もその方がいいと思うわ」

その後は、希和子の家へ遊びに行く日程を伝えて通話を切った。真っ暗になった液晶画面を見て、梓は思う。

気持ちを切り替えられれば、和久との関係もきっと進展する。そうできたら、どれほど救われるだろうか。だが簡単に想いを切り捨てられるほど、元恋人との付き合いは短くない。

六年。

生まれたばかりの赤ん坊もランドセルを背負って小学生になるほど長い時間だ。積み重ねてきたたくさんの思い出がある。別れたからといってすぐに忘れることなんてできない。

梓はそっとスマートフォンをテーブルに置いて溜め息を零《こぼ》した。


翌週、会社に行くと、梓は営業部員達から次々と似たようなことを言われた。「今までより印象が柔《やわ》らかい」とか「親しみやすい」などといった好意的なものだ。

変化の理由が分からないので最初はたいして気にしなかったが、彼らから冗談交じりに、「林先生となにかありましたか」と訊《き》かれたとき、ようやく和久のせいだと自覚した。だが、とっさに誤魔化《ごまか》せなかったのはまずかった。なにかあった、と思わせるには十分な狼狽《ろうばい》っぷりだったのだ。

それがあっという間に広がり、素晴らしく脚色されて、梓と和久がすでに付き合っているかのような内容になっていた。もちろん彼女は否定しておいたけれど。

ただ己《おのれ》に課した目標に少しでも早く達するよう、黙々と目の前の仕事をこなした。

そして週末、椎茸《しいたけ》を採りに行くということで、梓はカジュアルな服を選んだ。落ち着いた色合いのボーダー柄のチュニックワンピースにデニム、靴はスニーカーだ。

待ち合わせ場所のコンビニに行くと、和久が梓の頭の天辺から爪先まで眺めて頷く。

「うん、いい。すごくいいね。可愛いよ」

「……」

この男は本当に遠慮がない。というかこんな台詞《せりふ》、言ってて恥ずかしくないのだろうか。

梓は動揺を誤魔化《ごまか》すため、アテンザの助手席へ乗り込んで乱暴にドアを閉めた。

和久は運転しながら、宇佐市の自宅へ行く前に映画を観たいと言った。そういえばそんなことを言っていたなと梓も思い出す。どうやら自宅近くには映画館がないらしい。

「それでこんなに早く来たのね」

「すまん。こっちに来るならちょうどいいと思って」

向かった先は梓の家から少し離れた場所にあるショッピングモールだった。この中に大きな映画館があるらしい。

シネマフロアへ向かう途中、ショップの前を通り過ぎるたびに梓の表情は明るくなった。自然と足取りも軽くなる。いつもは大分駅近くのデパートで買い物をするけれど、こういったショッピングモールで買い物するのも好きなのだ。

車があればしょっちゅう来れるのになぁ、残念。

大分駅前からここまでバスがあるはずと和久が教えてくれたので、今度来てみようか。

実家暮らしの頃は親の車を借りられたから、一人で色々なところへ出掛けたものだ。遠出したいときは元恋人が車を出してくれたし……

忘れたい影がまた浮かび上がり、梓は慌てて首を左右に振る。すると目の前に急に和久の顔が現れたので、その場で飛び上がってしまった。

「近い！」

「しょーがねぇだろ。おまえときどき暗い顔するから」

今おまえって言ったな！　まだ外で会うようになって三回目なのに、やけに馴れ馴れしい。梓は頰をプクッと膨《ふく》らませ、ついでにはるか頭上にある顔を睨み付けるが、和久はものともしない。それどころかニヤニヤと笑いながら、人差し指の背で梓の頰を撫でてきた。梓はピシッとその指を払い、スタスタと映画館へ向かった。

先週梓が予想したとおり、彼が観たい映画とはアニメだった。

鑑賞後、生温かい微妙な表情の梓と、満足そうな面持ちの和久は宇佐市の林家へ向かった。

梓が初めてここへ訪れた晩夏からもう二ヶ月以上経過している。鮮《あざ》やかな緑の風景はしっとりと落ち着いた紅に色付いていた。

林家に到着するや否《いな》や、梓は顔を引きつらせた。希和子が意味ありげな含み笑いで近付いて来たからだ。これは間違いなく何かを企んでいると直感で悟った。

「いらっしゃ〜い、梓せんぱ〜い」

「……久しぶり」

来た来た来た来た。梓は犬達からぺろぺろ舐められる熱烈な歓迎を受けつつ後ずさる。

「梓、どうした？」

「いや、なんでも……」

「梓先輩、椎茸《しいたけ》を採るときにはこの軍手を使ってくださいね。いってらっしゃーい」

希和子はにこやかな笑みを湛えながら梓の背を義兄の方へ押しやる。梓は一応尋ねてみた。

「希和子は山へ行かないの？」

「行きませんよー。赤ちゃんがいますし」

ふふふ、と微笑む希和子の瞳には妖しい光が浮かんでおり、「先輩とお義兄さんの邪魔はしませんからゆっくりしてきてくださいね」と目だけで雄弁に語っていた。

この様子だと、希和子は「新しい恋で癒《いや》す」方法を梓に勧めるつもりらしい。このお節介め。梓は内心で憎まれ口を叩きながら和久の後について裏山へ入って行った。

しばらくの間、ゆるやかな傾斜を歩いていくと少し開けた場所に出た。そこに広がる光景を見て梓は思わず歓声を上げる。

「うわっ！　すごい！」

地面に転がった無数の原木に、ポコポコと小さな椎茸が数えきれないほど生えている。

椎茸《しいたけ》特有の香りに全身が包まれた。

「こっ、これ採っちゃっていいの？」

「好きなだけ持ってけ。ただし腐る前に食い切れる分にしとけよ。また採りに来ればいいんだから」

「分かった！」

そう言って梓は希和子から受け取った軍手をはめて、スーパーで見かけるよりも小ぶりな、でも傘がぶ厚く美味《おい》しそうな椎茸をそっと摘み取った。ちっちゃくて可愛い、と梓は目を輝かせながら独りごちる。

香りが強い椎茸だが、その方が調理したときの味わいが奥深いに違いない。脳内でよだれを垂らしながらきのこ狩りを続けるうちに、梓は自分でも気付かず歌を口ずさんでいた。

「じゅわじゅわ椎茸ステーキにしよう～。バターとお醤油《しょうゆ》で美味し～い。椎茸の含め煮もいいよね～。傘が開いたやつは五目御飯《ごもくごはん》に混ぜちゃうぞ～。君達は肉詰めにしてもお肉の味に勝てそうね～ぶ厚いからね～」

梓は調子っぱずれの音律で浮かれた歌を歌うその姿は、ちょっと間抜けで愛嬌《あいきょう》があったようだ。梓の見えないところで、和久が大声で笑いを堪え、腹筋を震わせていた。

柔《やわ》らかな秋の風に短い髪をくすぐられながら、梓は一心不乱に椎茸を採り続けた。

その後、林家へ戻った二人は、希和子の夫――和久の弟――から彼女が子供達と一緒に眠ってしまったと聞いて、母屋《おもや》へ移動し、椎茸の手入れを始めた。汚れを濡れたふきんで拭き取り、ザルに乗せて日当たりの良い場所に並べる。干し椎茸の作り方を説明する彼の手付きは、さすがに慣れたものだ。

今日は天気が良いため、椎茸は日光をさんさんと受けて輝いていた。自然の恵みを自然の力で凝縮《ぎょうしゅく》すれば、さぞかし美味しいものに仕上がるだろう。そう考えるだけで、梓の顔は綻《ほころ》ぶ。

和久がお茶を出すからおいで、と家の中に入るよう促《うなが》してきた。他人の家に、ましては和久の家へ上がりこむことに梓は躊躇《ためら》うが、敷地内の椎茸をいただくのに家族へ挨拶《あいさつ》もなしに帰るのは失礼だ。彼の後にそろりとついて行った。

しかし、本当に大きな家だ。台所へ行くまでに二つの和室を通ったのだが、その隣には同じ広さの和室がまた二つある。つまり十畳以上はある和室が四つもくっついているのだ。ふすまを取り払ったら旅館のような大広間ができるだろう。

さらに台所も大きい。もちろん食卓もビッグサイズ。いったい何人の家族が住んでいるのかと不思議に思うほどだ。

しかしそのどこにも家族の姿が見えなくて、梓は椅子に座ってきょろきょろと周囲を見回した。

「ねぇ、ご家族はいらっしゃらないの?」

「さぁ、買い物にでも行ってるんじゃねぇ?」

　え、いないの?和久と二人っきりの空間にいることを自覚したとたん、梓は挙動不審になる。差し出されたお茶を飲みながら、気を紛《まぎ》らわせるために思ったことを口にした。

「あの、すごく広い家なのね」

あとどれぐらい部屋数があるのか想像もできない。そういえば先ほど通った縁側は長さが十五メートル以上はあった気がする。

「田舎だから珍しくもないさ。それに、土地持ちで家族が多かったからこんな家を建てたんだろ」

「あぁ、それで山も……」

「そう。あの山はずーっと向こうまでうちが所有してる」

へぇー、地主さんなんだ。梓は、大きな窓の向こうに連《つら》なる山を眺めた。

すると和久が、「あ、そうだ」と声を出して立ち上がる。

「梓、こっち来て」

和久は縁側とは反対方向にある扉を開けて、チョイチョイと手招きをする。

「え、なに?」

「先週話した漫画を貸すから」

そう言って和久は扉の奥へ消えてしまった。梓は慌ててついて行く。

「あの、どこ行くの？」

「俺の部屋」

「えっ!?」

たどり着いた先は彼の部屋だという。梓は入り口のドアからそれ以上、中へ入ることができずに硬直してしまった。

和久はそのまま部屋の奥へ向かうと、別の部屋へ続くらしいもう一つの扉を開けて振り返った。

「どうしたの、入って」

いや入れと言われましても、男性の部屋にそう簡単に入れませんよ。つーか入りたくない。

一歩も動けないでいる梓を見て、和久はニヤリといつもの黒い笑みを浮かべて話し掛けた。

「漫画を取りに来ないと、帰りの車は出さないよ」

「なっ！」

「ほらほら、おいで。取って食いはしないから」

「う～」

梓の口から悔しそうな呻《うめ》き声が漏れる。和久は、笑いながら続き部屋の中に入ってしまった。彼女は迷った挙句、仕方なくそっと最初の部屋に入る。

純日本建築の家にしては、モノトーンのシンプルな家具で占められていた。ベッドにクローゼット、大きな机とノートパソコン、大画面テレビがあり、パッと見は必要最低限のものだけしかないように思う。

開け放たれたもう一つの扉の前に着いた梓は、恐る恐る中を覗《のぞ》く。そして目を限界まで見開き、あんぐりと口を開けてしまった。

その部屋は壁を覆うようにして棚が隙間なく並べられていた。それこそ床から天井までびっしりと。そして部屋の中央にも、突っ張り式の木製シェルフが背中合わせになって八本も並んでいる。その全てに本が——いや漫画やＤＶＤが整然と収納されていたのだ。

しかし梓が驚いたのはそれだけではない。

ガラス扉で覆われたキャビネットもいくつかあって、その中に小さな可愛らしい人形やロボットの模型が所狭《ところせま》しと飾られていた。

すごい。

おもちゃの博物館のような光景に梓は心の底から感心した。よくもまぁ、ここまで集めたものだ。投資したお金も莫大《ばくだい》な額になるだろう。

梓はこの部屋をぐるりと見渡しながら、これほどのイケメンがこの歳まで独身なのはこれが原因だろうな、と冷静に分析する。

そこへ、なにかを探していた和久が本を持ってドアまで戻ってきた。

「お待たせ。この漫画にだんご汁のことが載っているから」

そう言いつつ渡そうとする彼の目が梓の表情を捉える。

和久はフッと口の端を上げると、立てた親指を背後の部屋を指す。

「驚いた？　これ」

コレクション全体を指していることに気付いた梓は素直に頷いた。

ふむ、と和久は人差し指で顎を押さえ、しばし考えた後、膝に両手を置いて腰を屈《かが》める。そして梓と視線の高さを合わせて、笑顔で彼女の顔を覗き込む。

「気持ち悪い？」

その言葉で、梓は彼に誤解を与えてしまったことを悟った。自分がコレクションに対し嫌悪感を抱いたと。

そして分かってしまった。和久の笑みが作り物であることを。その瞳に寂しさと悲しみと諦めと、なにより自分への侮蔑《ぶべつ》があることを。

その視線から、彼の心の声が聞こえたような気がする。

――あぁ、こいつも駄目だったか。どうせ俺の趣味を気持ち悪いとか思うんだろ。

梓の脳裏《のうり》にそんな言葉が浮かび上がる。おそらく和久は今まで何度もそのような経験をしたのだろう。

他人に、特に好きな人にありのままの自分を知ってもらうこと。己《おのれ》の全てをさらけ出して受け入れてもらうこと——それは独占欲の一種なのだと梓も知っている。彼はたぶん今まで付き合った女性から拒否され続けて、心の一部が凍ってしまったのかもしれない。梓もそれらと同類とみなされたようだ。

梓はその凍てついた心を溶かしたいと思った。その理由は、彼の信頼を取り戻したいからか、それとも侮辱されたことへの意趣返しか、はたまた同情心なのか分からないけれど。

はーっと大きな息を吐いた梓は、目の前の端整な容貌《ようぼう》を見つめて言った。

「言葉のチョイスが間違っているわ」

「は?」

予想外の台詞《せりふ》に、和久が瞳をパチパチと瞬《またた》かせる。

「気持ち悪いって言葉は人を侮辱する意味に繋がるから、不愉快だわ。私が貴方の趣味を見て馬鹿にするとでも思っているんでしょうけど、おあいにく様。本当に馬鹿にしているのは貴方の方よ。だって『どうせ俺の趣味を気持ち悪いとか言うつもりだろ。先に訊《き》いといてやるよ』って私を見下しているでしょ?」

「……」

梓は、もう一度溜め息をついて先を続ける。

「そりゃ初めて見たときは確かに驚いたけど、貴方はただ好きなことをしているだけじゃない。それを『気持ち悪い？』って訊くのはね、貴方が心の中で私がそういう反応をするって決め付けているのよ。無意識に見下しているの」

和久の顔から笑みが消えた。初めて見せる真面目な表情で、静かに梓を見つめている。冷静さを取り戻した瞳を梓も見つめ返した。

「私はそんなことで人を蔑《さげす》んだりしないわ」

ってなんか偉そうなこと言っちゃってるわね、私。

こんな台詞、後で思い出したら、こっ恥ずかしくて身悶《みもだ》えしてしまうかもしれない。そう思うと急に恥ずかしくなって、梓は俯《うつむ》いてしまう。その視線の先に彼の手の本を認めて、取り繕《つくろ》うように腕を伸ばす。

「これ、借りてくわね。あと今日はもう帰るわ。椎茸《しいたけ》もたくさん採ったし。できれば近くの駅まで――」

送って欲しい、と続けようとした瞬間、息が止まった。

突然だった。

足が宙に浮いたのだ。腰に強い力を感じる。

「なっ、なに……っ！」

すごい勢いで視界が回転した。ばさりと本が落ちる音が聞こえる。天井が視野に入った途端、恐怖で目を固く閉じた。すると、ぎゅうっと痛いほどの圧迫を全身に感じて身が竦《すく》む。恐る恐る目を開けると、至近距離に男の首筋がある。

「へ？」

和久が梓を強引に横抱きにした上、強く抱き締めているのだ。

あ、あのちょっと苦しいし浮いてるから怖いんですけど。

梓は男の拘束から逃《のが》れようとするが、その腕はビクともしない。おまけに押し殺した笑い声まで聞こえてくるではないか。

「ちょ、ちょっと、放して……」

和久の唇が梓の耳朶《じだ》に触れているのでくすぐったい。それになんだか体がザワザワする。これはアレだ、彼と初めて会ったときに感じた嫌な予感。黒い予兆。不安で鼓動が速くなる。押しのけようとしても、やはり和久は離してくれない。

それから決して短くはない時間が経過した後、ようやく和久の顔が梓から離れた。だがお姫様抱っこはされたままなので、梓は宙に浮いたままだ。

その状態で和久を見上げた梓は、目を見開いた。

傾国の美男やら絶世の美男なんて言葉が存在するのなら、これほど似合う男はいないだろう秀麗な顔に——極悪非道な笑みが浮かんでいたのだ。

「ヒッ……！」

微笑んでいるはずなのにとんでもなく邪悪に感じて、梓は思わず悲鳴を上げてしまう。しかし和久はそんな彼女には構わず、スタスタと大股で歩き自身のベッドへ梓と共に倒れこんだ。

「わっ、ちょっと、待っ……ん！」

梓が突然の展開についていけずに抗議の声を上げると、その唇を和久の唇で塞《ふさ》がれる。とっさに口を閉じて抵抗したのだが、両脇をくすぐられて「うひゃあっ」とおかしな声を出した隙に彼の舌が侵入してきた。

まさかこの状況でキスをすることになるとは。梓は混乱しつつも頭を振って逃《のが》れようとするが、和久の動きは巧みだった。

もがく細い足の間に大きな体を入れて蹴りを防ぎ、腕と上体だけで梓の上半身をガッチリ固定してしまう。梓は両腕を胸の前で折り畳んでいたので、自分と相手の体に挟まれてなかなか動かせない。その上で和久は空いた両手を使い、小さな頭部が動かないように支える。体格差がありすぎて、梓は完全に男の体躯《たいく》で覆われる形となった。まさに袋の鼠《ねずみ》だ。

「ん！　んうんっ！　はっ、まってぇ……んっ！」

息継ぎの合間に声を出しても、すぐにまた唇の角度を変えてぴったりと隙間なく塞がれる。全ての歯を丹念になぞられ、縮こまる舌を和久のそれで絡め取られる。逃げても逃げても執拗《しつよう》なまでに追い掛けられた。

まさしく「貪《むさぼ》る」といった激しい口付けだった。呑み込めない唾液《だえき》が零《こぼ》れて梓の首筋へ垂れるが、それでも彼のキスは止まらない。

鼻で息をするのも限界だった。梓の頭がボーっとしてくる。――いけない、ここで流されちゃ駄目だ。

梓は眩暈《めまい》にも似た恍惚《こうこつ》を振り払おうと、両手で和久の胸を押す。が、もちろんビクともしない。さらに和久は舌を絡めてくる。逃げる獲物を追いつめて陥落《かんらく》させようとする動きだ。

こうなったら応戦するしかない。そう思い、彼女はあえてキスを返した。

引っ込めていた舌を突き出し、男の舌をなぞる。和久の動きがピタリと止まった。上半身への苦しいぐらいの圧迫もゆるむ。その隙に両腕を男の逞《たくま》しい首に巻き付けて指で髪を梳《くしけず》る。

すると、和久のキスがゆったりとした口付けに変わった。貪るのでもなく奪うのでもなく、労《いた》わるかのような優しいキスが続く。唇を食《は》み、舌をすり合わせて、音を立てて唾液を呑み込む。

ちゅっとリップ音を立てて唇が離れた。目を開いて吐息を感じるほどの近くで男と見つめ合う。

瞼《まぶた》を覆う睫毛《まつげ》が驚くほど長いと初めて知った。整えられた左右対称の眉、男性にしてはキメの細かい肌。テレビや雑誌の中にいる美しい男達を凌駕《りょうが》するほどの美貌。

ぼうっと見惚《みと》れていた梓だったが、和久の右手が彼女の頬をひと撫でして首筋へ流れ、指先が襟の中へ入り込んだところで我に返った。

「ちょっと待って」

「待たない」

待てない、じゃなくて待たない、か！

こんな場面でありながら、梓は欲望をストレートにぶつけてくる彼の強引な言葉に感心してしまう。――どこまでも自分に素直な人だ。

だが感心している場合ではないとすぐ自分を取り戻す。

このまま先に進んではいけない。昔の男への未練を断ち切れないのに、まだ彼への気持ちが固まってないのに、これじゃセフレと変わらない。

「ごめんなさい、私、別れた恋人を忘れられないの」

その言葉に和久の動きが止まる。梓は理由を問い掛ける眼差しをしっかりと受け止めてから口を開く。

「ごめんなさい。どうしても忘れられないから……」

「こんなキスをしたのに？」

「ごめんなさい」

何度も謝る梓を、和久は射抜くような目で見つめる。しばしの沈黙の後、いつもとは全く違う真摯《しんし》な色をその瞳に浮かべて口を開いた。

「俺はおまえが好きだ」

ドクン。

己《おのれ》の鼓動がいつもより大きく聞こえた。本当に心臓が一センチほど跳ね上がったのではないだろうか。

「な、何を急に――」

「今、本気になった」

いつものように口角が上がり、彼の顔に意地悪な微笑が浮かぶ。それでも見つめてくる眼差しは泣きたくなるほど優しくて、梓は彼から目を離せない。

「惚れた。俺と付き合ってくれ」

和久が再び頬を撫で、唇を撫でる。輪郭《りんかく》をゆるやかになぞるその指先は、そのまま首をたどり、鎖骨へと動いた。驚きのあまり固まってしまった梓は、胸の膨《ふく》らみをそっと覆う温かさに危機感が覚醒する。

「待って！　……私、貴方のことは嫌いじゃない。もしかしたら好きになりかけているのかもしれないわ。でも別れた彼との思い出が残っていて、すぐに切り替えができないの」

なにかの拍子に楽しかった過去を思い出してしまう。和久と会っている最中でも何度も彼の影が頭を過《よ》ぎって、胸の奥で痛みを感じていた。

その浅ましさに涙が盛り上がり、瞼《まぶた》を強く閉じる。

暗い闇の中で、梓は己の唇に慰《なぐさ》めるかのような温もりを感じた。それは頬に移り、耳朶《じ》《だ》に移り、やがて首筋全体へ広がる。だが彼女の記憶《いた》がこの手順を「違う」と拒否する。

彼はこんなに優しくなかった。こんな風に私を労わるような動きじゃなかった……

このような場面でも元彼と比較してしまう自分に我慢ならなくなり、とうとう梓の閉じられた瞼から涙が零《こぼ》れ落ちた。はらはらと流れる雫《しずく》を感じ取ったのか、和久の動きが止まる。やがて覆い被さる重みがなくなり、上から溜め息が降ってきた。

梓は両肩を掴まれて強制的に体を起こされる。ベッドに座り込んで涙で滲《にじ》む瞳を瞬《また》かせていると、隣に胡坐《あぐら》をかいた和久が口を開いた。

「仕方ねぇな、おまえが男を忘れて俺を好きになるまで待つよ」

「え」

なにもしないで待つ。彼がそう言い切ったことを意外に思った。これだけ強引なことをしたのに今更、と疑いの眼差しを彼へ投げる。

その思考を読み取ったのか、和久はガックリと項垂《うなだ》れた。

「惚れた女を傷付けるのはごめんだ。大事にしたいんだ。キツイけどそれぐらい待つさ」

「でも、私は寂しさを紛《まぎ》らわせたくて貴方を利用しているだけかもしれないわよ」

「別に構わねぇよ」

「え？」

「とことん利用すればいい。俺はいつまでも待つし、おまえの気持ちが俺に向くように努力する。おまえだって、永遠に昔の男との記憶のみで生きていくわけじゃねぇだろ」

「……」

今、すごいことを言われている。

男の人に愛を告白されているのだ。

梓は彼の黒い頭部を見つめながら、やっとそのことを自覚した。和久の言葉がくすぐったくて面映《おもは》ゆくて、おかげで首まで真っ赤に染まる。

このとき彼女の心に形容しがたい熱量が生まれた。強引にキスを交わし、欲望を隠すことなくぶつけてくる男が、梓の気持ちが変わるまで待つと宣言をする。己を律して梓の気持ちを尊重してくれているのだ。愛する女性を慈《いつく》しむ想いが、固く閉じている彼女の心の殻《から》に亀裂を生じさせた。その隙間から流れ込む光はどこまでも温かく柔《やわ》らかくて、梓の体の隅々まで伝っていく。

和久が伏せていた顔を上げると、梓と視線が合う。

「あ、あの……」

「ん？」

梓はドギマギしつつも、勇気を振り絞ってそっと両手を伸ばした。全身を巡る熱を移すかのように、和久の頬へ手を添える。

「その、そう言ってくれると嬉しい。えっと、いつ忘れられるか分からないけど、努力してみる……」

梓だって、元彼のことをいつまでも引きずりたくはない。忘れなければ新しい恋に進めないのだ。

和久は強引だけど優しくて、そしてなによりも梓の気持ちを最優先すると言ってくれた。それが純粋に嬉しい。

ふと気付けば、梓の両手首は和久の大きな掌《てのひら》で握られていた。和久の手がそのまま梓の掌へ移動すると、指と指が絡まる。いわゆる恋人繋ぎだ。

和久の顔を見ると、いつもと同じ口の端を上げてニヤリと笑っている。梓の心をざわめかせ、それでいて一途《いちず》さを思わせる微笑を。

「大丈夫、必ず忘れさせてやるから」

瞬間、梓の唇は和久の温かな唇に塞《ふさ》がれていた。すぐに解放されるものの、手をがっちり握られて逃げることができない。ちゅうーっと吐息まで吸われた梓は、唇が離れた瞬間、目に涙を溜めつつ叫んだ。

「待つって言ったじゃない！」

舌の根が乾かないうちになにすんのよ！　梓が憤慨《ふんがい》すると、和久はペロリと己《おのれ》の唇を舐めて、「忘れさせる努力の一環だ」といけしゃあしゃあと答える。

これ以上ベッドに座っていると何をされるか分からない。そう判断した梓は「喉が渇いた」と言って和久を台所へ促《うなが》した。借りた本を拾い上げた際にもう一度本棚だらけの部屋を見回す。

このとんでもなく綺麗な顔を持つイケメンが、重度のオタクだと誰が想像できるだろうか。彼をストーキングする自社の女性社員達に暴露しても誰一人として信じないだろう。

縁側でお茶を飲もうということになって、日が差し込む暖かい縁側に座った。日向《ひなた》ぼっこをしながら遠くの山々を眺めていると、だんだんと気持ちも落ち着いてきた。

他愛ない会話を交わしつつお茶を飲み干す頃、今まで大人しく犬小屋で寝ていると思っていた犬達が、一斉に門扉《もんぴ》の方へ走っていく。それを目撃した梓はギョッとした。

「あぁ、客だな」

小さく呟《つぶや》いた和久の口調に少しだけ苦いものが混じっているように感じて、梓はそっと彼の横顔を見上げた。微笑んではいるのだが、目が笑っていない。

門は、母屋《おもや》からかなり離れた位置にある。門の傍に老人が立っていて、外側から勝手にかんぬきを外していた。その人物は吠えてくる犬達をうるさそうに追い払うと、こちらへ近寄ってきた。もちろん犬達は威嚇《いかく》することを止めない。

和久が、「座れ！」とよく通る声で号令を掛けると、十二頭の犬達は一斉にお座りをした。うわぁ、すごいわ。と感心する梓だったが、すぐに慌てて姿勢を正す。しかめっ面をした気難しそうな老人が縁側まで来たのだ。会釈《えしゃく》をする梓をジロジロ眺めながら和久へ問い掛けた。

「御手洗《みたらい》さん、こちらの女性は？」

「うちと契約している企業の方です。今日は休日なのにわざわざ書類を届けてくださったんですよ」

その言葉を聞いて、梓は彼の話に合わせた方がいいと判断した。どうやら自分の警戒アンテナも立ってしまい、この老人に好意的な感情が湧かない。

初老の男は「ほう」とつまらなさそうに言って、手にしていた回覧板らしきバインダーを和久へ渡した後、いきなり梓へ話し掛けた。

「お嬢さん、名字はなんという？」

は、はい？　なんで急に名字？　梓が目を丸くして答えられずにいると、横から救いの手が差し伸べられる。

「彼女は山代さんです。地元の方ではありませんよ。会長、そろそろ彼女を送っていく時間ですので」

言外にもう帰れと仄《ほの》めかす和久へ、老人は不機嫌そうにふんっと鼻を鳴らした。

「そりゃ残念だ。じゃあ御手洗さん、また」

そう言って去って行くやや丸まった背中を、梓は茫然《ぼうぜん》と見送る。そして老人の姿が見えなくなったとたん、唸《うな》り声で警戒していた犬達が一斉に立ち上がり、和久と梓の近くに寄ってきた。

縁側へ足を置いたりしない躾《しつけ》のいい子達だ。鼻面を二人の体に押し付けてはニオイを嗅いで尻尾を揺らす。その愛くるしい姿に、梓は手を伸ばして顔を撫で回した。

あったかくて可愛い。指先を舐められる感触をこそばゆく思いがらも、梓は犬達の無邪気な好意に心が和む。

その様子を見つめながら、和久が口を開いた。

「悪いな。嫌な思いさせて」

「全然」

そう言って梓は首を左右に振る。嘘はない。犬達が可愛いのであの老人のことを一瞬忘れていたほどだ。

「ちょっと驚いたけどね。それよりなに？　名字とか、『みたらいさん』って」

「御手洗ってのは、この家の住民のことを言うんだ。親父の旧姓なんだけど――」

「お父さんは林さんちに養子に行ったの？」

「というか婿入りだな。お袋は三人姉妹の長女だったから」

「あれ？　でもこの家が『御手洗さん』のおうちってことは、ここはお父さんの実家なのよね」

「あぁ、元々親父は次男だったから家を出て行ったんだけど、結婚して税理士の資格を取って独立したら、長男一家が事故で全員死んじまった」

「えっ、全員!?」

「うん。それで急遽《きゅうきょ》親父にお鉢が回ってきてこの家を継ぐ羽目になった。だから婿入りして林姓だけど、御手洗の家に住んでるんだ。で、事務所もここに移転した。俺が中学生の時の話だ」

和久の話では、父親には姉もいるが、当時すでに嫁いで九州から出ていたそうだ。それで父親が呼び戻されたらしい。家を継ぐ、という感覚がない梓にとって、彼の話は新鮮だ。

感心する梓をよそに、和久の話は続く。

「まぁそれ自体は問題なかったそうだ。でも――」

そこで和久は視線を犬達へ移し、笑みが皮肉混じりなものに変化する。彼は胡坐《あぐら》をかいた片膝に肘を置いて頬杖を突き、前屈みになりながらどこか遠い目をした。その物憂げな様に、梓の胸中がかすかにざわめく。

「ここら辺で『御手洗』って言ったら結構な名士なんだと。俺は正月と盆くらいしかこの家に来ないから知らなかったけどな。さっき来た自治会長の役職も、本来はここの人間がやるのが伝統らしい」

先ほどの老人は自治会長さんだったのか。それで和久は「会長」と呼んでいたのだと思い至る。

「で、田舎の町の名士って言ったら、ここら辺の住民にとって重要な人物らしい。冠婚《かんこん》葬祭《そうさい》やら自治会運営やらの相談先ってところなんだろうな。主に年寄り連中の話なんだけど」

「ふーん」

名古屋市内に全ての親戚がいる梓にとって、和久の話は新鮮だった。

「町の老人や遠くの親戚は言うわけよ。『御手洗さんちに住む人間が林さんじゃおかしい、改姓しろ』って」

「ええっ？」

思わず素《す》っ頓狂《とんきょう》な声を上げてしまい、梓は慌てて両手で口を塞《ふさ》いだ。犬達にまで一斉に注目されているので恥ずかしい。それを見て和久が声を上げて笑う。

「そう思うよな？　親父がこの家の生まれなのは間違いないのに、姓が違ったらおかしいって主張するんだ。頭がイカれてるのかと思ったぜ」

　梓は意地悪そうに笑う和久の表情を、唖然と見つめてしまう。

「で、でもその人達は諦めたんでしょ？　改姓していないし。林さんのままだし」

「今はな。だが当時は、親父でも忘れていたぐらいの遠縁の親戚までやって来て、姓を変えるべきだってかなり揉めたぞ。で、あまりにも周囲がうるさくて落ち着かないから、親父が奥の手を使ったんだ。なんだと思う？」

「なにって、この家から出てったとか？」

「それも一つの手なんだけど……まぁ要するに金を使ったんだ」

「お金……」

「そう。親戚には形見分けと称して現金を、町には自治会館を建て直すための寄付をしたり、会費を割り増しして払ったりとかね。かなりの金額を使ったかなぁ、ちょうど山を一つ売ったから」

　ここから見える山の、更に奥にあるかなり遠い場所で、当時ゴルフ場を建設する計画が持ち上がっていた。その計画範囲に御手洗家が所有する山が入っていたので、かなりの高値で売れたのだと和久は話す。

そこで梓を見やる男の笑みが、「ニヤリ」と悪辣《あくらつ》なものになった。その表情は心臓に悪いから止めて欲しいと心底思う。彼の気配が少し怖かったので口は閉ざしておいたけれど。

「そしたらさ、周囲の連中の態度がいっぺんに変わりやがった。やはり町の名士のやることは違うだとか、御手洗の人間はこうあるべきだって」

あの変わりようはすごかったと和久は皮肉っぽく笑う。その過去を追憶する姿勢に懐かしさは微塵《みじん》も含まれてはおらず、負の記憶に支配される彼の思い出が、相当なものであることが察せられた。しかしその表情に寂しいものを感じて、梓は彼から目が離せないし、なにも言えない。

和久は体を起こして視線を遠くの山々へ移すと、ポツリと呟《つぶや》く。

「でもそれからかな、人間というか他人を疎《うと》ましく思うようになったのは」

見上げた梓の視界には、そよ風に吹かれて前髪を揺らす美しい横顔。和久はうっすら笑みを浮かべ、静かに景色を見つめたまま話を続ける。

「自分勝手な理屈でよその家を攻撃する人間達が、自らの利益になると掌《てのひら》を返す。その様を目の当たりにして、ちょっと人間不信というか人間嫌いになった。まぁ当時の俺は中学生だったから、大人の争いを直視するのがきつかったんだろうな」

「……なんで中学生がそんな大人の事情に詳しいの？」

「俺は長男だったからさ、親父が言うんだよ。将来、相続の場で似たようなことが起きるかもしれないから、おまえだけは知っておいた方がいいって。で、話し合いの席に俺を同席させたんだ。だから弟は呼ばれなかった」

長男だから。そうだ、この人は長男でこの家を継ぐ人なのだ。梓はジクリと痛む胸を手で押さえる。

更に和久の言葉は続いた。

「でも、人間不信になったのはそれが全ての原因じゃない。子供の頃から捨て犬を保護していたから、いつも生き物が傍にいて、命が尽きるのも見てきた。おまけに捨て犬の保護なんて無駄だから保健所に連れてけって言う大人もいて、人間っていうのは自分も含めてロクデナシな生き物だって思ってた。それに加えて改姓問題とか起こったから、この町にいることが心底苦痛になって、高校は寮に入れる大分市の学校へ行ったんだ」

そこで話を止めた彼は、すでにぬるくなったお茶をすする。梓の小さな声がポツリと両者の間に落ちた。

「あぁ、だからあんな遠くに行ったのね……」

「うん。大学は福岡にあるところを選んだから、ひとり暮らしができた。ここからだと通えないし」

「へぇ」

次第に梓は疑問を抱き始めた。彼はなぜ自分の昔のことを話すのだろうか。

「あの」

「ん?」

「その、なんでそんなこと私に話すの?」

いつもこんなことを他の女に話しているの? それとも私だけ?

戸惑う梓に、彼はクスリといつもの人を惑わせる笑みを浮かべる。

「好きな人に自分のことを知ってもらいたいから」

臆面もなくそう言われ、梓は頬や耳朶《じだ》だけでなく首筋までも紅く染めて俯《うつむ》いてしまった。なんて恥ずかしいことを言う男だろう。

ショートヘアの梓の、ほっそりとしたうなじが露《あら》わになる。艶《あで》やかに紅色に染まるそれを眺める和久は、ニヤニヤした締まりのない表情で話を戻した。

「でさ、高校、大学と通ううちに、今度は女性不信になった」

「へ?」

頬の赤みを残したまま、梓は和久を見上げた。

「女嫌いってわけじゃないんだけど、皆俺の顔しか見ないから、ちょっとな」

整いすぎた美貌により、常に女性に囲まれてきた反面、和久は自分を巡る女達の醜《みにく》い争いも嫌というほど見続けている。それゆえに彼は、女という生き物は「嘘をつく」「すぐに泣く」「しかも嘘泣き」で「自分勝手」だと思うようになった。

　しかし、だからといって全ての女性を拒絶しているわけではない。そういう性質の生き物だと理解した上で、心から愛せる人をずっと求めていた。ただ過去に関係を結んだ多くの女性達の中にはいなかったけれど。

「それに例の俺の趣味を知ると女は逃げるか拒絶する。中には悲鳴を上げる女もいたな。死に物狂いで俺を矯正《きょうせい》しようとする女もいたけど」

そう微笑みながら話す男を見て、梓の胸中になんとも言えない感情が渦巻《うずま》く。

「だからかな。この家に戻ってきてからは家族以外だと犬が一番信じられるものになった」

そう言いながら和久は足元にいる大型犬の頭を撫でた。その犬は十二頭の中でもっとも大きくてものすごく怖い顔をしているが、ぺろぺろと嬉しそうに彼の手を舐めていた。

「こいつらは俺がなにしようと文句を言わないし非難もしない。まぁ言葉を話さないから当たり前だけど。でも俺を裏切らないし、信頼できる」

その言葉に梓の表情が少し歪《ゆが》んだ。身近で信用できる存在が犬というのは、それはとても悲しいことではないかと思ったのだ。

和久にも多少の自覚があったのか、彼女を見て優しい表情で話しかける。

「そんな顔するなって。そのおかげで新しい見方ができるようになったんだから」

「なにを？」

「犬が懐《なつ》く人間なら信じられるんじゃないのかって考えるようになった。ほら、さっきの自治会長なんてこいつらに嫌われていただろ」

そういえば彼が門に近付いただけで、今まで静かにしていた犬達が一斉に吠え始めた。和久の持論によると、犬は己《おのれ》に敵意がない人間しか好きになれないそうだ。そのため犬が懐く人間は信用できる。

「それになんとなくだけど、犬を本心から好きな人間に悪い奴はいないと思う。あと犬って人間の顔を舐めるのが好きなんだけど、女は化粧をしているから嫌がるだろ。それでも受け入れるヤツは真の犬好きだ。で、そういう女だったら俺も信じられると思ったんだ」

そう言ってなにかしらの意図を含んだ視線で梓を見つめる。穏やかな表情をしているが、その眼差しには情熱が籠もっていた。熱を含む男の瞳と見つめ合う梓の脳裏《のうり》になにかがかすめる。あれはそう、この地へ転勤してきた直後。この家へ初めて来たときのこと。

「見てたんだ……」

笑みを深くした和久が嬉しそうに頷いて話し出す。

あの日、和久は休憩しようとお茶を持って縁側へ来た。ちょうどこの位置から遠くの緑を眺めていたら、向こうの方に希和子とその友人らしい女性を見つけた。その女性は遠目でも分かるくらい小柄だった。彼女は、犬達に顔や手を舐められても笑って受け入れている。その笑顔が可愛いと思った瞬間、「好感」を持ったのだと。

彼女のことを知りたい。強い望みが胸の裡《うち》に芽生えた瞬間。

その女性が帰った後、希和子へそれとなく尋ねてみたら友人だと教えてくれた。でもそれ以上は訊《き》けなかった。あまり突っ込むと、すぐに和久の気持ちを勘づかれてしまう。女の勘というものは超能力並みに鋭い。警戒されないよう、希和子から余計な入れ知恵をしてほしくなかった。

「名東ホームコーポレーションで働いているってことだけは分かったから、おまえの姿を探して声を掛けた。会っているうちにどんどん好感度が上がるから参ったよ。しかも今日、俺の趣味を知ったおまえに本音を見破られた。……すまない」

「ん？　なにが？」

「おまえが指摘した通りなんだ。近寄ってくる女は、ことごとく俺の趣味を馬鹿にしたり罵《ののし》ったりする。気にしないって言ってくれる子も、そのうち違う趣味に変えるよう誘導したり、変えるべきだって喚《わめ》く。だから、その、好意はあるんだけどおまえも同じだって先入観があった」

「あー、なんとなくそう思ってるだろうって分かった」

「すまん……」

珍しく和久がしょぼーんと沈んでいる。まるで犬みたいだ。

梓は彼の丸まった背中と縁側の周囲に寝そべっている犬達を交互に眺めた。

「気にしないでよ。あの部屋を見て驚いたことは確かだし」

「うん、まぁそうなんだけど、おまえの指摘は正直なところ嬉しかったよ。俺の悪いところを真正面から言ってくれるし」

その瞬間、本気で惚れたんだ。

和久は想いを込めた眼差しで梓を見つめ、真摯《しんし》な告白をする。それを受け止めた梓は、これまでの彼の一連の追憶が自分への口説き文句なのだとやっと理解した。男の情欲を秘めた瞳から目が離せなくなる。

いつも口角を上げて不敵に笑う秀麗な顔が、柔《やわ》らかく見えるのはどうしてだろう。

あぁ、あれは彼の鎧《よろい》なんだ。

和久の不遜《ふそん》ともいえる態度は、本心を悟らせないための自己防衛なのだ。人間を、女性を信じることが難しい孤独を他者に知られないよう、己《おのれ》を取り繕《つくろ》うための鎧。

和久の部屋を初めて見た際、これほどのイケメンがこの歳まで独身なのは、あの趣味が原因ではないかと思ったが、真実は違った。もちろんあの趣味も要因の一つにはなったたろうけど。

歪《ゆが》んだ考えに恥じ入る彼女は視線を落として項垂《うなだ》れる。しゅーんと小さくなって落ち込む梓の形の良い顎を、和久がすくい上げた。見上げる彼女の視界には、近すぎる位置に美しい男の顔。一瞬、見惚《みと》れてしまった梓が動けずにいる隙に二人の影が重なって……

ということにはならなかった。

正気に戻った彼女の両手が、慌てて和久の唇を塞《ふさ》いだのだ。

「なんで止めるんだ」

先ほどまでの笑みを山の向こうまで吹っ飛ばし、和久は不機嫌そうに呟《つぶや》く。しかも口を覆う梓の掌《てのひら》をペロリと舐めてくる。梓は小さく悲鳴を上げながら跳び上がって後退した。

「き、キスは駄目！」

「なんで？　もぅヤってるじゃねぇか」

「そういう言い方をしない！」

いつもと同じようにニヤリと悪戯《いたずら》っぽく笑う男に対し、梓はやはり同情は要らないと思うのだった。

このままここにいるとまずい方向へ進みそうだ。さっき彼の部屋にいた時もこんな風に接近した後に押し倒された。危機感が募った梓は狼狽《うろた》えながら腰を浮かせた。

「あの、そろそろお暇《いとま》しようと思うんだけど……」

ここまで和久に車で連れてきてもらったが、帰りも送ってもらわなければならないので、言外に車を出して欲しいと伝える。

だが和久はすぐには頷かず、腕組みをして宙を睨んだ後、梓と向き合った。

「まだ明るいから出掛けよう」

彼は、どうやら簡単に彼女を解放するつもりはないらしい。

「……どこに？」

「そうだな、耶馬渓《やばけい》はちょっと遠いから……ワインは好きか？」

「あ、好き」

ならワイナリーに行くか、と告げられて梓は首を傾げる。日本のワインは山梨でしか生産していないと思っていたのだが……。それを話すと和久には案の定、笑われてしまった。

彼曰《いわ》く、とある焼酎のブランドで有名な会社がワインも造っているそうだ。

へぇ、焼酎の会社が。梓は意外に思いながらも興味を持った。焼酎はあまり飲んだ経験がないけれど、ワインは好きなので良く飲むのだ。

和久は茶器を持って立ち上がった。

「デートの続きだな」

「で、デートじゃない！」

「じゃあなんだって言うんだ？」

「……」

和久が口角を吊り上げて意地悪く微笑む。梓は返す言葉が思い付かない。仕方なく立ち上がりつつ、彼の思いどおりになるのも悔しいので、ちょっとだけ気に食わないといった表情は作っておいた。

希和子はまだ子供と寝ていたので、梓はお礼のメールを送っておくことにする。門まで後を付いてくる犬達に手を舐められたり足に擦り寄られたりと、熱烈なスキンシップを受けて別れた。

ワイナリーはそう遠くはないが、車を出して行くことになった。

駐車場に車を停めると、和久にエスコートされて石畳のエントランスを歩く。門を潜って園内に入ったとたん、彼女の口から小さな歓声が漏れた。静かで広大な敷地内にある木々は紅や黄色など鮮《あざ》やかな色彩が溢れており、紅葉を楽しむだけでも価値がある場所だ。

「うわぁ、綺麗な場所ねぇ」

「そうだな」

感嘆の溜め息をつく梓を、和久は彼女から見えない高い位置で見つめる。素早く小さめの手を握り、しかも指を絡めてカフェへ連れて行く。恥ずかしいから手を離してくれと懇願《こんがん》してもどこ吹く風だ。

しかし、和久の足取りには迷いがない。

地元の人間だからよく知っていて当たり前なのかもしれないが、男一人で来る場所とはとても思えない。誰と来たのだろう？　そんな疑問が湧き上がるのは、やはり彼が気になるからなのか。和久は己《おのれ》を女性不信と言っていたが、この容姿では女性が絶えたことはないはずだ。恋人と来たのでは……

そこまで考えて梓はハッとする。これではまるで過去の女性に嫉妬《しっと》しているようではないか。ぶんぶんと首を左右に振ると無意識に掌《てのひら》へ力が入り、和久の手をギュッと握り締めてしまった。すると同じように握り締められる。頭上から嬉しそうな視線が降って来るものだから、梓の頬はどんどん赤くなってしまった。

園内を歩いて行くとすぐにお洒落《しゃれ》な建物が現れた。中はワインを販売するショップだ。ここでは試飲をしてから購入できるので、梓はいくつか試して、気に入ったスパークリングワインと赤ワインを買った。

一人呑みも悪くないわね。ほくほくした表情で会計を済ませ、ワインを受け取ったが、ヒョイと袋を和久に奪われる。

「俺が持つよ。重いだろ」

「……そんなことないわ」

こういうところは紳士なのよね。梓は気恥ずかしくなって視線をあらぬ方向へ向けてしまった。

しかしやりすぎではないかと思うときもある。この店に入るときも扉を開けて梓を先に通すし、車のドアだってそうだ。初めて会ったときからレディファーストが徹底している。だが梓にとっては照れ臭い。

「梓、こっちおいで」

和久にすかさず手を握られて、今度はカフェと思しき店へ向かう。そこは重厚感のあるソファが印象的な落ち着いた空間だった。

コーヒーでも飲もうかと思ったのだが、和久に勧められてソフトクリームを頼んでみた。

ワイナリーなのにソフトクリームなのかと首を傾げながら、梓はそれを口に運ぶ。

「美味《おい》しい！」

ソフトクリームなんて久しぶりに食べたけど、これは美味しいわ。満面の笑みを浮かべて食べる梓を見て、和久もニコニコしている。

食べているところをジッと見つめられるのは、大変面映《おもは》ゆい。それでなくても誰もが振り向いてしまうほどの美形で、しかも自分を好きだと告白して、こちらが彼に好意を持つまで待っている男だ。

和久の美貌をなるべく見ないよう、伏し目がちに食べていたら、いきなりソフトクリームを持つ左手を引っ張られた。顔を上げると、彼が顔を傾けてソフトクリームを直に舐めているではないか。

白いソフトクリームをすくう舌の鮮《あざ》やかな赤色は、やけに煽情的だ。おまけに流し目まで寄越すものだから、彼女の顔面は舌の赤みに負けないほど色付く。

い、いちいち反応するな、私！

胸中で自身を叱咤《しった》するものの、紅潮した顔はなかなか元には戻らない。その様子をつぶさに観察した和久は、イスに座り直すと肩を震わせながら笑い出した。

「本当に分かりやすいな。そんなんじゃ仕事にも影響があるんじゃねぇ？」

「お、大きなお世話よ！　本社じゃ『鉄の女』って呼ばれるほど落ち着いて仕事してたんだから！」

「へぇ？」

全く信じていない口調に向かっ腹が立ったが、真っ赤になって忙しなく視線を動かしては説得力がない。

が、梓が『鉄の女』と呼ばれていたのは事実である。まだ営業をしていた頃、彼女を疎《うと》ましく思う一部の上役達が異名で呼んでいたらしい。

忌々しい記憶がよみがえり、梓は一瞬顔をしかめるが、左手にじんわりとした冷たさを感じて現実へ戻る。視界に入るのはソフトクリームの滑らかな白い肌。

ってていうか、彼が舐めたこのソフトクリームはどうすればいいのよ？

もちろん、もったいないので捨てるつもりはない。しかしこのまま食べ続けると、どうしてもバカップルが人目をはばからずイチャイチャしてるように思えて食べたくない。和久がこのカフェに入ってから、女性店員や女性客がチラチラとこちらを見ているのには気付いている。彼が舐めたソフトクリームを狙われているように感じるのは、自分の被害妄想だろうか。

そんな梓の葛藤《かっとう》を見守っていた和久が、笑みを含んだ声音で問い掛ける。

「食べさせてやろうか」

「遠慮するわ」

「なら、食べさせてくれ」

「そこで、『なら』って続けないでよ！」

「そのうち溶けるぞ」

「うぅっ、食べるもん……」

腹を括ってスプーンでソフトクリームをすくい、せっせと食べ続ける。脳裏《のうり》に「間接キス」という単語が浮かんだが、彼とはもう直接キスしてしまったのだ。気にする方がおかしい。

梓はこんな積極的すぎる求愛なんて見たことないし、経験もない。だから衆目がある場所で堂々とモーションを掛けられると、反射的に逃げ腰になってしまう。せめて人目のないところでやって欲しい。

しかしそんな望みを口にすれば、ラブホにでも引っ張り込まれそうだ。「人目がないところって言ったらこういう場所しかない」などと、和久が言いそうな台詞《せりふ》まで思い浮かんで、慌ててアブナイ妄想を打ち消したのだった。


その後、ワイナリーの中を散策してから車で大分市まで戻った。市内で食事をしようということになったのだ。だが行きとは違う道を走っていることに気付いて、梓は不思議そうに和久を見上げた。

「どこへ行くの？」

「メシを食う前に行きたいところがあるんだ」

首を捻《ひね》る梓の視界へ、だんだん大きな山が迫ってきた。そこの山頂近くまで行くのだと和久は話す。

曲がりくねった狭い山道のため、和久は前方を注視しながら無言でステアリングとギアを動かしていた。その安定したドライビングテクニックに梓は惚れ惚れとしてしまう。

やがて山頂の駐車スペースにたどり着いた。車の窓から外を見ると、大分市の明かりが一面に煌《きら》めいている。

「わ！　すっごい！」

梓はパッとドアを開けて外へ飛び出した。冷たい風に煽《あお》られ、体に震えが走る。ワイナリーを出るときはまだ暖かかったのに、陽が落ちた今は急激に気温が下がっていた。山頂の近くであることも寒さの一因だろう。

だがこの美しい景色を前にすれば、そんなことも我慢できる。

「綺麗……」

見事な夜景だった。眼下に広がる光の渦は、まさに地上の星だ。

空気が澄んでいるからか、とてもハッキリと見えるわ。

梓はその景色に吸い寄せられ、躊躇《ためら》うことなく一歩足を踏み出す。

そのとたん、なにかに足を引っ掛けて転びそうになった。わっ、と声が出たのと同時に梓の体が浮遊した。和久が背後からとっさに梓のコートを掴んで支えてくれたのだが、そのまま彼女の腰を持って体を持ち上げてきたのだ。梓は完全に浮いてしまった両足でバタバタと宙を蹴る。

「ちょ、放して！」

「軽いなー、体重ってどんくらい？」

「女に体重を訊《き》くな！」

「四十キロはねぇだろ」

「話聞いてるの!?」

彼の腕から逃《のが》れようとするが、腰をガッチリ掴まれて脱出できない。そのうち冷たい風に晒《さら》された体が冷えて、クシュンッ！　とくしゃみが出る。すると地面に下ろしてくれたものの、今度は素早く背後から抱き締められた。

「わ、わっ！　放してよ！」

「なに言ってんだ。寒いんだろ」

確かにここはちょっと寒い。日中は暖かかったので、梓は薄手の秋用トレンチコートしか羽織っていない。だからこそ、背中一面に感じる温もりを強く意識する。じんわり伝わる男の熱と香りを全身で感じ取ってしまい、梓は恥ずかしさのあまり俯《うつむ》いた。すると温かい大きな掌《てのひら》に顎をすくわれ、強引に顔を持ち上げられた。ハッとする梓の瞳に、再び暗い闇を照らす煌《きら》めきが映る。

密着する温もりに心を掻き乱されながら、梓は震える声で問い掛けた。

「誰にでもこんなことをするの？」

「まさか、おまえだけだ」

「嘘……」

「惚れた女以外にやってどうすんだよ」

「だって、私を好きだなんて、まだ信じられない」

「顔に釣られる女に興味はない。俺の人格を否定する女もだ。だから梓がいい」

そうキッパリ告げると、和久は掌で梓の頬を撫でる。親指がふっくらと柔《やわ》らかな唇をなぞり、彼女の体に巻き付くもう一方の腕に力が籠もった。

地表に煌めく星々を見つめながら、彼女は観念したかのように全身の力を抜いて背後に寄り掛かった。和久は身を屈《かが》めて小さな頭頂部へキスを落とす。

「明日はどこに行きたい？」

「明日は……ごめん、もしかしたら仕事かもしれないの」

「そうか、残念」

その本当に残念そうな声を聞いて、梓は小さな嘘をついている後ろめたさに心がチクリと痛む。

本当は仕事なんて入っていないのだ。でも、これ以上彼の傍にいると自分は流されてしまう。このまま彼に包まれていたいと望んでしまう。元彼との思い出を消し去れるのか、彼を心から受け入れられるのか。私はもっと考えなくちゃいけないのに……

梓はそっと瞼《まぶた》を閉じて光を視界から締め出した。闇に呑まれると、彼の鼓動がやけにハッキリと聞こえる。耳の奥で繰り返される命のリズムに、よけいに火照《ほて》る体と心を持て余し、梓はしばらくの間、和久の温もりから離れられなかった。

11

和久に真剣に告白されてから、頻繁《ひんぱん》に連絡がくるようになった。梓は次第にスマートフォンを意識する時間が増えていく。

前回のデートから五日後の今日は、和久が名東ホームコーポレーションへ来社する日だ。朝のミーティングの後、梓はパートの女性達へ声を掛けた。

「すみません、今日のお客さんですが、お茶出しをそちらでお願いしたいのですが」

するど彼女達は笑顔で首を左右に振る。

「あらあら駄目よ。今日だけは山代主任じゃないと」

周囲にいる他のパートの女性達からも同様の声が上がる。聞き耳を立てる女性社員は刺々しい気配を醸《かも》し出している。梓は背筋を伸ばしてキッパリ言った。

「いえ、林先生には納得してもらいました。以後、私がお茶をお出しすることはありません」

女性達だけでなく、男性社員達からも驚いた気配が伝わる。女性社員達がなにか言いかけようとしているのに気付いたが、梓はその全てを黙殺して仕事に取り掛かった。

やがて予定時刻の五分前に和久が来社した。周囲の人間達が彼と梓の動きを興味深く見ているが、両者共にお互いを見ようとしない。やがてお茶を出してきた水野——パートの女性達からお茶くみの仕事を奪ったらしい——が、頬を染めて興奮が治まらない様子で席に戻ってきた。

それから一時間後、和久は梓に声をかけることなく帰って行った。彼の姿が消えたとたん、水野が遠慮がちに話し掛けてくる。

「あ、あの山代主任、林先生を振ったんですか」

直球すぎる言葉に、梓も思わず苦笑を漏らす。

「振っただなんて、別に付き合ってもいないじゃない。オフィスで仕事以外のことで話し掛けないでくださいってお願いしたのよ。今後はお茶出しもしませんって」

嘘は言っていないわよね、と梓は笑みを顔に貼り付けて答える。

「もったいない。あんなイケメンなのに」

ぽつりと呟《つぶや》く水野に対し、梓は曖昧《あいまい》に笑うことで誤魔化《ごまか》した。おそらく、今日中に全ての女性社員にこのことが知れ渡るだろう。

しかし梓はふと思う。今後も和久と会うつもりなら、彼女達にこの関係を決して知られてはならない。もしバレたら……想像するだけで背中に一筋の汗が垂れた。

これからは、会社の人間に遭遇しそうなところで会うのは止めておこう。彼女がそう決心したとき、スタンドに乗せておいたスマートフォンが小さく振動した。梓は受信したメールの差出人をチラリと見る。和久からだ。

慌てて着信表示を消す。おそらくこのビルを出てから送ったのだろう。そっと隣席を盗み見れば、水野は鼻歌でも歌いだしそうな調子でキーボードを叩いている。

今はメールを見るのは止めておこう。なにくわぬ顔で仕事を続け、昼休みでほとんどの社員がオフィスを出払った隙にメールを見た。

『明日から三連休だろ。お昼頃迎えに行くよ。耶馬渓《やばけい》に行こう。梓が気に入った焼酎も買えるぞ』

シンプルで簡素な文面だったが、こんな短いメールでも胸が温かくなる。

未だに和久との交際を躊躇《ためら》っているが、こうして自分を常に気に掛けてくれる気持ちは素直にありがたいと思う。先ほどは彼をまともに見なかったが、瞼《まぶた》を閉じればその姿がありありと浮かぶ。

お互いの睫毛《まつげ》が触れ合うほど近くで見つめた端整な顔。好きだ、と真摯《しんし》な表情で告げる彼の気持ち。唇で感じた温もり。自分を求める熱い想い。

その全てがくすぐったくて嬉しい。

毎日届けられるメールや梓の声を聞きたいと掛かってくる電話も、彼の自分に対する思いの深さを実感させてくれる。ゆっくりと彼女の中にあった元彼への恋心を塗り替えていく。——今、自分はもったいないくらい愛されている。元彼を忘れられない気持ちと、和久を意識してしまう相反する感情を胸に納め、梓は了承の返事だけを送ってスマートフォンをデスクにそっと置く。沈黙する液晶画面を眺めた後、愛《いと》しげに小さな機体を指先で撫でた。

その夜、帰宅した梓は和久へ電話を掛けた。尋ねたいことがあったのだ。その際、呼び出しコール一回で相手と繋がったことに思わず笑ってしまう。まるで待ち構えていたかのようだ。

『なに笑ってんだ？』

「ちょっとね。あ、そうだ。耶馬渓に一番近い駅ってどこ？」

『駅？　まぁ中津駅だろうな。っておまえ、電車で来る気か？』

「うん。耶馬渓の地図を見たんだけど、私の家まで迎えに来てもらうと、耶馬渓を通過してまた戻ってってことになるじゃない。申し訳ないわ」

だがそれを聞いた和久は声を上げて笑った。

『俺は構わねぇよ。だいたい女は、送り迎えなんて当たり前だって言うものなんじゃないのか』

梓は彼の経験談らしきことを聞かされて、思わずムッとする。

「あんたが今まで付き合った女はそうかもしれないけど、私は嫌なのよ」

ぶっきらぼうに告げた後、これは嫉妬《しっと》だと気付いて頬を染めた。

電話越しで良かった。そうでなければまた顔が赤いぞと、からかわれるところだったわ。

梓が小さく安堵すると、やけに色っぽい声が耳に届く。

『梓らしい。そういうところが好きだ』

気障《きざ》な台詞《せりふ》をサラリと告げられて、彼女のほんのり色付いていた頬が今度こそ真っ赤に染まる。首筋まで赤くなり、腹立ちもヤキモチも封じられてうまく喋《しゃべ》れない。なんとかおやすみの挨拶《あいさつ》だけ交わして通話を切った。

彼は恥じらいとか照れるって感覚はないのかしら？　梓はそのままベッドに突っ伏してウンウンと唸《うな》る。その夜、なかなか寝付くことができなかった。

12

翌日の金曜日は勤労感謝の日で休日だった。三連休のスタートは快晴で、暖かい日が続くらしい。

最近は天気がいいから洗濯物が乾きやすくて助かるわ。梓は実家暮らしの頃は考えもしなかったことを胸中で呟《つぶや》く。

家を出て向かった先は最寄り駅である大分駅だ。

梓は人波を縫うようにして駅の改札口へ向かう。駅に掲げられている路線図と料金表を眺めているうちに、ふと目的地に車で向かっているだろう男のことを思い出した。すでに着いているだろうか。いや、まだ早いだろう。

だが彼を思い浮かべると昨夜の甘すぎる台詞まで脳裏《のうり》によみがえってきて、顔面に熱が集まる。意味不明な大声を思わず上げそうになったため、慌てて駅舎の天井を見上げてスーハーと深呼吸した。

周囲の乗客から訝《いぶか》しげな視線を投げられたが、それどころではない。ぷるぷると小さく震える指で財布から硬貨を取り出し切符を買うと、落ち着けと己《おのれ》に言い聞かせながらホームへ向かう。

彼が昨夜のような小っ恥ずかしい台詞を言うことは何度もあったではないか。いちいち反応していては身が持たない。聞き流すべきだ。

梓は頬の赤味を誤魔化《ごまか》すように軽くこすると、ホームへ入ってくる電車によろよろと乗り込む。窓側の席に腰掛けて、電車の振動に身を任せながら景色を眺めた。

中心地から少し外れると、すぐに緑に囲まれた大地が広がった。海沿いを走れば、太陽の光を受け止めた水面がキラキラと輝いているのが見える。大自然の景色を見るだけで心が和む。表情が自然と明るくなるのが自分でも分かった。

目的地である中津駅に着いてホームから改札口へ向かうと、すでに和久は待ち構えていた。自動改札機の向こう側に立つ背の高いキラキラ王子が、梓の姿を認めてキラキラオーラを放ちながら待ち構えている。周囲の女性達の視線を一身に集める男へ、彼女はどう近付けばいいのか本気で迷ってしまった。しかし――

「梓！」

和久は視線が合ったのに、わざわざ名を呼んで手を振ってきた。梓の表情が凍り付く。今度は周囲の視線が梓に集中したので、慌てて男のもとへ走ると、でかい体躯《たいく》を引きずるようにして駅の外に連れ出した。

「あ、駐車場はこっちだ」

ニヤニヤと笑う和久に促《うなが》されて、ようやくアテンザにたどり着く。梓はその時点でもうぐったりと疲れていた。

「……あのさぁ、あんな目立つように待ってなくてもいいんじゃない？」

仏頂面で助手席に座り込み、シートベルトを掛けながら文句を垂れると、和久は笑ったまま答える。

「なんで？　会えて嬉しいんだから別に構わないだろ」

その言葉を聞いて反射的に顔を背《そむ》けた梓は、両手で胸を強く押さえながら唇を引き結び、「ぐわぁあー！」と心の中で吠えておいた。自分は赤面症にでもなってしまったのだろうか、と思ってしまうほど真っ赤に染まった顔を隠したくて、窓の外を見るフリをした。その様子を和久がチラチラと眺め、満足そうにしていることに、梓は気付かない。

今は紅葉の最盛期。窓の外を見る梓の視界に、赤やオレンジや黄色の華やかな色彩が入り込んできた。モミジやイチョウ、カエデなどが鮮《あざ》やかに色付いている様に小さな歓声を上げて、梓はガラス越しの景色を楽しんだ。

途中で渋滞に巻き込まれつつ駐車場に到着すると、車を停め、そこから歩いて紅葉の名所へ向かう。

色付いた木々は燃え上がるような緋色をしていて、冷たく澄んだ蒼穹《そうきゅう》との対比が見事だった。視線を常に上方へ向けつつ、二人は寄り添って歩く。

しかしそのうち梓は奇妙な視線に気付いた。

景色を愛《め》でる多くの人が歩いている中からときどき不穏《ふおん》な気配というか、こちらを窺《うかが》う視線を感じるのだ。

まさかうちの女性社員じゃないわよね。嫌な想像で心臓が騒ぐのを感じて、梓は右後方へ勢いよく振り向いた。

するとと離れた位置にいる若い女性集団の何人かが、デジタルカメラやスマートフォンをこちらに向けているではないか。その角度はどう見ても美しい紅葉を収めているようには見えない。それを証明するかのように、彼女達は梓が振り向いたとたん、蜘蛛《くも》の子を散らすように逃げて行った。

え？　あの人達なにやってんの？　呆気にとられる梓が立ち止まってしまうと、隣を歩く和久も歩みを止める。

「どうした？」

尋ねてくる端整な顔を見上げて、梓はようやく逃走した女性達の目的を理解した。

隠し撮りだ。

「今、女の人達が写真を――」

「あぁ」

それだけで彼女の言いたいことを察したのか、和久は少し申し訳ないような表情で頭を下げた。

「すまん。気分悪いだろ」

「もしかして以前にもあったの？」

「まぁな。もう慣れっこになっちまって、あまり視線を感じなくなったんだ」

和久曰《いわ》く、ああいう女性達に写真を撮らないでくれと注意しても、逆に話し掛けられたと喜ばせてしまうだけらしい。更に、「お詫びをしたいから連絡先を教えてくれ」とぬけぬけと言い出す始末。

確かに注意されて大人しく写真を削除する人間ならば、まず盗撮なんて行為はしないだろう。

和久はそれ以降、あのような手合いにはいっさい近付かないようにしているそうだ。

梓はまるでドラマや小説の中のような出来事に驚きつつも、芸能人みたいなことをされる彼の美男子ぶりを改めて思い知る。再び歩を進める彼女はそっと男の顔を見上げた。

まず目に飛び込むのはシャープな顎のライン。顔のパーツはバランスよく配置されており、体はほどよい筋肉に包まれている。しかも平均的な日本人の身長よりかなり高い。

つまり彼はなよなよとした優男《やさおとこ》ではなく、肉食獣のような体を持つ逞《たくま》しい雄でもあるのだ。顔だけではなく、全身が女を惹き付けてしまう要素を備えている。

ふと梓は気付いた。和久が自分に近付いてきて以来、若い女性社員達からの嫉妬《しっと》と羨望《せんぼう》と敵意の眼差しに晒《さら》され続けてきたが、よくよく考えてみればおかしな話だ。

会社で彼と初めて顔を合わせたとき、梓は名刺を受け取っただけなのだ。別に付き合うことになったとか、彼女から接近したわけではない。にもかかわらず、周囲の女達はすぐに梓を敵視しだした。

人の心を無意識に動かしてしまう美貌――そのことに恐れさえ抱く。だが今のような状況を見てしまうと、それ以上に庇護欲《ひごよく》が湧く。

知らない人間に写真を撮られ、それをどう使われるのか分からないなんて一種の恐怖だ。それなのに和久は相手にするだけ無駄と諦め、あえて気にしないよう努めている。おそらくずっと昔から。

梓は彼の女性不信とやらの根っこを垣間見《かいま》た気がした。

こうして歩いてる最中でも、まだこちらを窺《うかが》う気配を感じる。それは彼を見るだけでなく、隣を歩く梓への敵意も含まれていた。

梓がそちらに目をやると、怯《ひる》んで逃げ出す女性もいれば、憎々しげな眼差しを向け続ける強者もいる。

するとその視線に気付いた和久が、いきなり梓の腰を抱き寄せてきた。

「なに⁉」

「こうしてくっついていた方がいい。厄除《やくよ》けだな」

和久はニヤリと笑う。服越しに体温を感じて、梓の態度が強気なものからオロオロしたものに変わった。

彼の意図は理解できるのだが、周囲からはバカップルがいちゃついているようにしか思われない。実際そのようにしか見えないらしく、自分達を盗み見る周囲の女性達から興ざめした空気が伝わってきた。それはよかったのだが、梓は猛烈に恥ずかしい。

「私はお守りじゃないわ」

「俺にとってはお守りだ。うるさいハエを追い払えるし、こうして役得もある」

すっと腰を掴む和久の掌《てのひら》が下へ移動する。お尻と太ももの境目をするりと撫でられて、梓は慌てて彼の手首を掴んだ。

「セクハラ！　変態！」

「しかたねぇだろ。惚れた女に触りたいのは当然のことだって」

またまたサラリと爆弾を投下されて、梓は体内の血液が爆発するイメージが脳裏《のうり》に浮かぶ。慌てて俯《うつむ》き視線を地面へ固定した。

でも自分が和久の楯《たて》になっている状態は、決して嫌ではない。むしろ無分別な視線に晒《さら》されている彼を守ってやりたい気持ちがある。

だって盗み撮りだなんて、プライバシーの侵害じゃない。もっと私の身長が高ければ、彼の顔を盗み撮りするとき邪魔してやれるのに。

そう思った梓は、躊躇《ためら》いつつも抱き寄せてくる男の腰へ手を伸ばした。彼の腰を抱き寄せて親密な空気を作ると、驚いたような気配が頭上から伝ってきた。

ただセクハラはご遠慮申し上げたいので釘を刺しておく。

「……お守りって中身は暴いちゃ駄目なのよ」

下手な比喩《ひゆ》でも言いたいことはきちんと伝わったのか、腰を掴む男の手に力が込められても不埒《ふらち》な動きをすることはなかった。梓は彼の温かな体に寄り添って歩く。そんな二人を撮ろうとする者はさすがにもういなかった。梓はそのことに満足してリラックスしながら景色を眺めた。

それから一時間ほど紅葉を楽しんでいると、バッグからかすかに着信メロディが漏れていることに気付いた。

「あ、ごめん。ちょっと待ってね」

仕事の連絡だろうか。梓は急いでスマートフォンを取り出しながら樹の陰へ移動する。だが着信表示を見て「えっ？」と呟《つぶや》きを漏らしてしまう。

名古屋の実家からだった。大分に来てから電話がかかってくるなんて初めてだ。まさかなにか事件でもあったのだろうか。

「もしもし？」

『あ、もしもし梓？　久しぶりね｜』

通話口から流れる母親の声は暢気《のんき》なものだった。転勤前と全く変わらない声音に、梓は肺の奥から大きく息を吐き出した。

「久しぶり。いきなりどうしたのよ」

『そりゃ、大事なお知らせがあるからよ。なんとお兄ちゃんがパパになりました！』

母親が言う「お兄ちゃん」とは、梓の兄である太一《たいち》のことだ。そういえば兄嫁は今頃が出産予定だった、と思い出す。今年に入ってからのゴタゴタですっかり忘れていた。

「ふーん、そりゃオメデトウゴザイマス。で、お祝いを送った方がいい？」

『あっさりしてるわねー。まぁそれはいいわ、お母さんとお父さんが出しておくから。それになにを贈っていいか分からないでしょ』

「あぁ、そっか」

兄の妻はなんとスイス人だ。太一がスイスで働いているときに出会ったらしい。二人は結婚した後もそのままスイスで暮らしている。

『でもね、今日電話したのはお兄ちゃんのことだけじゃないのよ。もうちょっとしたら年末休みじゃない。あんたやっぱり帰ってこないつもり？』

「お母さん、それは……」

『ご近所の噂話なんて気にすることないわよ。ここはあんたの家なんだから、胸を張って帰ってくればいいのよ』

「……ありがとう。あの、ごめんお母さん、いま外にいるの。だから……」

『え？　やだ、それ早く言いなさいよ。じゃあまた連絡ちょうだいね』

「うん、分かった」

通話を切った梓は、ふぅ、と小さな溜め息をついた。同時に耳のすぐ傍で色気のある声がして、その場で跳び上がってしまう。

「なにかあったのか？」

振り向けば、至近距離に腰を屈《かが》めた和久の顔。その近さに梓の喉から細い悲鳴が漏れた。

「お、驚かさないでよ！」

「驚かすつもりはないって。で、なにかまずいことでもあったのか？」

和久の瞳には梓を案ずる色が浮かんでいる。梓は首を左右に振りその杞憂《きゆう》を否定した。

「大丈夫。その、家族からの電話だったの」

「ご家族から？」

和久の長い指が慰《なぐさ》めるように梓の顔を撫でてくる。くすぐったくて照れくさい。梓は彼の顔から視線を剥《は》がして話す。

「うん。兄に子供が産まれたって」

小声で話しながら、梓は過去と現在の心情の変化に戸惑う。以前の自分はすぐに彼の手を振り払っていたのに。

「へぇ、お兄さんが。梓って末っ子なのか？」

「ううん、三人兄弟の真ん中」

梓は自分には四歳年上の兄と、二歳年下の弟がいること。どちらも結婚して妻の地元で暮らしていること。兄はスイス人と結婚したので、滅多に日本へ帰ってこないことを話した。

その間、和久はにこにこと微笑んで話を聞いている。その様子を見ると、梓は何故か再び顔面が熱くなるのを感じた。

たぶん、「なんでそんなに私のことを知りたいの？」と訊《き》けば、和久は「好きな人のことを知りたいから」と平気で答えるだろう。

好きな人に自分のことを知ってもらいたい。それと同時に好きな人のことを知りたい、という欲が出てきたのだろうか。最近では彼の思考パターンがなんとなく分かってきた。

しかしそれ以上、詳しい話はしなかった。喋《しゃべ》り続けると年末年始に帰省しないことまで告げてしまいそうだから。その理由はあまり話したくない。

梓は元彼にストーカー行為をした女性へコップの水をかけたことで、暴行罪の嫌疑がかかり事情聴取を受けた。その噂が広がり、逮捕されたわけではないのに、近隣の住人が彼女の顔を見たとたんにひそひそ話をするようになった。それで梓は一時期精神的に参ってしまったのだ。

梓が名古屋を出立する際に両親は、「気にせず好きなときに帰ってくればいい。人の噂も七十五日だ」と言ってくれたけれど、娘の心情を慮《おもんぱか》って強くは言ってこなかった。

でもやはり帰った方がいいのだろうか。こちらへ残れば和久と毎日会うような気がする。――まぁ、私はそれでもいいけど……

そう思った瞬間、梓は己《おのれ》の心がふわりと軽くなる感じがした。胸の鼓動が高らかに鳴り始める。原因である隣を歩く男を横目で見ると、大きな手がぷらぷらと揺れていた。

梓は数秒間迷った末、目を伏せたままそっと自分の手を差し出し、その掌《てのひら》に触れた。

すると、すぐに柔《やわ》らかく握り込まれる。視線を上げれば実に嬉しそうに笑う美貌。梓より体温の高い、和久の掌《てのひら》。その熱が己の手から全身に伝わって体温が上昇しそうだと思った。

13

夕方に耶馬渓《やばけい》を出た二人は、途中で食事を済ませた後、梓の自宅近くにあるコンビニで解散することにした。梓が車の外から運転席の和久へ礼を言うと、彼は名残《なごり》惜しそうに見上げてきた。

「後で電話してもいいか？」

まだ離れたくないとでも言うような男の口調に、梓は小さく微笑みながら頷く。

「いちいち訊《き》かなくっても、いつでもいいわよ。——待ってる」

ようやく顔を綻《ほころ》ばせた和久は腕を伸ばすと、彼女の頬をひと撫でして帰っていった。

梓は彼の車が闇の中に混じり、赤いテールランプが消えていくまで見送る。和久と同じく名残惜しい気持ちを抱え、ゆっくりとアパートへ向かった。

部屋に入って一息入れると、一日中遊んで疲れた体を癒《いや》そうと半身浴をすることにした。臍《へそ》辺りまで湯を入れ、ラベンダーのエッセンシャルオイルを数滴混ぜる。それから長袖のTシャツを着てボーっと湯に浸かった。その間、脳裏《のうり》に思い浮かぶのは久しぶりに声を聞いた母親のことだった。

母は昔から体が弱い人で、特に貧血で倒れることが多かった。子供心にも母を支えなければと強く思ったものだ。

今はまだいい。貧血を起こしても父親が助けてくれるだろう。でもこれから十年、二十年と歳を重ねていけば人は必ず老いる。そのとき傍に助ける者が誰もいなかったら、お互いを助けることができない状況だったら、二人はどうするのだろうか。

だから梓は両親の近くに居てあげたかった。そして、自分が本当にやりたい仕事を求めて本社に戻りたかった。だから今、郷里である名古屋に戻るため、ここで必死になって働いているのだ。

梓は大きく息を吸い、肺の中を空にするまで吐くと、今度はエッセンシャルオイルの香りを吸い込んだ。それ以上はあまり考えないよう、今日眺めた美しい景色達を思い浮かべ、三十分ほど湯に浸かってから風呂を出た。

パジャマに着替えて厚手のカーディガンを羽織った梓は、冷凍庫からウォッカを、冷蔵庫からジンジャーエールを取り出した。爽やかな香りが心地良いカボスモスコミュールを作って喉を潤《うるお》す。柔らかな炭酸の刺激に目を閉じると、体に残っていた疲れが取れていく。

それからパソコンを起動してぼんやり見ていると、ふいにスマートフォンから着信メロディが鳴り響く。液晶画面には希和子の名前だ。

「もしもし、どうしたの？」

『もしもーし、こんばんはー！　今、お義兄さんが家に帰ってきたのが見えたんで驚いたんです。泊まってくると思ってたから』

「あのね、まだ彼と付き合っているわけじゃないんだから」

『休みごとにデートしてるのに？　告白もされているのに？』

「……」

『せんぱーい、いつまでお預けしてるんですかぁ？　犬だってご褒美《ほうび》がないと躾《しつ》けても覚えようとはしないんですよ』

義兄と犬を同列にしたわ、この子。梓の顔に苦笑が浮かんだ。

「でも希和子、告白されたからってその場ですぐに白黒つけるもんなの？　別に保留にしたっていいでしょ？」

『まぁそうだけど、人の心は移《うつ》ろいやすいって言うじゃないですか。逃がしちゃいますよ』

「喧嘩《けんか》売ってるの？」

『まさか』

希和子は調子よく笑って茶を濁す。彼女はまだ「新しい恋で癒《いや》す」方法を諦めていないらしい。梓は話を変えようとして、先ほどまで思い返していたことを持ち出した。

「あのさ、今日、実家の母親から電話があったのよ」

『なにかあったんですか？』

「ううん、兄に子供が生まれたって報告なんだけど、ただそのとき思い出しちゃったのよ。私、名古屋に帰るつもりだったことを」

本当に自分がやりたい仕事をしたくて。母親を助けたくて。

『えぇー！　先輩って帰っちゃうの？　あ、そうか、お母さんのことが心配なんですね』

「うん。それに本社で仕事をしたいってずっと思ってたし」

『あー、先輩って仕事好きだもんねぇ。でもそれだったらお義兄さんはどうするの？』

「だから迷っている」

和久に惹かれる気持ちはある。いつも梓を気に掛ける行動や梓の都合を優先してくれる優しさが嬉しかった。紳士的な振る舞いの中に見える情熱も、確実に心を揺さぶってくる。今日だって彼を守ってやりたいと思っていた。とっさに浮かび上がった庇護欲《ひごよく》だったが、これが嫉妬《しっと》心や独占欲から生み出されたものだと梓は気付いている。

『うーん、先輩って必ず本社に帰らなきゃいけないの？　大分支社じゃ駄目ですか？』

「駄目じゃないけど、やっぱり本社と地方支社だとやれる仕事の内容が全然違うわ」

『でも、この先本社に呼び戻されない可能性もあるんですよね？』

「そりゃそうよ」

『じゃあ、とりあえず付き合ってみたらいいじゃないですか。ごちゃごちゃ考えてるから迷うんですよ。一度頭を空っぽにすべし！　その上でお義兄さんとのことを考えればいいんです。付き合いたい？　付き合いたくない？　ファイナルアンサー！』

急に答えを求められて梓は返事に詰まった。余計なことを考えず、ただ純粋に彼との交際を望むか望まないかの二者択一ならば、自分はどうしたいのか。

和久の告白を断る自分を想像するだけで、心が痛みで悲鳴を上げる。泣きだしそうな衝動が胸の奥から止めどなく溢れてくる。己《おのれ》の中にいる素直で正直なもう一人の自分が、そんなことは嫌だ、と叫んでいる。

自分を真っ直ぐに求めてくれる瞳を、あの情熱的な眼差しを、包み込んでくれるぬくもりを手放したくない。そう望む自分がいる。

答えなんてすでに分かりきっていた。

「……そうね。付き合いたいわ」

『ほらーっ、それが答えですよ！　先輩はもうお義兄さんのことが好きなんですって！』

彼が好き。そう考えた瞬間、体温が上がって梓の頬が赤く染まる。瞳が潤《うる》む。今までの彼の姿が、魅力的な声が、熱い眼差しが頭の中に繰り返し再生される。

ようやく梓は自覚した。——私は本当に彼が好きなんだ。

ふとした拍子に昔の男を思い出しても、その都度、和久に縋《すが》りたいと考える自分がいる。癒《いや》して欲しいと甘えている。もうとっくの昔に自分は囚《とら》われていたのだ。男友達なんて卒業していた。

『ねぇねぇ、明日もお義兄さんと会うんでしょ？　確か夕方からですよね。だったらそのときに告るべし！』

「なんで明日の予定を知っているかなぁ」

「友人の家族」と付き合うのはこういう時厄介だ。おそらく希和子は帰宅した和久へ、「明日は家でご飯を食べますか？」などとさり気なく予定を聞き出したのだろう。個人的な情報がダダ漏れだ。

梓は念のため、希和子へ今回のガールズトークを他言しないように釘を刺してから通話を切った。そして光が消えたスマートフォンを眺めて独りごちる。

「告白か……」

和久との交際が続けば郷愁もやがて薄まるだろうか。元彼との記憶も完全に忘れ、大分支社にい続けてもいいと思えるかもしれない。もしかしたら母親の症状も良くなるかもしれない。

そう己に言い聞かせて、梓はきつく目を閉じた。

——私は今、ここにいたいと、残ってもいいと考え始めている……

梓は、その原因である男の姿を瞼《まぶた》の裏に思い浮かべた。すると突然、スマートフォンの着信メロディが鳴り始めたので、心臓が跳ね上がる。

ちょっともう、今日はやけに着信が多いじゃない。

梓は動揺して落としそうになったスマートフォンをきつく握り締める。そういえば和久と別れる際、電話をしていいかと訊《き》かれていた。きっと彼からだろうと、非通知着信を彼のコールと疑わずにボタンを押した。

だが聞こえてきた声は、腰にまで響く深みを帯びた美声ではなかった。

『——梓。久しぶり』

一瞬、和久が風邪でも引いて声がしわがれたのかと思った。だがすぐに「それは違う」と己《おのれ》の心が、記憶が否定する。

「ようへい……」

元恋人——南桑陽平《なぐわようへい》からの、数ヶ月ぶりのコールだった。

少し潰れた感じの独特の声。営業の際はこれがマイナスポイントになるから、自分の声は好きじゃないと彼は言っていた。でもそのうちこれをアピールポイントにして、顧客との話の接ぎ穂にすることを覚えたそうだ。背丈が低かったため、これも自虐ネタにするのだと笑って話していた。

使えるものはなんでも使う。それで成績が上がれば、梓がもし産休とかとっても俺が養ってやれるだろ。そう照れ臭さそうにあらぬ方を向いて喋《しゃべ》っていた。

そういえば、「陽平」という名前もあまり好きではないのだと教えてくれた。古風だからと。

――そんなことはないわ、私は貴方の声も名前も好きよ。

自分はそう笑って彼の瞳をよく見つめていた。懐かしくも甘酸っぱい感覚が胸を満たす。そして同じぐらい苦くて苦しい思い出も。

「……なんの用なの？　私はあんたと話すことなんて何もないんだけど」

この男に弱い自分を晒《さら》したくない。梓はそう思っているのに、みっともないけど声が震えてしまった。スマートフォンを持つ手さえも震え、口の中が渇く。

『俺にはあるんだ。頼む、切らないでくれ。話をさせてくれ』

「何度も言わせないで、私には――」

『結城《ゆうき》のお嬢さんとやっと切れたんだ』

結城とは梓を訴えたお嬢さまのことだ。この男をストーキングした末に恋人へ昇格した女性。二度と聞きたくもない忌《い》まわしい名前を耳に吹き込まれ、梓は腹の底から怒りが湧き上がるのを感じた。

「だからなんなのよ。まさかそれでよりを戻そうとか馬鹿なことを言い出すんじゃないでしょうね」

『梓、落ち着いて聞いてくれ』

「私はこれ以上ないほど落ち着いているわ。じゃあね。もう二度と掛け――」

『結婚して欲しいんだ、梓！』

悲痛な男の叫びに、梓の耳から離れかけたスマートフォンが宙で停止する。

結婚。

ずっと欲しかった、だけどもう一生彼から聞くことのないはずの言葉。

梓の心臓の鼓動が不規則な音を立てる。

これ以上聞きたくない、聞いてはいけない。

聞く必要もないと間違いなく思っているのに、再びスマートフォンを耳に近付けてしまう。気力を振り絞って出した声はかすれていた。

「……馬鹿にしないで。今更そんな、そんなこと言われて頷く女がいると思ってるの？」

『すまん。謝って許されるとは思っていないが、とにかく話だけは聞いて欲しいんだ』

その言葉を聞いて、一瞬で梓の頭に血が昇った。消えかけていた怒りが瞬時に沸騰《ふっとう》直前まで湧き上がる。

――どの口でその台詞《せりふ》を言ってるんだ、この馬鹿！

「あのねぇ、許されないって分かっているなら電話してこないで。それだったらあのお嬢さまに迫られたときに言ってくれればよかったでしょう！」

どれほどその言葉を望んでいたか。

いつか聞ける。恋のライバルが現れても私達は大丈夫。そう自身に言い聞かせて耐え続けて。でも結局は全て失ってしまった。

それを今になって——本当に今更すぎる。

「逆玉を狙ったけど、あの女の我《わ》が儘《まま》に付き合いきれなくて別れたんでしょう？　それで私に連絡してきたのよね？　でもさすがに虫が良すぎるから結婚を餌《えさ》にした。違う!?」

相手の言葉はなかった。それこそが肯定のサインだ。梓は感情に比例して大きくなる声を抑えられない。

「違うならなんか言ってみなさいよ。ひと言でも反論してみなさいよ！　自分の思う通りに他人が操れると思ってんじゃないわよ、恥知らず！」

『……梓、おまえと結婚したい気持ちは本当だ』

「まだ言うかぁ！　厚顔無恥《こうがんむち》とはあんたのための言葉よね」

『梓！　おまえのためならすぐに大分へ会いに行く。仕事だって辞められる。俺は本気だ！』

「あんたが会社を辞められるはずないでしょう！」

『嘘じゃない！　おまえか仕事かどちらかを選べって言うなら、俺はおまえを選ぶ！』

私を選ぶ。名古屋にいる彼が、私を選ぶ。――故郷に居場所ができるかもしれない。

無意識に浮かんだその期待に、喚《わめ》き散らしていた梓の口がピタリと閉ざされた。もっと罵倒《ばとう》してやりたかったのに、爆発しそうな怒りまでもが鎮火してしまったのだ。

陽平もクールダウンして抑えた口調になる。

『おまえが仕事を大切にしているのはよく知っている。だから大分で仕事を探すよ。おまえに合わせて動くと約束する。これはおまえに対する償いだと思っているんだ。もしそれが嫌だったら、俺は名古屋にいて毎週必ず大分に行くよ。こちらでおまえが戻るのを待っていてもいい。どっちにしろおまえの意思を優先する。絶対に』

そのとき梓の視界の端で、テーブルの上に置いてあるパソコンの液晶画面の明かりが消えた。節電モニターの黒色はまるで自分の胸の裡《うち》を表しているかのようで、体の芯から震えてしまう。

『それに俺は次男だから、おまえの親と同居もできるって話しただろう。もし結婚できるなら婿入りしたっていい』

そうだ、確かにこの男はそんなことを言っていた。俺は家に縛られない自由の身なんだよ、と。

陽平を選び、仕事を頑張って本社に戻ることさえできれば、なんの憂《うれ》いもなくこの地を離れることができる。

『梓、俺は諦めたくないんだ。……また電話するよ。俺のこと、忘れないでくれ』

黙ったままの梓に、陽平は未練をたっぷりと滲《にじ》ませた声で語り、通話を終えた。

梓の手からだんだん力が抜けて、スマートフォンが音もなくカーペットに転がる。

と、同時に再び着信メロディが鳴り始めた。梓の口から小さな悲鳴が飛び出す。

また陽平からだろうか。震える指を伸ばして引っくり返ったスマートフォンを転がすと、液晶画面には和久の名前。そういえばもともと彼からのコールを待っていたのだと思い出す。

だが少し前まで心を占めていた、甘くてくすぐったい想いは消え失せてしまった。

梓は着信表示を見つめ続け、やがて音が鳴り止むとそっと小さな端末を持ち上げる。両手でギュッと握り締め胸に抱え込みその場に蹲《うずくま》った。

陽平のプロポーズを即座に拒否できなかった罪の意識が梓の心をさいなみ、動くことさえできない。痛みと後悔と心苦しさで呼吸さえ止まりそうになる。

ごめんなさいごめんなさい。私、一瞬、彼の条件に惹かれてしまったの。ごめんなさい……

本社に戻りたかった。母親を支えてあげたかった。いくつもの言い訳が梓の気持ちをがんじがらめにする。

ぼたり。梓の眦《まなじり》から大粒の涙が零《こぼ》れ落ちた。バタバタと連続して落ちる雫《しずく》が、カーペットの色を濃くしていく。蹲ったまましゃくり上げていると、再び着信メロディが流れた。

画面を見ずとも誰からのコールか分かる。自分の声を聞きたいと言って、自分だけを見てくれる人だ。私を振り回す身勝手な男とは比べものにならないほど優しい人。

梓は震える指先で通話ボタンを押した。

『もしもし、梓？』

低く艶《つや》のある深い声。梓の体内に不可思議な波動を生み出す色香を含む声。今もっとも聞きたいと思っていた人の声。――私が今、一番会いたいと望む男の声。

『風呂でも入ってたのか？ さっきから電話してたんだけど出なかったから……もしもし、梓？ 聞こえているか？』

「かずひさ」

和久さんではなく、林さんでも林先生でもない。名を呼べば、その甘い響きが口の中でじんわりと染みる。この想いの名前はもはや「恋」しかない。

私だけを求めてくれる貴方が、私も好き……

「かず、ひさ」

嗚咽《おえつ》と共に名を呼ぶと、電話の向こうから困惑の声が返ってくる。

『梓、どうした？ なにかあったのか？』

「ごめんなっ、さい……」

『なに泣いてんだ。いったいどうしたんだ』

ごめんなさい、ごめんなさい。貴方が好きなのに、条件だけで昔の男に傾きそうになってしまったの。

『梓、返事しろ、いったいなにが——』

「和久、ごめん、しばらく、会え、ない」

『え?』

ごめんなさい、ごめんなさい。私、最低な男を選んでもいいと思ってしまったの。

「ごめんなさい」

そう言い放ち、一方的に通話を終わらせた。電源も切ってスマートフォンをベッドの上へ置くと、梓は両手で顔を覆って声を押し殺しながら泣く。

なんて浅ましい女だろう。私だけを好きでいてくれる彼に恋をしたのに、元彼の「結婚」という言葉に一瞬でも心が傾くなんて。

そんな自分が最低な人間に思えて、仕方ない。

梓の口から抑えきれない声が漏れて、部屋中が負の気配で満ちていく。目をきつく閉じても、次から次へと涙が溢れてくる。

胸が苦しい、と感じた時、いつも自分の気持ちを軽くしてくれる人がいたことを思い出す。細やかな気づかいで己《おのれ》の心を解《ほぐ》してくれた人。

瞼《まぶた》の裏に今もっとも会いたいと願う男の姿が浮かんでは消える。

和久。

喉の奥で呟《つぶや》こうとした名は声にならなかった。

それから犬のように丸まって泣き続けた梓は、そのまま寝入ってしまったらしい。部屋中に鳴り響くチャイムの音で、意識がゆるやかに浮上していく。何度か瞬《まばた》きをして突っ伏していた顔を上げると、クシャミが連続で出た。

暖房をつけっぱなしにしても、布団も被らずに眠れば風邪を引いてしまうくらい寒い。己の軽率な行動を反省しつつ、痺《しび》れた両足をさすってのろのろと立ち上がった。

まだチャイムは鳴り続けている。こんな夜遅い時刻に女性の一人暮らしの部屋を訪れる人間など、心当たりは一人しかいない。

梓が壁に取り付けてあるインターフォンの受話器に「はい」と出ると、和久の声が飛び込んできた。

『梓っ！　いったいどういうことだ、会えないって!?』

和久の怒りや焦《あせ》りを含んだ声なんて初めて聞いたわ。

梓はそれだけのことを言ってしまったのだということに胸が痛んだ。しかしすぐにそれはお門違いだと気付いて自嘲の笑みが零《こぼ》れる。――胸を痛めているのは彼の方でしょうに。

「……ごめんなさい。しばらく一人になりたいの」

『なんでだ！　俺と会いたくないって意味か』

そんなことない。反射的に叫ぼうとした梓は慌てて思い止まる。会いたいに決まっている。今すぐにでも扉を開けたい。貴方に会いたい。抱き締めて欲しい。……抱いて欲しい。

「ごめんなさい。しばらく一人で考える時間が欲しいの。必ず結論を出すから」

『それは俺にとっていい結論か？』

押し殺した怒りを含む声に、受話器を掴む梓の手が細かく震える。どれほど勝手なことを言っているか分かっている。だが——

「……自分でもまだ決められないの。時間が欲しい」

『嫌だね。おまえは悩まなくてもいいことを悩んでドツボにはまるタイプだろ。俺と話し合ってから決めろ』

でも、そうしたら私は貴方の傍にいることを選んでしまう。今だってそう思っているのに。——だけど貴方を選ぶと私は故郷に帰れないの。

「ごめんなさい、それは、無理……」

そこで和久の忍耐力は限界になったらしい。受話器から流れる声が、更に大きくなった。

『あのなぁ！　いきなり会わないとか言われてこっちがどう思うのか考えたことあるか!?　俺はおまえが好きなんだ！　惚れてるんだ！　愛しているんだよ！　それなのに会いもせずゴメンナサイなんて納得できるわけねぇだろ！』

そのストレートな言葉に、梓の顔は一瞬で赤くなった。しかも、その口からは「なっ、ちょ、そ、ぁが」と意味不明な声しか出てこない。思わず自分以外に誰もいない部屋をきょろきょろと見回してしまった。

なんて、なんて恥ずかしいことを言うのよ！　しかも大声で！　明日からご近所様とどんな顔して挨拶《あいさつ》すればいいのよ！

空いた手で熱い頬を押さえる。静かな夜にこうも怒鳴っていたら、近所迷惑な上に彼の声は筒抜けだろう。

梓はどう対応すればいいのかパニックに陥《おちい》った。混乱した脳みそは、ろくな思考を生み出さないらしい。

「ごめんなさい、本当にごめんなさい！　今日はもう帰って！」

梓は一方的にそう告げると、受話器を置いてベッドに潜り込んでしまった。ベッドの上に置いてあったスマートフォンが床に落ちるのにも構わず、頭まで布団を被る。

しかし、チャイムは鳴りやまない。両隣の部屋にとっていい迷惑どころではない騒ぎだ。明日、謝りに行くべきだろうかと考えながら、梓は両耳を塞《ふさ》ぎ目を固くつぶって全てをシャットダウンする。怒りを含む和久の声を脳裏《のうり》から追い出し続けた。

彼に陽平とのやりとりを説明をすれば、怒るより呆れるだろう。好きなわけでもなく、条件がいいから別の男に傾こうとした自分を。

和久に蔑《さげす》まれるぐらいなら、怒られても言わない方がマシだ。

そんな身勝手な思いでいる自分を、梓は泣きながら嘲笑《あざわら》う。彼に侮蔑《ぶべつ》される恐怖に負けて逃げ出すなんて、陽平がしたことと最低度合いは変わらない。あんなに真っ直ぐ私へ想いをぶつけて、私だけを望んでくれた和久へケジメをつけるわけでもなく、逃げ出す。女としても人としても最低だ。

梓は、食い縛った歯の間から思わず漏れそうになる呻《うめ》き声を意思の力で抑える。そして体を丸く縮めて唇を噛み締めた。

泣くな。泣きたいのは彼の方で私は泣く資格なんかない。

かすかに耳に届くチャイムを聞こえないふりでやり過ごし、梓は必死に眠りの世界へ逃げようとする。痛みを感じるほど強く耳を塞いで顔を枕に埋《うず》めているうちに、いつしか梓の意識は睡魔に捕らわれていた。

翌朝、いつもの起床時間に目が覚めたとき、部屋の中は吐く息が白く染まるほど冷え込んでいた。梓は泣きすぎで痛む頭を支えつつ体を起こす。床に落ちている厚手のカーディガンを羽織って暖房を入れると、ベッドに力なく座り込んだ。徐々に暖かくなっていく空気を感じながら、ボーッと壁を見つめる。

なにも考えられない。全てのことが億劫《おっくう》だった。

長い間、ぼんやりしていた梓だったが、ふと身じろぎした拍子に足先に固い感触を覚えた。視線を落とせば電源を切ったままのスマートフォンがある。

そういえば昨晩、ベッドから落としてしまっていた。精密機械なのに壊れたりしていないだろうか。電源を入れてみると問題はないようだ。だが、おびただしい数の不在着信が表示されている。全て和久からだ。

液晶画面の彼の名前を見るだけで瞳が潤《うる》んだ。梓は何度か瞬《まばた》きをして涙を抑え、全消去しようと指先を伸ばした。だが彼以外の不在着信表示を見て驚く。

「これって……」

『名東ホームコーポレーションお客さま相談センター』——名東ホームコーポレーションの賃貸管理部門のサービスで、アパートやマンションの住人と連絡が取れなかった場合に代わりに伝言を預かってくれるというセンターからだ。

梓は慌ててその番号に電話を掛けた。これは仕事にかかわることなのか、それとも昨晩の口論に対する苦情がセンターへ入ったのか、判断できない。

対応した女性スタッフの話を聞くにつれて、梓はどんどん顔面が蒼白になっていった。

『昨夜十一時ごろと本日の朝六時ごろ、××ハイツ入居者さまより、二〇三号室の扉の前で男性が蹲《うずくま》ったまま動かないとのご相談が寄せられました。不審者として通報するべきか、救急車を呼ぶべきか迷っているそうです。そのためまず二〇三号室の山代さまにご確認させていただきました』

それ以降のことは彼女の耳に入らなかった。

瞬時に状況を理解した梓は、早口で「すぐに対処します！　お騒がせして申し訳ありません！」と言って通話をぶち切り玄関へ走った。

この部屋の前で蹲っている男だなんて和久しかいない。急いで鍵とチェーンを外して扉を開ける。しかしなにかの重石《おもし》が置かれているのだろうか、ドアが動かない。まさか、と恐ろしい想像をしつつ思いっきり力を込めて押せば、外からドサリとなにかが倒れる重い音が響いた。

やっと開いた数センチほど隙間から、思わず身震いするほどの冷気が入る。朝のまばゆい光が差し込む先に、いつもより白い大きな手が床のコンクリートに投げ出されているのが見えた。

「和久！」

火事場の馬鹿力とも呼べるくらい渾身《こんしん》の力を込めてドアを開ける。眠っているのか意識を失っているのか、和久は冷たい床に倒れたままピクリとも動かない。体を揺さぶって何度呼び掛けても反応はない。

「和久！　和久、お願いしっかりして！」

泣きそうになりながらしゃがんで彼の頬に触れると、氷のように冷たかった。この底冷えする冬空の下でいったい何時間待ち続けていたのか。いや、何時間どころではない。間違いなく一晩中、自分が現れるのを待っていたはず。

後悔と自責の念で、梓はその場で崩れそうになった。けれど、自己嫌悪に陥《おちい》っている場合じゃないと己《おのれ》を叱咤《しった》する。

「あっためなきゃ……ううん、救急車の方がいいの……!?」

混乱する彼女の脳裏《のうり》に、山で遭難した人が低体温症で死亡するニュースが浮かぶ。人間は体温が失われただけで死んでしまうと思い出した梓は、取り乱しそうになる自分をなんとか落ち着かせるため、己の両頬をキツめに叩いた。

どうすればいいの。とにかく早く処置しないと彼が危ない。早く、早く。

やはり救急車を呼ぶべきだ、と決心した彼女が立ち上がろうとしたとたん、いきなり手首を掴まれて短い悲鳴を上げてしまった。

「あずさ……」

和久がうっすらと目を開けている。そしてコンクリートに転がったまま、虚《うつ》ろな視線で彼女を見上げた。

「和久！　大丈夫なのっ!?」

「……さむ、ぃ」

「早く部屋に入って！　立てる？　私に掴まって」

意識が戻ったのならば、と梓は男の脇に両腕を差し入れて立たせようとした。だが小さい梓の体では長身の彼を支えきれない。しかし本人が壁に手をつきながら踏ん張ってくれたので、ふらつきながらも部屋の中に入った。

どうにか靴を脱いでもらい、ベッドへ倒れ込んだ彼のコートを四苦八苦して脱がせる。その布地は冷蔵庫へ入れていたかのように冷たくなっていた。

梓の視界がグシャリと歪《ゆが》む。

泣くな、泣くな私。こんなことさせてしまったのはそもそも私のせいなのだから。

唇を引き結び、鼻をすすって袖口で涙を拭《ぬぐ》う。その瞬間、腕に巻き付く冷たい感触があったと思ったら、ものすごい力で引き寄せられた。和久の胸に抱え込まれたのだ。

「ちょっ、和久」

押し退けようとするものの、彼の体が小刻みに震えているのを感じ取り、慌てて男の体を抱き締めた。

いつもは高めの体温で梓を包む男が、冷たい体で自分の温もりを求めている。彼女は自由に動く手を伸ばし、彼と自分の体が包まれるように毛布と布団を被った。

ごめんなさい。ごめんなさい、和久……

何度も心の中で謝りつつ自ら足を絡めて逞《たくま》しい背を撫でる。

無事でいて——。こらえ切れない涙を零《こぼ》しながら、梓は固く目をつぶった。

14

唇を何かが啄《つい》ばむような感触に、梓の意識は眠りの底から引き上げられた。

誰かが私にキスをしている。とても優しいキスを。

目を開けると、視界には己《おのれ》を見下ろしている和久の瞳。あまりの近さに自分の顔が彼の瞳に映っているのが見えて、なんだかおかしくもあり嬉しかった。

和久。

脳裏《のうり》で呟《つぶや》き彼の頬を撫でると、少しざらついた感覚が掌《てのひら》を刺激する。

あぁ、これは夢じゃないのね。半分寝惚けつつもなんとなく理解して、彼女の唇がゆるく弧《こ》を描く。好きな人が自分の傍にいる幸福が梓に安心感を与え、自然な笑みが零《こぼ》れたのだ。

その柔《やわ》らかな表情を見つめる和久も、フッと微笑んで再び触れ合うだけのキスを贈る。

気持ちいい。そう感じて、梓は腕を伸ばして和久の首に縋《すが》り付いた。彼も仰向《あおむ》けとなっている彼女の背中に腕を回して抱き締めてくる。

やがて深く交じり合う口付けに変わる。胸の奥から込み上げてくる愛《いと》しさと多少の息苦しさで、どんどんあやふやな感覚がクリアになってきた。

あれ？　私、どうして和久とキスしているんだっけ……？

舌を絡める濃厚な口付けの合間に、彼女の脳裏で昨日の光景がフラッシュバックする。耶馬渓《やばけい》での紅葉狩り。久しぶりに聞いた母の声。希和子からの電話。そして元彼からの連絡――

ようやくバッチリと覚醒した梓は思いっきり和久の体を押した。少しだけ体を離した和久は、不満そうに彼女を見下ろしている。

そうだ、陽平からプロポーズされて、混乱して、和久が部屋に来て……

突然、梓は整った彼の顔を力一杯わしづかみにして、左右に激しく振った。

「イデデッ！　なにすんだ梓！」

「ちょっとあんた大丈夫なの!?　死んでない？　生きてる!?」

「あのなぁ！　死んでたらこんなことはできないだろ！」

ベッドに肘をついた和久は、彼女の両手を己の顔から引っぺがした。その手をシーツに縫い止めると軽いキスを落とす。その感触を目を開いたまま受け止めた梓は、ようやくこれが現実だと実感した。

「良かった……」

じわり。心の底から安堵すると眦《まなじり》に涙が溜まる。

和久が顔を寄せてそれを吸い取ると、梓のこめかみや頬に口付けを散らし、やんわりと抱き締めてきた。

無事だった、本当に良かった。梓も素直に和久の重みを受け止め、彼の背に腕を回して抱き締める。

が、そこでふと我に返ってしまった。いま自分はとんでもない状態になっている。

「うわわわわわわわわっ！」

和久の腕の中から脱出しようとするが、体格差がありすぎて話にならない。まさしく茹《ゆ》でダコになって慌てる梓を、和久はやや呆れた表情で眺める。

「今更なに焦《あせ》っているんだ」

「い、いや、だって、でもっ」

梓は狼狽《うろた》えながらも、諦めずに和久の体躯《たいく》を押す。だが、獲物をみすみす逃がす彼ではない。

和久がわざと体重をかけて小さな体を潰せば、「ぐ、る、じ、い」と本当に死にそうな梓の声が響く。和久は笑ってから体を起こし、ベッドの上で胡坐《あぐら》をかいた。

はぁはぁと息を乱して起き上がった梓は、そこで初めて彼の全身を見て目を剥《む》いてしまった。

彼は黒のTシャツとボクサーパンツという格好だったのだ。声にならない悲鳴を上げた梓は、慌てて回れ右をする。だがバッチリ見てしまった下着姿が目の前にチラつき、なかなか消えてくれない。黒いパンツだから分かりにくかったけれど、股間が膨《ふく》らんでいるように見えたのは気のせいなのか。……気のせいだろうと己《おのれ》へ必死に言い聞かせる。

これは文句を言わねば気持ちが治まらない。

「なんで裸なのよ！」

「これが裸なのか？　下着を着ているだろ」

「そういう意味じゃない！　だって服着てたじゃない」

そうだ、彼がベッドに倒れこんだとき、自分はコートを苦労して脱がせたけれど、それ以外は脱がせていない。

「あぁ、暑かったから脱いだ」

「って、あんた寒いって言ってたでしょうが！　というか死にかけていたでしょ。やけに元気よね」

羞恥《しゅうち》のため手で顔を覆いながら叫ぶ梓に対し、和久はしれっとしていて全く動じない。

「もう治った。暖房がきいた部屋で服を着たまま寝ていたら暑いに決まっている。しかもおまえを抱いていたし」

「だ、抱いてって……」

「文字通り抱き締めていただけだ」

「言われなくても分かってるわよ！」

いかん、このままでは和久のペースにのまれてしまう。

梓はベッドから降りようと腰を浮かせたが、それよりも彼の反応の方が早かった。梓、という呼び掛けと共に、背後から抱き締められる。

「ちょ、放してっ」

「嫌だ。そしたらおまえは逃げるつもりだろ」

図星を指されてなにも言い返すことができない梓を、和久はゆっくりと追いつめていく。

捕らえて放さないつもりなのか、梓の腕ごとガッチリ抱きかかえ、更に両足で彼女を挟む。梓の正面にはヘッドボードがあるので、逃《のが》れる術《すべ》はない。

「梓、なんで急に会わないって言い出したんだ」

「そ、れは……」

「なにがあった。言えよ」

和久の腕に力が込められるが、梓はどんどん俯《うつむ》いてしまう。すると、和久に露《あら》わになったうなじを舐められた。

「うきゃぁっ！」

梓の体を挟む彼の両足に強い力が籠もる。お互いの体が隙間なく密着し、彼女のお尻辺りに固い感触が押し付けられた。梓は心の中で喚《わめ》く。

――なんか、なんか当たっているんですけど！

和久は焦《あせ》る彼女の耳元へ唇を寄せて、熱い吐息と共にとんでもないことを言い出した。

「あぁ、もうなんかどうでもよくなってきた」

「な、なにがっ」

「このまま押し倒したい」

梓は限界まで目を見開く。

「駄目！　駄目だってば！」

「なに言ってんだ。惚れた女とくっついてて、しかも相手はパジャマ姿。そしてベッドの上。これでなにもしなかったら男じゃない」

「そんなことないわよ！　というか、話をしたいんじゃなかったの⁉」

「おまえ、話をする気なんてねぇだろ」

またまた図星を指されて、梓はウッと詰まる。その隙に和久の手が胸を揉みしだいてきた。

「わわっ、ヤダッ！」

パジャマの下には就寝用のブラジャーをつけているがソフトな素材なので、彼の力を妨げる防壁にならない。双丘へ指が食い込む感覚に、彼女の体が悶《もだ》えた。

「待って、和久っ」

「俺はもう十分待ったぞ。これ以上は無理だ」

「あっ、ヤッ！」

和久が腰を突き出して、梓のお尻を圧迫する。男の昂《たかぶ》りをダイレクトに感じてしまい、梓の顔が真っ赤に染まった。

和久は右手で胸を揉みつつ、左手で彼女の下腹部をまさぐる。足の付け根から下着の中に侵入しようとする動きに、梓は抵抗しているのだがその力は弱々しい。心の中ではこのまま流されたいと願う恋心と、いけないと思う気持ちがせめぎ合う。

本音では彼に抱かれたい。でもこんな情けない気持ちで彼と向き合いたくない。

だって失礼だわ、私。この人を傷付けたことさえ謝っていないのに……

ぽとり。剥《む》き出しの和久の腕に一滴の雫《しずく》が落ちる。和久は動きを止め、しばらく微動だにしなかった。やがて深い溜め息をついて腕の力を緩める。

「なぁ、梓」

「……な、に」

「俺と会わないって理由、どうしても言うつもりがないなら、これ以上は訊《き》かない。だが一つだけ答えてくれ」

「なにを……」

「俺が好きか、嫌いかハッキリと言葉にして欲しい」

「……え？」

「嫌いだって言うなら俺はこれ以上、おまえを追いかけない。もう二度と会わない。諦めるよ」

会わない。相手に投げつけた言葉が自分へ返ってきて、梓は激しく動揺する。

「だけど好きだと言葉にしてくれるなら、俺は絶対におまえを手放さない。なにが起きても」

絶対、との言葉に気持ちが揺らぐ。――じゃあ私が本社に呼び戻されたら貴方はどうするの？

「答えてくれ、頼む」

強い抱擁《ほうよう》と共に、和久は梓の首筋へ顔を埋《うず》める。これが最後の問いかけなのだと梓は理解した。

二人分の沈黙が、カーテンを閉めた暗い部屋を支配する。その静寂の中、梓は破裂しそうなほど高鳴る彼の心臓の音を聞きながら葛藤《かっとう》していた。

嫌いと言えば終わる。ひとこと言えば済む。

でもそうしたら貴方に会えない。手を伸ばす資格さえ失う。

だけど心置きなく故郷に帰れる。ずっと望んでいた夢が叶ったとき、悩まなくて済むのだ。

それでも胸の疼《うず》きがおさまることはないだろうと気付いていた。体に触れるこの温もりを永遠に失って、自分は今まで通り振る舞うことができるのか。彼が離れていく想像をすれば、思わず口から悲鳴が出そうになるのに。

……あぁ、そうだ。希和子との会話で、もう自分はとっくの昔に囚《とら》われていたと気付いたのに。いったい何度同じことを繰り返せば気が済むのか。

今、素直にならないと一生後悔するのに。

「好きよ……」

結局、自分はこの言葉しか言えない。「会えない」なんて遠回しな言い方ではなく、「嫌い」という直球の拒絶を好きな男にぶつけることなどできない。扉越しではなく面と向かって嘘なんかつけないのだ。

愛する人にだけは。

貴方だけには。

逡巡《しゅんじゅん》の末、震える声で想いを伝えると、再び腕に痛いぐらいの力が籠もった。

「もう一回言ってくれ」

「貴方が、好き」

「うん、俺も好きだ」

「知っているわ……」

真正面から温かな想いを惜しみなく注いでくれた人。傷付いた心を癒《いや》すように包んでくれた。まだ知り合ってわずかな時間しか経っていないけれど、私の全てを愛してくれる優しい貴方が好き。

やがて和久が離れ、梓の体を半回転させて二人は向き合った。泣き顔を見られたくない彼女は慌てて顔を袖口で拭いた。するとその手首をさらに大きな掌《てのひら》が掴む。

見上げればいつもの自信に溢れた表情。

誰もが振り向かずにいられない美貌。

弧《こ》を描く和久の唇が梓の涙を吸い取ってから、唇に触れる。啄《つい》ばむだけの穏やかな行為に、先に音を上げたのは梓の方だった。自ら舌を差し出して彼の口腔に侵入すると、和久はキスを続けながら梓の体を引き寄せてきた。梓は男の首にしがみつく。

長い口付けにうっとりと酔いしれているうちに、二人の体はベッドへ倒れ込んでいた。先ほどとは違い、体重を掛けないよう覆い被さってくる。その優しさに、梓の涙が目元まで溢れてきた。

あぁ、でも、好きだと認めたからには言わなくては……

心地良いキスにのめり込みながらも、頭の片隅でそう冷静に考える。

梓は覚悟を決めた。いつかはバレてしまうことだから、いま話さなくては。

唇から首筋へ、ちゅっ、ちゅっと何度も吸いついてくる和久へ話し掛ける。

「……あの」

「んー？」

和久は胸の膨《ふく》らみを揉むことに夢中で、あまり聞いていないようだ。

「あ、あのね、その、夕べ……元彼から電話があって」

ぴたり。梓の言葉でその動きが静止した。肘をついてのっそり体を起こした和久の顔は、かなり渋い表情になっている。

「梓」

「は、はい」

「なんでいきなり会わないって言いだしたのか、よーっく分かったぞ」

「えっ!?」

昔の男からの電話があったとしか言っていないのに、なぜ分かるんだろう。心から不思議そうな顔をする梓に対し、和久は苦虫を噛み潰したような顔になる。

「別れた男がわざわざ夜遅い時間に電話を掛けてくるなんて、仕事の話じゃねぇよな？」

「し、仕事かもしれないわよ」

「んなワケあるか！　どうせよりを戻したいって言い出したんだろ。で、おまえはそれにグラついたから俺と会わないなんて極論に走った。違うか？」

「……すごい、よく分かるわね」

「あのな……」

そう本気で感心する梓に、和久は唸《うな》るように呟《つぶや》いて再び覆い被さってきた。しかし、ただ彼女を抱き締めて大きな溜め息をつくだけだ。

くすぐったい。梓は、甘えてくるように抱きついてくる和久が愛《いと》しくなってきた。サラサラな黒髪を指で梳《す》き、地肌を慰《なぐさ》めるように撫でる。

和久はされるがままになっていたが、やがて腕に力を入れると声を押し出した。

「……なぁ」

「うん？」

「おまえが俺を好きでも、昔の男に声を掛けられたらグラつくってのは理解できる。この間まで忘れられないって言ってたし」

「あー、うん、まぁ」

グラついたのは陽平自身にではなく、彼が提示した条件にだったのだが。

「だから、おまえがごちゃごちゃ考えるのも理解できる。でも、これからは俺だけを見てくれ。おまえが俺を好きでいてくれるなら、そいつに絶対に負けない」

「うん……」

和久からの力強い言葉に含まれる愛情が、梓の中に残る過去の男の影を綺麗に消し去ってくれた。もう迷うことなんてない。——私はこの人を選ぶ。和久がいい。他の男なんて嫌。

好きな男としか肌を合わせたくない。和久でなければ抱かれたくない。

そんなことはもうとっくに分かっていたのに、自分はなぜ彼を諦めようとしたのか。陽平に憂《うれ》いのない未来を提示されたとはいえ、恋人を損得勘定で捨てた男とやり直すなんて無理だ。

そう考えたとたん、梓の目から涙が零《こぼ》れた。

「ごめんなさい……」

過去の男から受けた仕打ちと同じことを和久にしてしまった。利害を優先させて恋人を替える残酷さを、自分は誰よりも知っているのに。

「ごめんなさい、ごめんなさい、和久。ごめんなさい……」

「もういいよ」

梓を見つめる和久の表情は明るい。彼女はその微笑に心が軽くなるのを感じ、恋人となった男に強くしがみついた。すると、和久はなにやらもぞもぞと動いている。首筋がくすぐったくてひんやりとするのは、彼が鎖骨から首にかけて舐め上げているからだ。

「ねぇ……、ねぇったら、和久」

「ん？　待てとか言うなよ。言っても待たねぇけど」

梓の気持ちを知って元気付いたのか、和久は朝っぱらから盛《さか》る気満々である。梓は溜め息をついた。

「ねー、とりあえず起きない？　もう八時半じゃない。朝ご飯を食べようよ」

「俺はおまえを食べたい」

うわっ、言うと思ったけど本当に言ったよ、この人。

捕食宣言をした和久は、本気で彼女を美味《おい》しくいただくつもりらしい。自分よりも細い肢体を抱き締める掌《てのひら》が淫《みだ》らに動き、揺れる乳房を揉みしだいた。

「んっ、あの、和久。そのぉ」

「あー柔《やわ》らかい」

「先に言っておくけど、私、不感症だから面白くないと思うわよ」

「は？」

行為を止めて、和久がキョトンとした表情で梓を眺める。

「なんだそりゃ？」

「いや、何度も言わせないでよ」

自分の恥ずかしい欠点を告白するのはつらいものがある。梓は今まで、イクという感覚を得たことが一度もないのだ。ずっと自分の体に問題があると思っていた。

しかし和久は梓と目を合わせると、やけに真面目腐った面持ちでこう述べた。

「俺の辞書に不感症なんて言葉はない」

「……」

すごい。ここまではっきりと断言できるなんて、過去のお相手でイかせてやれなかったことはないのだろう。その自信はいったいどこから湧き出てくるものなのか。

「だいたい不感症なんてなぁ、男の怠慢《たいまん》を誤魔化《ごまか》す都合のいい言葉でしかないんだ」

「へっ？」

なにそれ？　梓がまじまじと見ると、和久は鼻を鳴らした。

「全ての女はイクことができるんだ。それをさせてやれない男が不能なんだよ」

「……すごいです先生」

「なにが先生だ」

いや、だって、ねぇ……

梓は思わず脳内でツッコミを入れてしまう。

そして同時に心配してしまった。もし自分が満足できなかったら、逆にそっちの方が精神的につらいんじゃないの、と。それだけ彼女はイクという感覚が分からないのだ。

過去のセックスにおいて、まぁまぁ気持ちいいと思うことはあったけれど、女性誌などに書かれている「失神しそうなほどの快楽」など得られる気がしない。

和久はそんな彼女の耳元へ唇を寄せて囁《ささや》いた。

「心配するな。イヤっていうほどイかせてやるから」

甘くかすれた声が吐息と共に耳に吹き込まれると、梓の体が小さく反応した。

わざとやらないで、と呟《つぶや》く梓の耳朶《じだ》は紅く染まっている。

和久は、ゆっくりと熱を孕《はら》む梓の体を抱き締めた。彼女の耳を舐めながらパジャマのボタンを外していく。執拗《しつよう》なまでに耳朶を食《は》み、その周囲に吸いつかれ、梓はくすぐったさをこらえるのに必死だった。

外気にさらされた白い肌を撫でさすり、彼女の脇腹から二の腕へ、二の腕から手首へと掌《てのひら》を滑らせる。丹念にまさぐりつつ、彼女の両腕をその頭の上へ持ち上げた。手の甲がこつんとヘッドボードに当たる。

そしてブラの縁をなぞる男の指先が、その中に侵入してきた。小さな体格に反比例して良く育ってしまった乳房が、彼の大きな掌に包まれる。しかしそれは一瞬のことで、そのまま鎖骨へ手が移動するのに引っ張られ、ブラが胸の上にずれる。

ぷるん、と音が鳴ってもおかしくないほど大きな双丘は、仰向《あおむ》けになっても脇へ流れることはない。見事に形を保つ膨《ふく》らみは、和久に興奮と高揚をもたらしたようだ。

「すごい」

「……なに？」

「体は小さいのに、胸は大きいんだな」

「……なに？」

「言わないでよ……」

梓は赤い顔をますます赤くして恥じらう。その様子に煽《あお》られたのか、和久は性急な動きでブラを取り去ると、梓の唇を塞《ふさ》ぎ乳房を鷲掴みにした。甘い舌を絡め唾液《だえき》を注がれ、和久に口内を蹂躙《じゅうりん》される。同時に手の腹で立ち上がりつつある桃色の尖《とが》りを優しく転がされて、梓の唇から悩ましげな声が零《こぼ》れた。

梓は男の強引さに翻弄《ほんろう》されて体が震えた。執拗《しつよう》な口付けと胸への愛撫は、この後の行為の激しさを予感させ、自然と逃げ腰になってしまう。だが、もちろん和久はそれを許さない。今度は、完全に立ち上がった胸の尖端《せんたん》に吸いついてきた。

「ひゃっ！」

突然の甘い痺《しび》れに、梓は思わず声を上げた。和久は尖りを舐めては転がし、舌先で押し潰しては吸い付く。小さな背中全体を撫でて下りてきた手が、パジャマのズボンの中へ侵入してきた。そして梓の尻を愛撫する。

その動きの意図するところに気付いた梓が腰を上げると、あっという間にショーツごとズボンを脱がされた。

カーテンで朝日を遮《さえぎ》られた部屋でも、そこかしこから差し込む光でほの明るい。当然、梓の体も白く浮かび上がる。和久はそんな彼女をじっと見つめていた。

あまりの羞恥《しゅうち》に男の顔を見ていられなくなった梓は、視線を逸らした。この歳になっても、いや、いくつになっても素肌を晒《さら》す行為は慣れない。しかも自分は裸なのに、相手はまだ下着を身につけているのだ。よけいに恥ずかしい。

「あの、和久」

「ん？」

「その、服、脱いで……」

言ったとたんに後悔した。相手も脱げばいくらか羞恥心が薄まると思ったのだが、「服を脱げ」だなんて行為をねだっているみたいで大変恥ずかしい。しかも相手が嬉しそうに微笑むので、身の置き所がない。視線が忙しなくきょろきょろと動いてしまう。

和久は、アンダーウェアを脱いで均整の取れた肉体を惜しげもなく晒す。

梓は直視できないと思いながらもチラリと見てしまった。

デスクワークのくせに、どうしてそんなにいい体をしているのかしら。

そんな戸惑う梓の足を、和久は限界まで開く。その間に割り込むと、彼女の両手を己《おのれ》のそそり立つ楔《くさび》へ導いた。梓は手を引っ込めようとするが、和久の手を振り解《ほど》くことができない。彼は梓の手で先端を包むように這わせて、その昂《たかぶ》りの熱さを彼女の肌に直接伝える。

先走りの蜜《みつ》と熱を感じて、梓は頬を真っ赤に染めながらもそっと熱い塊を愛撫する。しかし全体を撫でた後、梓は思わず唸《うな》ってしまった。

「うぁ」

「なんだ？」

「いや、その、これ、大きすぎじゃ……ないかなぁ、と」

「そうか？」

梓はこんなに太くて長いモノを見たことがない。比べては失礼だと思いながらも、数えるほどしかいない過去の男を思い浮かべる。皆こんなに大きくなかったはずと手を離して、無意識に後退する。

「こら、逃げるな」

「だって……」

「今更だ。大人しくしてろ」

再び胸に吸い付かれて、梓は逃げられなくなる。背中とシーツの間に入ってきた掌《てのひら》で背筋をなぞられると、体がびくびくと震えた。その姿を満足そうに眺める和久は、背中から脇、乳房、下腹、臍《へそ》、太ももと、手の届く範囲をまんべんなく愛撫していく。

梓はその快感をこらえるかのように、両手を彼の頭部に移して柔《やわ》らかな髪を撫でた。

彼の頭に触れられるなんて――

いつもは身長差が大きすぎるため、背伸びをして手を伸ばしても彼の頭には届かないのだ。頭だけでなく、逞《たくま》しい首や広い肩を触り、背中へも腕を伸ばす。和久の大きな体を愛撫していくうちに、どんどん愛《いと》しさが込み上げてきた。

和久は梓の突起を甘噛みし、痛みにも似た快楽を与えてくる。次いで熱くぬめった舌先でなぶられ、緩急をつけた動きで翻弄《ほんろう》してきた。

視線を下げると、そこには己《おのれ》の乳房に吸い付いては舌を絡める男の姿。梓は下腹にじくじくとした熱と疼《うず》きが溜まっていくのを感じた。濃い紅色の舌が、桃色の尖《とが》りを押し潰しては舐め、執拗《しつよう》なまでにいじめてくる。だけど――

気持ちいい。こんな感じ、初めてだわ……

だが、下肢をほとんど動かせないため、もどかしさを感じる。和久ががっちりと梓の体を抱えているのもあるが、男の体が両足の間にいるせいで、M字のまま足を閉じることができない。しかも感じすぎて濡れてきているので、勝手に腰が動いてしまう。それがバレたくなくて、また足の痛みを取り除きたくて、梓は男の肩を押した。

「ん、なに？」

「あの、足が、つらいなぁと……」

「あぁ、すまん」

和久が起き上がると、足を押し開く圧迫感が消える。すぐに足を閉じてホッと息を吐いたのも束の間、体を起こされた梓は半回転させられ、先ほどと同じくヘッドボードと向かい合う状態で座る。

「え？」

梓が目をパチクリしていると、和久が背中に密着してきた。そして梓の背後から長い足を伸ばして彼女を閉じ込めると、その細い足と絡めて限界まで大きく開く。完全に固定された両足はビクともしない。

「なっ、なにこれ――」

「いいから、そのまま」

秘所が露《あら》わになって、あまりの恥ずかしさに梓は狼狽《うろた》える。そんな梓を、和久は優しく抱き締めることで落ち着かせつつ、右手で綻《ほころ》びかけた花弁をまさぐる。

「あっ！」

黒い茂みに隠れる梓の秘所を暴こうと、節くれだった長い指が零《こぼ》れる蜜《みつ》を絡めて侵入してきた。和久の指先は、襞《ひだ》の感触を確かめながら奥へ奥へと潜っていく。

甘い疼《うず》きと共に、くちゃり、と鳴る粘着質な音が足の間から立ち昇った。梓はその恥ずかしい音を止めたくて和久の右手を掴む。

「ちょっと待って！」

「待ってどうするんだ」

「だって、だって……っ」

梓は、どうしようもなく煽《あお》られる快感を散らそうとするも、体の芯に走る痺《しび》れは途切れない。

おまけに彼の左手は梓の上半身を押さえ付けるようにして、胸を揉みしだいてくる。

乳首を潰されるたびに、噛み締めた唇からくぐもった嬌声《きょうせい》が漏れた。

それに気付いた和久は、乳房を弄《もてあそ》ぶ手を彼女の口元へ移して優しく侵入した。

「ふぁっ！」

「指を噛まないでくれよ」

余裕をたっぷりと含む美声を聞いて、梓は反射的に膣《ちつ》をきゅっと締めた。ナカにある彼の指をまざまざと感じると、また蜜が溢れてきた。部屋の中に、男女が交じわる淫靡《いんび》な空気が充満する。

「んっ、んん！」

「そう、大人しく指を舐めているといい」

舐めているわけじゃない！　と、梓は言い返してやりたかったが、彼の巧みな動きに翻弄《ほんろう》されて喋《しゃべ》ることができない。

和久は中指を最奥まで差し入れ、子宮口をほぐしながら梓の体を揺らす。ついでに何かを探るように膣壁《ちつへき》を擦り上げてきた。梓は慣れない刺激に最初は痛みを感じていたが、やがてそれが快感に変わっていく。

でも、これじゃあイけない……

支配される心地良さに溺れながらも、やはり自分は昇り詰めることができないのだろうかと思った。しかし、それはまだ早かったと気付いたのは次の瞬間だった——

「んんぅっ！」

折り曲げられた和久の指に膣内《ちつない》の一点をまさぐられたとたん、梓は体を仰《の》け反《ぞ》らせてしまった。彼の指を噛まなかったのは奇跡かもしれない。すぐに頭を振って口内から指と共に悲鳴を吐き出す。歯で少し傷付けてしまったかもしれないが、気にかける余裕なんてない。

それでもナカのざらざらする箇所を、彼の指は執拗《しつよう》なまでに責めてくる。突然襲ってきた快楽を受け流せなくて、梓は身悶《みもだ》えしながら啼《な》きに啼いた。

「やぁあ！　アッ、やめてぇ…っ！」

和久は彼女の泣き言には耳を貸さず、ナカを存分に犯し続けて梓の感度を上げていく。

梓は甘い声を上げながらも、唯一《ゆいいつ》自由になる手で彼を止めようともがいた。だがもちろん叶うはずもなく、やがて膣《ちつ》がヒクヒクと痙攣《けいれん》し始める。

すると、和久の指が真っ直ぐに伸ばされ、恋人を労《いた》わるゆるやかな動きに変わった。

梓は荒い息を吐いてぐったりと背後へもたれかかった。しかし、再び男の指が鉤《かぎ》となって彼女の弱みを突く。梓は反射的に啼いて、背をしならせて胸を突き出した。再び指が膣奥へ進み柔《やわ》らかい刺激が送られてくる。その繰り返しに、梓の全身は赤く熟《う》れた果実のような色合いに染まった。

梓は啼きながら必死で己《おのれ》の支配者へ縋《すが》り付く。

「かっ、かず、ひさっ、かず、ひさぁっ」

「ん？　どうした？」

和久は意地悪そうに微笑んで、梓を見下ろす。愛《いと》しい人がポロポロと零《こぼ》す涙を、空いた左手で拭《ぬぐ》った。

そんな優しい仕草の男が、実は恋人を思いっきり可愛がってやりたいのと同じぐらい、徹底的にいじめてやりたいと思っていることを梓は知らない。

彼女は、自分の雫《しずく》で濡れる大きな掌《てのひら》に縋り、助けを求める。

「おねがっ、も、放してぇ……っ」

「もう？　まだまだだぞ」

そう言って、和久は胸をすくうようにして揉みだす。

「はあぁ！　やだっ！」

梓は細い指を震わせながら和久の腕や足を引っ掻くが、もちろん彼の動きを止めることはできない。和久は蜜壷《みつつぼ》のナカにある梓の感じやすいところを突きながら、充血して膨《ふく》らむ真珠の粒を親指で潰した。

梓の喉から甘い悲鳴が零れる。こんな早朝から淫《みだ》らな行為をしていることを認めたくなくて頑張って声を抑えていたが、そんな余裕などすでにない。

彼の思うままに翻弄《ほんろう》された梓は、仰《の》け反《ぞ》りながらも彼の指をくわえ込む。無意識に尻を背後へ突き出して猛《たけ》る楔《くさび》をこする。その乱れっぷりを見て、和久が悦《よろこ》んでいるとは気付かずに。

大きすぎる快感は彼女に恐怖心をも与えるのか、梓は無意識に拘束から逃《のが》れようとした。しかし、あっさりと彼の腕に捕らわれてしまう。

「かず、ひさっ」

「ん?」

「ゆびっ、抜いてぇ……!」

「んー、もうちょっと」

和久は、息を切らせて涙を流す梓を観察している。やがて差し込む指を二本に増やし、中と外の敏感《びんかん》な箇所を丁寧にかつ執拗《しつよう》に攻めていく。啼《な》き続ける梓の喉からはすでに声が出ず下腹の痙攣《けいれん》も止まらない。

それなのに和久は指の動きを速め、膣内《ちつない》の官能を生み出すポイントを集中して攻める。

白く細い内腿が震えた瞬間、快楽の芽を剥《む》いて指先で潰した。

内側に溜め込んだ快感を爆発させた梓は、ひと際大きな嬌声《きょうせい》を上げて、初めて得た快感に全ての意識を持っていかれた。

何か温かいものに頬を優しく撫でられている。

その感触に、梓の意識は引き戻された。どうやら気を失ってしまったようだ。今は和久を椅子代わりにしてもたれている。

ぼんやりと辺りを見ていた梓の目が、開き続けて痺《しび》れた足の付け根へ止まった。

「あ……」

「気がついたか」

和久が梓を抱き締める手を緩め、彼女の顎をすくい上げる。梓の目の前には、笑みをたたえた美貌があった。

「いきなり気絶したから驚いた」

「そっ……」

それは自分のせいじゃないと言いたかったが、言い返されそうだったので口をつぐんだ。気だるさが抜けず、言い合いをする気力がない。

一方の和久はまだ元気なようだ。梓の細い体を抱き締める彼の下腹部は、天に向けてそそり立つ分身が熱を持っている。それをお尻で感じて、梓はまた胸がドキドキしてきた。

和久はそんな彼女の腕を撫でながら話し掛ける。

「もう落ち着いたか」

「ええっと」

「俺はちょっとヤバイんだけど」

「……」

なにがヤバイのかはなんとなく分かる。だが梓は続きをするのに躊躇《ちゅうちょ》していた。初めて経験した絶頂は快感と呼ぶには大きすぎて、意識が焼き切れてしまいそうだったからだ。今までのセックスはなんだったのかと首を捻《ひね》ってしまうほどに。

和久は確実に次も同じような快楽を与えてくるだろうが、また身も心も溺れそうで怖い。重力がゼロになった瞬間の浮遊感と、落下していく感覚が合わさり、まるで底が見えない谷へ突き落とされるみたいだった。経験値の低い梓にとって、まさに未知の領域である。

「ねぇ」

「ん？」

「ここで終わりたいな～とか言ったら……」

「俺が頷くと思うか」

意を決して伝えてみたものの、背後の気配がなにやら不穏《ふおん》なものに変化したので、ここは素直に「思いませんスミマセン」と答えておく。

縮こまる梓を見て笑いながら、和久は枕の下からこの部屋にないはずの避妊具を取り出した。自分のズボンから出しておいたんだと彼は話した。

なんでそんなもんを持っているのよ、と梓は訊《き》いてやりたかったが、答えを聞くのが怖いので黙っていようと決めた。和久は梓を抱えたままパッケージを破る。目の前の一連の動作をバッチリ視界に収めた梓は、これから起こることを想像して怖気《おじけ》づいてしまう。

あぁ、なんかこの感じは覚えがあるわ。これはアレだ。子供の頃、学校で予防接種の順番を待つ恐怖に似ている。逃げ出したい衝動を抑えながら待っている気分と同じ。あの時と場所は違うけれど、刺されるのは同じだもんなぁ。

と、梓はいささか下品なことを考えて気を紛《まぎ》らわしていた。

その間、和久は己《おのれ》の分身に手早くゴムを被せ、梓をそっとベッドへ寝かせて足を大きく広げる。ゴムに包まれた彼自身に彼女の蜜《みつ》を絡めると、慎重に腰を突き出しゆっくりと熟《う》れた膣内《ちつない》に沈めていった。

亀頭部分が潜り込むと、梓は白い首を仰《の》け反《ぞ》らせて喉の奥からか細い悲鳴を上げる。

「うあぁっ……」

が浮かんでいる。

「い、痛い、と、言うよ、り」

梓を心配したのか、和久の動きが止まった。短く浅い呼吸を繰り返す彼女の顔には汗

「きつい、の……」

するとと和久は梓の茂みに隠れる芽を、指先で円を描くように愛撫した。

「んっ、ん！」

彼女の腰が跳ね上がると、少しづつ楔《くさび》がナカへ呑み込まれていく。和久の長い指が梓の頬に添えられて、二人の眼差しが絡んだ。見つめ合う梓の口から涙声が零《こぼ》れる。

「は、入らない、よ……」

「大丈夫、絶対に傷付けないから。俺を信じろ」

彼の指が慰《なぐさ》めるように梓の頬を撫でた。和久は彼女の呼吸が落ち着いてから更に腰を進める。梓は今まで経験したことのない大きさの男を受け入れる圧迫感に、思わず目を固くつぶった。

彼女の蜜壺《みつつぼ》は体に見合った小さなもので、彼の指が子宮の入り口へ届くぐらいの大きさだ。だが和久は自信があるのか、梓を慰める声も腰の動きにも迷いがない。

「あ、あ……」

「痛いか？」

「力を抜いて。その方が楽になる」

優しい声で語りかけながら、和久は痙攣《けいれん》する太ももを愛撫しつつ、何度も浅い抜き差しを繰り返す。

梓は息苦しさと下腹に広がる熱で、背筋がゾクゾクと震えてきた。自分の膣壁《ちつへき》が伸縮して、楔《くさび》を呑み込もうと蠢《うごめ》くのが分かる。媚肉《びにく》が粘液を生み出して彼自身にまとわりつき、根元までくわえようと蠕動《ぜんどう》する。

「ハァ、ハッ、ア、アアァッ！」

やがて彼の全てがナカへ収まり、その尖端《せんたん》が子宮口を圧迫すると、彼女の背中が反《そ》り返った。

和久は梓の手を取り、彼女自身の下腹部を撫でさせる。

「分かる？」

なにが、とわざわざ訊《き》かなくても気付いた。自分の下腹部を触れれば、彼の熱い塊を感じる。

こんな大きなモノが動いたら自分はどうなってしまうのだろう。警鐘《けいしょう》が梓の体を竦《すく》ませ、緊張しきっている膣内《ちつない》が更にぎゅっと締まった。

「アンッ！」

「グッ……」

二人は同時に声を漏らす。

　梓は甘い苦痛の声を、和久は快感を堪える声を上げる。それを合図にするかのように、彼はゆっくりと動き出した。慎重にナカを慰撫《いぶ》するように動き、ときどき掻き回しては彼女の感じる部分を突いてくる。

　しかしモノが大きいだけあって亀頭のくびれも深いのか、出し入れされるたび膣壁に引っかかって堪らない。

「あぁっ、はぁっ、ん、あんっ……」

　和久に腰を完全に固定されているので、梓が動かせるのは上半身しかない。枕や毛布へ必死に掴まり襲いくる官能に耐えるが、腹の中をみっちりと埋め尽くされているので衝撃に理性がどんどん崩される。先ほどと同じ絶頂が迫ってきているのを感じた梓は、涙を零《こぼ》しながら快楽と恐怖に悶《もだ》えた。

　イクという感覚は、彼女の中でなにかが爆発するかのようだった。今もまさに火薬が降り積もっている。官能という名の火薬が。サラサラの火薬が体内で山を作り、官能が積み上げられる。だが火種がないからどんどん積もって、爆発したときの衝撃が大きすぎる予感がした。彼女の心が警告を放つ。

　今、弾けておかなければとんでもないことになる。

　梓がもどかしげに腰を揺らして嬌声《きょうせい》を上げ続けていると、和久の楽しそうな声が降り注いだ。

「イキたい？」

コクコクと梓は何度も頷く。なるべく早くイかないと、自分の体がおかしくなってしまう……

「じゃ、ちょっと我慢しろよ」

そう言うや否《いな》や、和久は梓を抱き起こして対面座位となった。亀頭が更に子宮口を刺激して、梓は悲鳴を上げてしまった。歯を食い縛って耐えるものの、内側からの圧迫に下腹がブルブルと震える。

和久の腕が梓の膝をすくい上げて、尻を掴む。体が浮き、梓は慌てて彼の逞《たくま》しい首にしがみついた。

「なにっ」

「そのまま掴まって。そう、しっかりくっついてるんだ」

和久は彼女を抱き上げたままベッドの上で膝立ちになると、腰だけ前後に振り始めた。

「ひゃあぁっ！」

いわゆる駅弁と呼ばれる体位だ。梓は落ちるかもしれない恐怖で、彼の首にますます強く縋《すが》り付く。

彼女の体が固定されたことに満足した和久は、どんどん速く強く腰を突き出して、熱くとろけるナカをかき混ぜた。

「アァン！　やぁっ…ぁああ！」

下から突き上げられるたびに彼の尖端《せんたん》が子宮口へ刺さり、彼女の内臓から頭の天辺まで快楽が走る。どんどん官能の火薬が堆積して、そこへ火種が近付いているイメージだ。

この体位では梓は全く動くことができないので、ただ男の欲を受け入れるしかない。劣情を思いっきり揺さ振られた梓は、それに呼応するように媚肉《びにく》を収縮させる。

「か、か…ずひ、さぁ…っ」

「……ん？」

応える彼の息が少しうわずっている。さっきまで余裕そうだったのに。梓がそれを嬉しいと思うと、再びナカがうねって彼の分身を絡め取った。

「ハッ、あずさ……」

かすかな喘ぎ声が落ちると、彼の腰の振りがいっそう速くなる。

「んあぁ！　かずひさっ、和久ぁ」

「なに？」

「かずひさ…なんかっ、ヤッ！　も、やぁあっ！」

「うん、でも、もうちょっと我慢な」

ぐっと最奥を突かれた状態で腰を回されて、梓はしがみ付きながら悲鳴を上げる。

裡《うち》に堆積した火薬へは未だに火が点いてない。ハァハァと荒い息を吐きつつ、彼に縋《すが》った。

「お願い、もぉ、ムリ……」

すると自然と彼女の上半身がうねって、二人の体で潰された乳房が和久の胸部をマッサージするかのように擦り付けられる。

「ツァ……、あずさ、気持ちいい……」

和久は梓の耳元に顔を近付けると、溜め息にも似た熱い吐息を漏らす。

やがて和久は片足ずつ腕の拘束を外すと、尻を支えながら梓をベッドに下ろし、結合したまま仰向《あおむ》けにさせる。そして細い足を持ち上げると膝を揃え、彼女の体を二つ折りにして上半身と両足を密着させた。膝頭で胸が潰れるほどだ。当然、繋がっている局部が剥《む》き出しになる。

「やっ、これ、やだぁ……」

「いいから、いくぞ」

和久は彼女の膝裏を押して逃げられないよう固定すると、腰を激しく振り始めた。ぐちゅぐちゅという淫靡《いんび》な水音に、肉がぶつかる音が交じり合う。梓の両足がゆさゆさと揺れた。

「んあぁあっ！」

くっとお尻が持ち上がって角度が変わったことで、彼の亀頭が梓のいい所に当たるようになった。あまりの気持ち良さに梓の両目から涙が零《こぼ》れ、秘所からは蜜《みつ》が溢れる。それを満足そうに見つめる和久は、膨《ふく》らんで弾けそうな芽をキュッとつまんだ。

「アァッ！　イヤァアッ!!」

梓は膨れ上がる快楽を恐れて彼を押すが、もちろん相手は全く動かない。

これだけ溜まった火薬が爆発したら、おかしくなってしまう……！

本能的な恐怖を感じるものの、ただ和久の欲望を受け止め続けるしかない。火傷《やけど》しそうなほど熱い塊にナカを満たされ、梓は腹の中を震わせて彼自身を締め上げた。

「くぁっ……！」

和久が呻《うめ》き声を漏らした。額に汗を浮かべて眉間に皺《しわ》を寄せる彼の表情は、壮絶に色っぽい。そう思った瞬間、梓は無意識に膣壁《ちつへき》を蠢《うごめ》かせてしまう。

「クソッ！　あずさ、耐えてろよ」

早口に告げられた言葉と共に、彼の腰の動きが激しくなった。今までは手加減されていたのだと分かるほど、強く速く逞《たくま》しい肉体を打ち付けられる。彼の汗が降り注ぐ中、自分が何を叫んでいるかも分からない。

和久に主導権を握られた行為は、彼の望むままに梓を翻弄《ほんろう》し、とうとう降り積った快楽の火薬に火を点けた。

悲鳴は声にならなかった。

15

己《おのれ》の名を呼ぶ恋人の声で、梓は目を覚ました。瞼《まぶた》を開くと、軽くキスをして離れる端整な顔。目が合ったとたん、和久が顔を綻《ほころ》ばせて抱き付いてきた。

「……ごめん、また、気絶してた？」

「あぁ」

和久はそう言って頬をすりつけてくる。梓は幸福感が胸に溢れ、恋人の背中に腕を回して大きな体躯《たいく》を抱き締めた。

しかしそこでふと気付く。彼女の太ももに当たる男の分身はすでに萎《な》えている。

和久は梓の態度で、彼女が何を気にしているのか察したようだ。

「もしかして、これか？」

そう言って梓の手を取り、平常に戻った男そのものを触らせた。梓はものすごい勢いで手を引っ込める。その様子を見た彼はひとしきり声を上げて笑ってから、彼女の赤い耳朶《じだ》へ唇を寄せた。

「すまん。もうちょっと可愛がってやりたかったんだが搾《しぼ》り取られた」

わざと艶《つや》を含ませて囁《ささや》かれた声に、梓は慌てる。

「しっ、しぼ……っ！」

「もう一回やるか？」

「無理！」

あんな激しい行為を何度も行えば、本当に自分はどうにかなってしまうかもしれない。

取り乱しながら起き上がろうとしたが、彼女の胸の谷間に男の顔が埋まっているので動けない。

和久はピクリとも動かず、ただ乳房を顔面で堪能しているだけのようだ。しかも——

「腹へった……」

と弱々しい声で呟《つぶや》くものだから、今度は梓の方が噴き出してしまった。首を捻《ひね》ってベッド脇のチェストに置いてある時計を見ると、時刻はもうすぐ十一時になろうとしていた。

手早くシャワーを浴びて身支度を整えた梓は、朝食兼昼食を作った。とはいっても、あらかじめ調理しておいた冷凍保存食を温めただけなのだが、それでも和久が美味《おい》しそうに食べてくれたので、梓は安堵した。

二人で後片付けをしている最中、梓のスマートフォンに電話が掛かってきた。非通知着信を見て、梓は顔を青褪《あおざ》めてしまった。きっと陽平からだ。彼のスマートフォンは着信拒否にしてあるので、おそらく自宅からかけているのだろう。電話は切れたものの、どうしようと固まる梓を見て、和久は席を立った。

「俺、コンビニに行ってくるから話しておけよ」

優しく告げると彼女の額にキスをして、部屋を出て行った。

梓は恋人の気遣いに感謝しつつ、覚悟を決めた。和久を選んだのだから、陽平にきちんと別れを告げなくてはいけない。

着信拒否を解除して彼のスマートフォンへコールする。陽平は嬉しそうな声ですぐに電話に出た。

『梓？　おまえの方から掛け直してくれるとは思わなかったよ。で、どう？　前向きに考えてくれた？』

「ええ、よーっく考えましたとも」

おめでたい男だ。私から連絡したというだけで、自分の都合の良い方へことが運ぶと信じているなんて。

まぁ、そんな単純な男に一瞬でも転びそうになった自分も人のことを言えないのだが。

梓は自嘲気味に笑ってから口を開く。

「陽平。私、いま付き合っている人がいるから、あんたの申し出は受け入れられない。もう二度と電話してこないで」

『えっ、どういう……って、えええぇぇっ!?』

電話回線の向こう側から、ガタガタとなにかが倒れる音が聞こえてくる。おそらく椅子でも倒したのだろう。

『あ、あ、あずさっ! どういうことだよ。昨日はそんなこと、ひと言も言ってなかったじゃないか!』

はい。そのときはお付き合いしていませんでしたから。梓は脳内で答えるが、もちろんご丁寧に教えてやるつもりはない。

「いきなりあんたにプロポーズされて驚いたから、なにも言えなかったのよ。と、いうわけなのでサヨウナラ」

『ちょっと待て! おまえは本当にそれでいいのか? 俺と結婚すればおまえは好きなように生きられるんだぞ! お袋さんになにかがあっても助けてやれるんだぞ!』

「それは、そのときになってから彼と話し合うわ。あんたは関係ない」

はっきり言ってやると、受話器の向こうで息を止める気配を感じた。ほんの少し溜飲が下がった梓は、さっさと通話を終わらせようと話を締め括った。

「じゃあね、さようなら。……今までありがとう」

回線の向こう側から息を呑む音だけが聞こえる。梓はそれ以上はなにも言わず、陽平がなにか言う前に通話を切った。それから何回か着信音が鳴り響いたが、全てを無視した。

さよなら、陽平。

六年間の思い出を忘れることはすぐにはできないけれど、無理に忘れる必要もないと今では思う。

――和久が傍にいてくれるから。

新しい思い出に上塗りしてくれる存在がすぐ隣にいて、自分を心の底から愛してくれるから。

しばらくそのまま座り込んでいると、やがてコンビニの袋を持った和久が帰ってきた。

彼はそっと梓の隣に座り、話し掛ける。

「大丈夫か？」

労《いた》わるような眼差しを向ける恋人を見つめ返す。すると、心が自然と軽くなるのを感じた。

――この人と、新しい思い出を積み重ねていくんだ。

梓は小さな笑みを浮かべて頷く。

「大丈夫。ちゃんと別れたから」

梓がそう言うと、和久はそんな恋人の頭をグシャグシャとかき混ぜるように撫でて、頬と唇にキスを落とす。

「ビール買ってきた。飲めよ」

「昼間っから？」

「そう。嫌なことを忘れるのにアルコールはうってつけだろ」

「そうね……、ありがとう」

そのとき梓は幸せだと心から思った。この幸福が永遠に続いて欲しいと願った。

己《おのれ》の全てを受け入れてくれる人が傍にいる喜びを噛み締めて。

16

屋外では灼熱《しゃくねつ》の太陽に焼かれ、室内では人工の冷気で体の芯まで冷やされる季節――梓が苦手な暑い夏がやってきた。現在は七月の末。梓がここ九州の地に転勤してきて三回目の夏だ。

和久と付き合い始めて二年近くが経過した今、二人の関係は順調だった。彼は週末のたびに梓の家まで会いに来てくれる。ときどき喧嘩《けんか》をしつつも仲は良い。

ずっと傍にいてもうるさく思わないほど馴染んだ男。見慣れた部屋の風景に溶け込む姿。何気ない瞬間にも実感する、「好き」という想い。

この頃になると、梓はなんとなく彼とはとても相性がいいのだと分かってきた。

和久が部屋にいると、安らぎを感じる。

彼と一緒だと、幸せな気持ちになれる。

貴方が傍にいてくれるなら、私は強くなれる。

ただテレビを一緒に眺めるときでも、二人並んで小さなキッチンに立つときでも、些《さ》細《さい》な日常の光景を幸福だと感じるようになった。その温かい気持ちは四肢の隅々にまで広がって、二年間の彼女の人生を豊かにしてくれた。

梓はどこまでも澄み渡る青い空を見上げるたびに、故郷ではなく恋人を想うようになった。

今も窓から蒼穹《そうきゅう》を眺め、心に愛《いと》しい人の姿を思い浮かべる。オフィスの窓全体を青く染める空には雲一つない。梓はお弁当をつつく箸を止めて、くすり、と小さな笑みを零《こぼ》した。

和久も今、お昼ご飯を食べているのかな。

そんなことを考えつつマグボトルのお茶を飲んでいると、支社長に声を掛けられた。

「山代主任、ちょっと今から会議室に来て」

「はい」

すぐに返事をして立ち上がったが、梓は内心で首を捻《ひね》る。まだ昼休み中なのに、わざわざ会議室に呼び出すなんて、よほど周囲に聞かれたくない話なのだろうか。

梓は蒸し暑い会議室に入ると窓を開け、会議用テーブルを挟んで支社長と向かい合う。

「それで、ご用件とは」

「まぁまぁ、そんなに固くならないで。山代さんにとって悪い話じゃないんだから」

そりゃそんな恵比須顔《えびすがお》を見ればそうだろうなと思いますよ。梓は表面上はニコリと微笑みながらも、早く終わって欲しいと内心で溜め息をつく。

最近の支社長は上機嫌だ。明後日、本社がある名古屋で優秀社員を表彰する式典があるのだが、そこに大分支社の営業部員が二人も出席することになったことが理由だ。彼らは全国三位と七位の営業成績をおさめたのだ。

梓も支社長の気持ちはよく分かった。優秀社員表彰式に呼ばれることは、名東ホームコーポレーションで働く社員ならば誰しも一度は憧《あこが》れる。その式典には彼らをサポートした梓も呼ばれており、表彰こそされないものの、招待状を受け取ったときには胸が高鳴ったものだ。

今回支社長に呼び出された理由は、それに関することではないのだろうか。

「あの支社長、もうそろそろ昼休みが終わってしまいますが」

そう話を促《うなが》すと、彼は薄くなりつつある頭部を撫でながら笑う。

「いやすまん。嬉しいことなんだが、ちょっと残念に思ってしまってね」

「はぁ」

なにが？

「山代主任はうちの営業部門の成績を劇的に向上させてくれた立役者だ。手放すのは惜しい。だが君はもともと本社の人間だからね、仕方がないよ」

その言葉で支社長が言いたいことを悟ってしまった。梓はとっさに、これ以上支社長の台詞《せりふ》を聞きたくないと耳を塞《ふさ》ぎそうになった。

「おめでとう山代主任。九月より本社営業戦略室の係長へ昇進だ」

その瞬間、本社を去った日のことを思い出した。星のない暗い夜空を背景にそびえる自社ビルを見上げ、必ず返り咲いてみせると己《おのれ》に誓った夜を。

あれほど望んでいた辞令で、しかも栄転。なのに心が躍《おど》らない。正面に座る支社長を見つめながら、その瞳はこの場にはいない男の姿を映しだしていた。


その日の夜は支社長が飲みに連れていってくれた。本社帰還と昇進の前祝いで、営業課長も同行していた。

梓が店を出たのは、もうすぐ十二時を過ぎようかという時刻だった。蒸し暑い夜道をテクテク歩く彼女の足どりに、酔っている様子などない。背筋を伸ばして自宅へと歩いて向かう。

夜遅いので上司達はタクシーを使うべきだと主張したが、通い慣れた道だったのでやんわりと断った。歩きながら考えたかったのだ。とうとうこの時が訪れてしまった、と。星が少ししか見えない夜空を眺めながら、梓は溜め息を零《こぼ》す。

和久。

彼の姿を思い出すと胸が痛む。口角を持ち上げてニヤリと笑う、見慣れた愛《いと》しい顔を、今は思い起こすのすら苦しい。

二年もの長い期間、褪《あ》せることのない恋心を抱き続けた相手。

全幅の信頼と愛情を傾ける恋人。

それでも梓にはたった一つ言えないことがあった。

──私ね、故郷に帰りたい理由があるの。

和久への愛情が溢れそうになるたびに言いたかった。だが胸中で語りかけるだけで、結局言えなかったのだ。

そこで梓は足を止める。気付けばすでにアパートに着いていた。鍵を開けて部屋に入り、澱《よど》んだ空気を入れ替えるために窓を開ける。

蒸し暑い一日だったが、深夜の時間帯にもなるとやや気温が下がり、ほんの少し風があれば涼がとれる。

この部屋で暮らし始めてもうすぐ二年。窓から眺める大分市の風景も馴染みのものになった。梓は、故郷とよく似た都会の景色が嫌いではない。ここには多くの思い出が残っていて、そのすべてが幸福で彩《いろど》られているから。

窓から外をしばらく見つめていた梓は、スマートフォンを取り出して恋人へコールを飛ばす。相手は深夜にもかかわらず、すぐに出てくれた。

『もしもし、梓？　どうした』

「ちょっと声が聞きたくなったの」

以前の自分なら決してこのような甘ったるい台詞《せりふ》など言わなかった。もしくは遅い時間だから電話なんて止めておこうと己《おのれ》を制止しただろう。でも和久が相手ならばすんなりと行動に移せる。

貴方は怒ったりしないから。私の小さな我儘《わがまま》をいつも笑って受け止めてくれるから。

そんな彼女の甘えを見抜いたのか、スマートフォンの向こう側で笑う気配が感じられた。

『おまえさ、会社でなんかあっただろ。ん？』

「まぁね。もしかして寝てた？」

『そろそろ寝ようかと思ってたとこ。おまえは？』

「飲み会の帰り」

『その相手って、男か？』

「支社長と営業課長です。共に既婚者。なに考えてんのよ」

『だって俺の梓ちゃんが男に囲まれて酒呑んでいるなんて、耐えられんだろー』

くだらない掛け合いに、梓は小さく噴き出した。こんな他愛ない会話でも、胸がときめく。

——貴方が好きなんだと思い知る。

「あのね、明日なんだけど、夜に少しだけ会えない？」

『俺は構わんが、おまえはいいのか？　明後日は早起きなんだろ』

明後日の土曜日は名古屋へ行くことになっていた。優秀社員表彰式に出席するため、大分空港から出発する早朝の飛行機に乗らなくてはいけない。和久にそのことを話した折に、前日の金曜日は早く休むと告げてあった。

確かそれを話したのは二週間ほど前だった。

そんな些細《ささい》な事でも覚えていてくれたことに、彼女の顔は自然と綻《ほころ》ぶ。

「……ちょっとね、星空を見たくなったの」

『星？』

「うん。なんかこう、うわぁーって思うぐらいの星空が見たい」

闇を照らす幾千もの瞬《またた》きを眺めて、ほんの少しの時間だけでも、この胸に抱える苦悩を忘れたかった。

『星ねぇ。我《わ》が儘《まま》な女王さまだなー』

「そういうときはお姫さまって言ってよ」

『俺にとっては女王さまだぞ。――よし、じゃあ満天の星ってやつが見えるところへ連れてってやるよ。期待しとけ』

「ありがと、和久。嬉しい」

本当に嬉しい。ありがとう。……愛してる。

17

翌日の金曜日。梓はできるだけ早く退社するため、昼休みもデスクにかじりついていた。定時の午後六時になった瞬間、「じゃ、お疲れさま!」と言って会社を飛び出す。

少し前に届いた和久からのメールでは、すでに彼女の部屋に到着しているとのこと。梓は急いで帰路につく。たどり着いたアパートの駐車場には、見慣れた白のアテンザがあった。

和久は梓と付き合い始めた当初、車をコインパーキングへ停めていたが、梓がアパートの駐車場を借りてからはここに停めている。

そんなことをしなくてもいいと和久は言うけれど、アパート住居者なら駐車場料金は若干安くなる。それに——

『いつもお金を払ってもらってるんだもの。私だって稼いでるんだから、あんたに貢げるのよ』

梓がそう冗談めかして言った時。彼は数秒間呆けた後、大笑いして小さな恋人を抱き締めたものだ。

そんなことを思い出しながら、梓は息を乱して階段を上り、二階の自宅へ急ぐ。すると足音で気が付いたのか、部屋まであと二メートルという場所でドアが開いた。

「おかえり」

微笑む美貌の主が、肩で息をする梓を迎え入れた。梓はドアが閉まりきる前に彼を抱き締める。

「……ただいま」

ギュッと抱き返してくれる腕の力は、苦しくなくちょうどいい。そうやって力加減をしてくれるところも愛《いと》しい。梓は全身にまとわりつく汗を気にしながらも、恋人の胸に頬を寄せる。

「梓、さっそくだが出掛けるぞ。着替えてこいよ。車を冷やしておくから」

「うん。でもどこへ行くの？」

「山の中。温泉に入るから準備もしておけよ」

やっぱり温泉付きなのね。梓は恋人の趣味を微笑ましく思いながら着替え、軽く化粧直しをしてから家を出た。

目的地は大分県の西部に位置する、山に囲まれた自然豊かな土地だ。星が見たいと無茶を言った梓の願いを叶えるべく、和久は人里離れた場所を選んでくれたらしい。梓はそのことに感謝しつつフロントガラス越しの風景を楽しんだ。

夏の日の入りは遅い。午後七時を過ぎた頃、ようやく辺りが暗くなってくる。日除けのサンバイザーを上げると、前方に見事に紅く染まった景色が現れた。

「わぁ」

まさしく大気が燃えているようだった。沈みゆく灼熱《しゃくねつ》の太陽が緑の山々をも紅く塗り替え、空に散らばる雲を赤紫《あかむらさき》に染め上げる。夕日へ向かって進むと、まるで光に吸い込まれていくような錯覚《さっかく》を覚えるほどだ。

梓が大自然が織り成す絶景に見惚《みと》れていると、隣から柔《やわ》らかく笑う和久の声がする。

「ちょうどいい時間だったな」

「うん、ありがとう……」

それしか言えないほど美しい光景だった。

しかし——自分はもうすぐこの地から去らねばならない。

梓は笑みを絶やさなかった。和久との逢瀬《おうせ》を、今の楽しい時間を壊したくないから。

そんな梓を、和久もまた笑顔を保ったまま観察していることに、彼女は気付けなかった。


それからしばらくして和久が車を停めたのは、とある温泉の駐車場だった。道中のレストランでゆっくりと食事をとったため、すでに時刻は午後八時を過ぎている。

完全に日が沈んだ山里は涼しくて過ごしやすい。うるさいぐらいに鳴くセミ達も休眠中なのか、辺りはとても静かで、そよ風に運ばれる葉擦《はず》れも明瞭に聞こえてくる。

梓は車から降りると空を見上げた。そこには自分が望んだ満天の星空がどこまでも広がり、隙間なく散らばる光の粒が夢のような情景を醸《かも》し出している。

言葉もなく、呼吸さえ止まる。

そんな梓を、和久は満足そうに見つめていた。やがて彼女を建物の中に促《うなが》す。そこは立ち寄り専用の温泉施設だった。

「露天風呂に行ってみろよ。星がよく見えるぞ」

彼はそう言って男風呂へ消えていった。

ちらほらとお客がいる脱衣所で手早く服を脱いだ梓は、化粧を落とし髪を洗ってから露天風呂へ直行した。和久が言うとおり、外で見た景色が湯気の向こう側にも存在している。

梓が望んだ満天の星空。ただ眺めるだけではなく、温泉に浸かりながら空を見上げるという贅沢《ぜいたく》な時間を与えてくれた恋人に心から感謝した。まぁ、これは単に彼が温泉へ入りたかっただけなのかもしれないが。

恋人の望みを叶えるついでに自分の望みも叶えてしまう彼の手際良さに、梓の唇から小さな笑みが漏れた。温かくなって赤く色付いた頬を両手で挟み、小さな声でクスクスと笑い続ける。だが、どうやら心の蓋がゆるんでしまったようだ。和久の前で堪えてきたものが込み上げてくる。周囲に他のお客がいないことをいいことに、彼女の目から汗とは違う雫《しずく》が零《こぼ》れ落ちた。

ありがとう和久。ありがとう……

二年近い彼との思い出が、走馬灯《そうまとう》のように脳裏《のうり》を駆け巡る。その中には和久から結婚を仄《ほの》めかすアクションもあった。彼の両親へ引き合わされたのはその最たるものだろう。

彼との交際が続くにつれて、梓はこの地へ留《とど》まってもいいと思うようになっていた。故郷に後ろ髪を引かれる思いも、愛する人とならば乗り越えられると自分に言い聞かせて。

でも気付いてしまった。己《おのれ》の本当の気持ちに。

あるとき和久は自分と一緒に暮らしたいと言い出したことがあった。それは付き合い始めて一年が経過した頃だ。

『週末だけじゃなくって、ずっと傍にいたいから一緒に暮らしたい』

彼は優しい表情で梓に告げた。今思えばあれはプロポーズも兼ねていたのかもしれない。付き合い始めて一年。共に三十代。相性も悪くない。結婚してもおかしくない条件。だが――

『……ごめんなさい。和久と付き合っていきたいけど、同棲は……したくない』

和久との同棲が嫌だったわけではない。そのまま結婚に進むのが怖かったのだ。もちろん彼との結婚が嫌というわけでもない。ただこの地に留まりたくない本心に気が付いてしまったから。

結局、自分は郷里に戻る夢を諦められないのだ。恋人と夢を天秤に掛けても、まだ夢を取ってしまうのだ。

和久の家は税理士事務所を経営する自営業だ。土地や多くの山を所有している家の長男で、家業の一端を担《にな》う税理士。そんな男と結婚すればどうなるか。希和子のように婚家へ入ることになるだろう。

だけど、私は今の仕事を続けたい。そして本社へ戻りたい。両親の傍にもいてあげたい。その全てを望むことは贅沢《ぜいたく》なのだろうかと梓は悩む。男性ならば全てを手に入れることが可能なことも、女性だと駄目なのだろうか。男は妻に子育てを任せて自分は仕事をしている。女だと仕事か恋のどちらかを選ばないと許されないのか――

和久はそれ以降、一緒に暮らしたいと言わなくなった。自宅へも積極的に呼ばなくなった。勘のいい彼は、梓が抱えるなにかを察したのかもしれない。

光り輝く星の下で心が闇に染まりそうになって、梓の表情が歪《ゆが》む。

恋人のことを真っ先に考えてくれる彼を、自分はずっと愛した。今だって愛している。電球を替える時に、和久が梓を抱き上げて取り替える。そんな小さな日々の営みさえも、幸せを感じる。見つめ合う眼差しが愛しかった。

でも自分は来月にはこの地を離れなくてはいけない。

泣き声が漏れそうになり、水面に顔を突っ込んで声を封じ込める。心を刺す痛みは、息ができない苦しさによるものだろうか。

梓にはもう分からなかった。

その後、大分市に戻ってくると時刻は十一時近くになっていた。梓はいつものように和久にお願いする。

「明日は早く出掛けなきゃいけないけど、泊まっていってくれる？」

「そのつもりだ」

二人は共に寝支度を済ませるとベッドに転がった。抱き締めてくる彼の腕に身を任せ、梓は恋人の背へ腕を回してキスをせがむ。和久が小さく笑った。

「今キスしたら、ヤっちまうかもよ」

明日は早起きなんだろ。頑張りすぎて寝坊したら大変だぞ。

という和久の言外の問い掛けに、彼女は悪戯《いたずら》っぽく微笑んだ。

「うん。だからあんまり激しくしないでね」

それ以上の会話を拒むかのように、彼の唇を己《おのれ》の唇で塞《ふさ》ぐ。そこから言葉は要らなかった。ただ吐息と情熱の音が交わり部屋に響きわたる。

激しくしないでとの望みを叶えるべく、和久はゆったりとした動きで梓の全身に触れていく。すでに何十回と脱がせているパジャマを取り払い、優しい手付きで生まれたままの姿にする。

小柄な体格とは反対によく育った乳房は、彼のお気に入りだ。顔を谷間に埋《うず》めて柔《やわ》らかな肉の感触を味わった和久は、甘噛みして紅い痕《あと》を散らす。

「ん……」

梓は愛《いと》しい男の重みを受け止めながら、両手で己の双丘を寄せると彼の顔を挟み込んだ。乳房を淫《みだ》らに動かせば、彼女の足に当たる男そのものが固くいきり立ち、ぬるりとした粘液が白い肌に筋を残していく。

梓は切ない吐息を零《こぼ》し、自ら足を開いて和久の体躯《たいく》を迎え入れた。胸への愛撫だけで梓の秘所は蜜《みつ》を湛えている。

「はぁっ、和久……」

「ん？」

「も、そこ、いいから、こっち……」

ここも可愛がって。そう言わんばかりに引き締まった肉体を太ももで撫でる。もちろん和久は誘惑に素直に従う。

「喜んで」

濡れた眼差しで乳房越しに梓を見つめて、下腹へ下がる。

彼女の細い足を大きく開くと、薄い茂みの奥はすでに潤《うる》みきっていた。蜜に誘われる蝶《ちょう》のように、和久は甘やかな女の香りを放つそこへ顔を埋める。梓の背がしなり、さらに秘所が和久へ突き出され、彼の舌が蜜壺《みつつぼ》の奥深くまで潜り込むのを助けた。

和久は形のいい足を撫でさすりながら、こんこんと溢れる蜜を舌ですくい取り、まんべんなく愛していく。

彼のややザラリとした舌に、梓の快楽はどんどん高められていった。徐々に声を抑えられなくなって手近にあるタオルケットに噛み付くが、どうしても声が漏れてしまう。

和久はそれが気に入らなかったらしい。

「なにやってんの」

和久が上半身を起こし、梓からタオルケットを取り去ろうとする。梓は慌ててタオルケットを抱き締めて恋人を睨んだ。

「……だって声が出ちゃうの嫌だもん」

子供っぽい口調に加えて、頬を赤らめながら答えるその様子が、彼の興奮を高めてしまうと分かっていないらしい。

和久はニヤリと黒く笑い、梓に顔を寄せてキスをせがむ。彼女がそれに応えた瞬間、ナカに長い中指を差し入れる。

梓の悲鳴が和久の口の中で溶ける。限界まで足を開かされて男の指で攻められると同時に、濃厚なキスの嵐。

徐々に梓の意識が霞《かす》み始めた。快楽に全身を支配されつつある彼女は無意識に縋《すが》るものを求め、恋人の首へ両腕を巻き付ける。

くちくちと淫《みだ》らな音が、梓の上と下の口から奏《かな》でられる。彼女は、胸に抱えていたタオルケットがいつの間にか消えていることに気付かない。深い口付けから解放されてようやくそのことを思い出した時は、すでにタオルケットはベッドから離れた場所に放り投げられていた。

「やだ……、和久、あれ——」

「俺以外を抱き締めているんじゃない」

独占欲も露《あら》わにそう言ってのけると、和久はすぐに体をずり下げて彼女の花園を再び攻める。今度は遠慮なく声を上げろよ、と茂みをかき分けて充血する粒を吸い上げた。

梓の嬌声《きょうせい》が部屋中に響いた。

指で柔《やわ》らかな皮を剥《む》いて快楽の芽を晒《さら》すと、和久はそれを唇で挟みつつ舌先で丹念に舐める。ビクビクと波打つ梓の体を押さえ込み、そこを強く長く吸い上げれば、彼女の右足が虚空を蹴って強過ぎる快楽から逃《のが》れようとした。

「ほらほら逃げない」

もちろん和久はそれを許さず、舌と唇で真珠のような粒を嬲《なぶ》り続ける。さらに中指を再び奥まで埋め込んだ。

「ヤッ、ヤァッ！」

「いつも逃げようとするけど、逃げられないって分かってるだろ」

「あぁん！　あっ、んあっ！」

ナカは熱く、蕩《とろ》けそうに柔らかい。和久は最愛の人のそこを傷付けないよう、慎重に指を三本に増やす。梓は突起を愛撫され、指で快楽のポイントを攻められると、空気と水音が交じり合った恥ずかしい音を聞きながら啼《な》き続けた。

「だめっ、かずひさ……っ！」

「力むなよ」

「む、りぃ……あぁぁっ！」

やがて迎えた絶頂に梓が荒い呼吸を繰り返していると、支度を整えた彼自身がまだ震える彼女の体を容赦なく貫く。

熱い昂《たかぶ》りにナカを埋め尽くされ、最奥の子宮口を突かれた梓は悲鳴を上げる。

和久は本能のままに恋人を揺すり立てる。両足を高く担ぎ上げてこれ以上進めないところまで突くと、抜け出る寸前まで腰を引き、再び差し込む。

「あずさ……」

和久は愛する人の名を呼びながら腰を打ちつけてくる。梓はその小さな体では受けきれないほどの快楽に溺れた。

「あ、あっ、もっ、あんっ！」

「……イキそうか？」

「あっ、はぁん！　ああん！」

「喋《しゃべ》れない……？」

和久は息を乱しながらも梓を見下ろして目を細める。彼女の限界を悟り、最後の動きに突き進む。ほんの少し荒々しく、でも痛みを感じさせない激しさで彼女のナカを乱した。

汗を迸《ほとばし》らせつつ交じり合い、二人は同時に最高の快楽地点まで昇り詰めた。

梓は全身を痙攣《けいれん》させながら、和久の精を搾《しぼ》り取るほどの強さでナカを収縮させる。和久も隔たり越しに己《おのれ》の欲を最後の一滴まで注ぎ込んだ。

やがて、彼は小さな恋人を潰さないよう隣に寝転んで彼女を抱き締める。

「大丈夫か？」

「……ん」

「まだ喋れないか？」

「ううん、へいき」

あまり平気そうではない声で梓は和久へ縋《すが》り付く。腕枕してくれる優しさに満足し、目を閉じて和久に全身を任せた。

彼とのセックスがとても好きだ。

大きな体躯《たいく》が覆い被さってくるのも、自分の小さな足裏を包むように握り込まれるのも、肢体の隅々まで舌で愛撫されるのも好きだ。

――貴方としかこんなことをしたくない、貴方とずっとこうしていたい。

梓はぎゅっと強く彼を抱き締め、やがて深い眠りに落ちていった。

18

その翌日。大分空港まで和久に車で送ってもらった梓は、早朝の飛行機で名古屋へ向かった。郷里もまたとても暑かった。

名古屋市に住んでいると、ときどき他からやってきた人々から「名古屋の夏は暑い」と言われることがある。この地に生まれ育った梓には大したことではないと思うのだが、九州地方と比べれば確かに湿度が高く、蒸し暑い日が多いのかもしれない。

現に今も名古屋駅前でタクシー待ちの列に並びながら、空を眺める大分支社の営業部員達が、「暑い、暑い」と愚痴《ぐち》っている。

ネクタイの結び目をゆるめそうにしている後輩達を梓は笑う。

「そんなこと言っていると、本社に栄転したとしても営業成績が落ちるわよ」

全国三位の成績を上げた社員は、もしかしたら春には本社勤務の話があるかもしれない。

その社員は眉間に皺《しわ》を寄せて真っ青な空を睨む。

「それはありがたいんですけど、名古屋かぁ……。彼女に反対されそうです」

一瞬、梓の呼吸が止まった。思わず見上げてしまうが、彼はその視線に気付いておらず、しきりにハンカチで汗を拭《ぬぐ》っていた。

そんなダルそうな彼に、もう一人の社員がからかうような声を掛けた。

「あの子、気が強いもんな。でもどうせなら結婚して連れて行けば？　ちょうどいいだろ」

「だけど名古屋だぜ。遠いし簡単には帰れないし友だちもいないし、嫌がりそう」

梓は二人の会話をなるべく耳に入れないようにして、遠くの景色をぼんやりと眺めた。

巨大ビルが立ち並ぶ風景。アスファルトから立ち昇る熱。排ガスが混じる空気。湿度が高くて肌にまとわりつくような暑さ。見慣れた故郷の街並み。どれも懐かしく感じる。

去年のお盆休みは帰省せずに和久と過ごしたため、名古屋の夏は二年ぶりである。

夏の休暇は二人で海の近くの旅館へ泊まりに行った。長崎県にある、日本の水浴場五十五選に選ばれた海だ。マリンブルーの水がどこまでも続き、白い砂浜とのコントラストがとても美しいところだった。

和久には今年のお盆期間もどこかへ行こうと誘われていた。そのときの梓はまだ今回の転勤話を知らなかったので、もちろん頷いた。……とても楽しみにしていたのだ。

梓の視線がコンクリートの歩道に落ちる。この胸の痛みは、約束を守れない悲しみだろうか。

「山代主任、どうしました？」

後輩の声で我に返った。いつの間にかタクシー待ちの列の先頭に立っていて、車の後部ドアが開いている。梓は慌てて気を引き締めた。

「ごめんごめん、なんでもない。行こうか」

今は仕事中だ。営業用の顔を作って、梓は車へ乗り込んだ。


優秀社員表彰式は名古屋市の繁華街にあるシティホテルで行われた。その後は立食形式のパーティーがあり、梓は久しぶりに会う本社の面々から、大分支社での健闘を讃《たた》えられた。謙遜《けんそん》しつつも、素直に嬉しかった。

この場に集まる人間は本社幹部も多く、梓が名古屋へ戻ることをすでに知っているのか、小声で昇進を祝ってくれる。ありがたいことだわ、と感慨に浸った。

やがてパーティーの終わりに近付くと、梓は化粧室で軽くメイクを直した。アルコールを勧められるままに飲んだため、顔が赤くなっていないかずっと気にしていたのだ。このぐらいでは酔ったりなどしないが、会社の人間が集まる場でみっともない姿は見せられない。

鏡の前で背筋を伸ばし、全身をチェックする。ついでにメールもチェックした。

「あれ？」

和久からメールが来ている。

梓は化粧室を出て、近くにあるソファへ腰掛けてからメールを読んだ。

『すまん。ベランダにあるハーブの鉢を蹴った。直したけどちょっと土が少なくなった。どうすればいい？』

簡潔な文章ながらも彼の焦《あせ》りが伝わって来るようだ。梓はクスクスと笑い出してしまった。周囲に誰も人がいなかったので変な目で見られなかったのは幸いだ。

式典の最中なので、いつもの梓ならプライベートなメールの返事は後回しにするところだ。だがアルコールの勢いもあって、電話をかけることにした。三回の呼び出し音の後、耳に心地いい低い声が聞こえてくる。

『あずさー、すまん！　パセリに似たやつの鉢を倒しちまった！』

「気にしないで、直してくれたんでしょう？　土を加えれば大丈夫よ。帰ったらやっておくから」

『それだけでいいのか？　だったら俺がやっておくぞ。おまえが帰るのって明日の夜だろ？』

梓は式典終了後、久しぶりに実家へ帰ろうと思っていた。年末年始の帰省以来だ。

「うん、じゃあお願いしようかな。そのハーブに使う土は……」

簡単に説明したところで、ふと気付いた。

「ねぇ和久。いま私の部屋にいるのよね。帰らなくて大丈夫？」

『大丈夫だ。仕事用のパソコンを持ってきたしな。出掛ける予定だった弟がまだ家にいたから、事務所のパソコンを動かしてもらったんだよ』

和久は週末は必ず梓の家で過ごすのだが、忙しいときはそこで仕事をすることがあった。オンラインで事務所のパソコンと繋がれば、遠方にいても仕事ができるらしい。

一人暮らしの梓が熱を出したとき、看病のためにパソコンを持って泊まり込んでくれたことがある。それを思い出して、梓の胸がじんわりと熱くなった。

するとスマートフォンから響く男の美声が、突然、艶《つや》を帯びた。

『それに俺が帰ったらベッドがそのままだろ。おまえ、帰ってきてすぐにあのベッドで寝るつもりか？』

からかうような声音に、今度は胸がドキリと鳴る。体温がみるみる上昇して、頬も紅潮してきた。

昨夜遅くに始めた濃密な行為に疲れて、朝は出発時間近くまで起きられなかった。そのため今朝は慌《あわただ》しく家を出たので、情事の痕跡《こんせき》が残るベッドを片づけていない。シーツにはばっちり体液が染み込んでいるだろう。

羞恥《しゅうち》でなにも言えない梓に、和久は軽やかに笑う。

『だから洗濯しといたぞ。で、シーツやベッドパッドを干す時に鉢を蹴っちまったんだ。すまん』

あぁそういうことね。梓は彼の行動にやっと得心が行く。ベランダで日向《ひなた》ぼっこでもしてたのかと不思議に思っていたから。

しかし相変わらずマメな男である。彼と週末を過ごすうちに知ったのだが、和久は実家暮らしの割に家事もよくしてくれる男だった。

シャワーを浴びるついでに風呂全体を洗ってくれたり、食料品の買出しにも必ずついてきて、一緒にメニューを考えてくれたりする。家事が得意というわけではないらしいが、家事をやることに抵抗はないらしい。強引で俺様っぽい男なのに意外だった。

そんなことを思い出しながら、梓は礼を告げる。

「ありがと。というかスミマセン……」

言っているうちに大変恥ずかしくなってきた。梓が一人掛けのソファでモジモジしていると、和久の弾けるような笑い声が届く。

『気にすんなって！　俺が勝手にやってるんだから。で、今日は部屋へ泊まらせてもらうぞ』

「あ、うん、それは構わないわ。冷蔵庫の中の物とか自由に使ってね」

『あぁ。明日の夜に帰ってくるんだろ。空港まで迎えに行くから』

「うん、ありがとう」

名残《なごり》惜しい気持ちを残しつつも通話を終えた。梓はスマートフォンを見つめたまま心が温かくなるのを感じて、しばらくの間、ソファの柔《やわ》らかなクッションに身を沈める。

ありがとう、和久。

恋人の細やかで優しい心遣いが嬉しかった。

だがすぐに心が氷のように冷える。もうすぐ簡単に会うことができない物理的な距離が生じるのだ。大分空港行の飛行機は一日に数本もない。新幹線だとかなり時間が掛かる。車なんて言うに及ばずだ。

今すぐ会いたいと願っても、昨日のようにいきなり星が見たいと我《わ》が儘《まま》を言っても実現できない距離。

今、この瞬間だって離れている。

梓は愛する人と離れ離れになるつらさや寂しさを、会いたいときに会えないもどかしさを実感してしまった。声はこんなにも近くに聞こえるのに、触れることはおろか顔を見ることさえ叶わない。

梓が熱を出したとしても和久が飛んで来ることなんてない。和久が体調を崩しても梓がお見舞いに行くこともできない。

これが遠距離恋愛なんだ……

梓は視線を床の絨毯《じゅうたん》に落として唇を噛み締める。

現在、梓は三十一歳、和久は三十六歳。この歳で遠距離恋愛を始めて、いったいいつまで続くのか。しかもすでに交際して二年近くになるのだ。彼の両親にも紹介されたし、一緒に住みたいとも言ってくれた。

自分だってもう分かっている。離れたくないならば結婚するべきなのだと。

梓は膝に置いた両の手を握り締めた。

朝から晩まで仕事漬けの毎日を送る自分。たとえ結婚して子供を産んだとしても、この働き方は変えられないだろう。でもそんな自分を和久はずっと好きでいてくれた。いっぱい愛してくれた。

——私も彼が好きで愛していて、仕事と恋を天秤に掛けてしまうのは、どちらも捨てきれないから。

恋を選べば一生後悔する。仕事を選べば一生未練が残る。

他人は「そんなことはない」と笑い飛ばすかもしれないが、自分はそう器用な人間ではない。どちらを選んでも、心に傷を抱えて生きていくだろう。……でも、そんな人生なんて嫌だ。

私は和久でなければ心身ともに受け入れることはできない。彼しか要らない。自分のような不器用な女が好みで、イケメンなのにたった一人の女性しか求めない、一途《いちず》な男が。

彼でないと意味がない。誰でもいいわけじゃない。和久でなければ添い遂げる自信もない。だが、自分は仕事も捨てられない。ならば——

私がまずやらなくてはいけないことは、自分の中の常識を破ることなんだ。

固定観念でがんじがらめになっているから、それ以外の可能性が考えられないでいる。女とはこうでなくてはいけない、結婚とはこうしなくてはいけない、と。慣例、しきたり、不文律、習わし。それらで自らに鎖を掛けていた。

たった一度の人生を後悔したくはない。そのためには――

梓の口角がゆるく上がり、唇が弧《こ》を描く。急に頭の中が晴れてクリアになった。

ソファから立ち上がると、梓は思いっきり背筋を伸ばす。そして喧騒《けんそう》の漏れる会場へ向かった。

その視線は前しか見ていない。グズグズと悩んでいた先ほどまでの自分は、もう振り返らなかった。

19

パーティーを終えて挨拶《あいさつ》回りも済ませた梓は、まだ明るいうちに実家に帰った。予定では一泊するつもりだったが、急遽《きゅうきょ》変更して大分県へ戻ることにしたのだ。

両親へは今度ゆっくり帰るからと何度も謝り、土産を渡して玄関へ向かう。

「じゃ、悪いけどもう行くね」

「本当に泊まっていかないの？」

母親の呆れた声を聞きながら、梓はヒールを履いて荷物を持ち上げる。

「本当にごめん。でもたぶん、お盆休みには帰ってくるわ」

「あら、この間はお盆は帰らないって言ってたじゃない。どういう風の吹き回し？」

お盆休暇は和久と旅行すると約束していたので帰省はしないと、すでに告げていた。

だが、おそらくその予定はキャンセルになるだろう。自分が今からしようとすることが、うまくいってもいかなくても旅行になど行けはしない。

梓は曖昧《あいまい》に笑って誤魔化《ごまか》し、家を出た。

大分空港まで約一時間の短いフライトの最中、梓は目的地で待っている和久のことを想う。

明日戻る予定を変更して、今日中に帰ると電話で伝えたとき、和久は驚きつつも嬉しそうに「今から迎えにいく」と言ってくれた。

梓はわざわざ来なくてもいいと伝えたのだが、それでも恋人の心遣いは嬉しい。その気持ちを、常に自分を想ってくれる心を愛している。

だから私は貴方を手に入れるために、なんでもしてみせる。彼の故郷であるこの地に留《とど》まることはできないけど、それでも……

今後のことを考えると、不安と高揚で落ち着かなくなった。梓は服の上から胸を押さえ、瞼《まぶた》を閉じる。そこには昨夜の情事の際に付けられた彼の所有印があった。この体が和久のものである証《あかし》。今まではずっと和久がプロポーズしてくれるのを待っていた。彼が望むなら私は故郷へ戻ることを諦められると。彼がここから離れられないなら、私もこの地に居続けなくてはいけない、と。

そう己《おのれ》に言い聞かせて。

他人を言い訳にして自分を誤魔化《ごまか》していた。だから自分から結婚の話題を出したりしなかったのだ。そのくせ同棲の申し出は断っている。本心では大分に残る覚悟ができていなかったのだと今では分かる。

それでとうとうこんなギリギリまで引き延ばしてしまった。臍《ほぞ》を噛む梓だったが、でもこれでいいと開き直る。追いつめられなければこんなことは考えもしなかったから。

梓は目を開けて、視線を飛行機の天井から窓の外へ向ける。

時刻はちょうど日の入りと重なっていたらしく、紅く染まる雲が一面に広がっていた。昨日、車の中で見た夕焼けとはまた違う景色。この景色を和久と共に見たい。

——私が感じる喜びや悲しみも、全て貴方と共有したい。

あの太陽が沈む先には愛する人がいる。そう思うだけで自分の心が躍《おど》るのを感じた。

やがて到着した大分空港で足早にゲートを出ると、和久が迎えに来てくれていた。笑顔で手を振る恋人へ梓も微笑む。

「お帰り、梓。実家に行かなかったのか？　急に帰ってくるなんて」

「家には寄ったわよ。でも、早く和久に会いたかったから」

にこりと微笑んで告げると、彼は一瞬、目を丸くしたが、すぐに満面の笑みで腕を伸ばしてきた。梓は公衆の面前で抱き締められる寸前に身をかわし、再び笑った。和久は空振りした腕を持て余し、膨《ふく》れっ面になる。

そんな拗《す》ねた様子を楽しく眺めた梓は、「じゃ、早く帰ろうよ」と言いながら出口へ向かう。背後からは聞き慣れた足音と共に、不貞腐《ふてくさ》れた声がついてきた。

「少しぐらい触らせろよー」

「あんたの場合、『少し』にならないでしょ」

「そんなことないぞ」

「経験上、そんなことがあるから言ってんのよ」

梓はそう笑いつつ話して歩みを止める。そして隣に並んだ背の高い恋人へ手を差し出した。すぐに意図を察した和久は、大きな掌《てのひら》でその小さな手を握り締めた。

夏に指と指を隙間なく絡める恋人繋ぎをすると汗ばむが、今は不安で揺れる気持ちを静めたい。

ギュッと力を入れれば優しく握り返してくれる。梓の顔が自然と綻《ほころ》ぶ。

彼の車に乗り込むまでずっとその手を離さなかった。

大分空港から梓のアパートまで約一時間かかった。部屋に入った梓は冷房をつけて汗を吸った服を着替えると、床に座る和久の正面へ腰を下ろす。

「あのね、話があるの」

「あぁ、そんなことだろうと思った」

へ？　梓は思いもよらない言葉に首を傾げた。和久が悪戯《いたずら》っぽく笑いながら見つめてくる。

「なんか意気込んでるなーって思ったから。今朝見送ったときより目力が強いぞ」

和久は話しながら己《おのれ》の目を、くわっと見開く。梓はその表情を見て噴き出すと笑い転げた。

「ちょっ、イケメンが台無し！」

「いーんだよ。おまえが俺を好きでいてくれれば、顔なんてどうでもいいんだから」

それは、梓が和久の顔に惹かれて付き合ったわけではないと知っているからこその言葉だ。自分に対する信頼が嬉しくて、胸の奥が温かくなるのを感じる。それに勇気付けられ、梓は話を切り出した。

「和久、私ね」

「うん」

「私、九月から本社勤務になったの」

和久はなにも言わなかった。ただスッと笑みを消して、静かな眼差しを梓へ向ける。

彼女もそれを逸らすことはなく、真正面から見つめ返した。

「すごく嬉しかったわ。私ね、ずっと本社へ帰りたかったの」

自分の夢を求めて。そして母親を助けたくて。

「だから私はこの辞令を受けるわ。ここにいるのは今月いっぱいまで」

「梓、俺は――」

「待って」

梓は、口を開きかけた男の唇を人差し指で塞《ふさ》ぐ。痛いほど見つめてくる視線を微笑んで受け止めながら、梓は首を左右に振った。

「最後まで話をさせて、お願い」

口調は柔《やわ》らかだが、決して意志を曲げない強い声に、和久が渋々と頷く。彼も恋人の頑固な性分をよく知っているのだ。

梓は和久の温かな唇から指を外して話し始めた。

「ありがと。――あのね、私のお給料って来月から結構上がるの」

「は？」

突然、給与の話に変わったことに驚いたのだろう、和久が目を瞬《またた》かせる。梓はクスリと小さく笑った。

「本社へ戻ると同時に昇進するの。だから今までよりは年収が増えるわ。そのぶん仕事も責任も増えるけれど、やりがいのある仕事だから私は大歓迎よ」

「……それで?」

「和久の年収がどのくらいあるか知らないけど、なんとなくたくさんもらっているような気がする。私が昇進してもその額には届かないかもしれない」

「……」

「でもね、女の稼ぎにしてはかなり良い方だと思うの。配偶者と子供を養っていく自信はあるわ」

本題に入る前の前置きを長くしてしまうのは、緊張しているからだろうか。もしかすると断られるかもしれない恐れから、答えを聞くのを遠回りしているかもしれない。

だが、それもここまでだ。

梓はおもむろに和久の左手を取って両手で包む。彼の驚いた気配を感じながら、梓は両手でやっと包み込めるほど大きな掌《てのひら》を見つめた。

梓はこの手が好きだった。自分の頬を包んだり、体を抱き締めたり、不埒《ふらち》な動きをして快感を引き出す、この大きな手を。

――この手を離したくない。

「和久さん」

梓の言いたいことが読めないのか、眉を寄せるその整った顔を、彼女は正面から真っ直ぐに見つめる。

「あなたを愛しています」

驚くと片方の眉が少し上がったり、痛いほど見つめてくる癖《くせ》も、全て愛《いと》しく思う。

「私と一緒に名古屋に来てください。あなたには家を継ぐ役目や、家業を手伝う使命や、いずれご両親を支える責任があるけど、その全てを捨てて私について来て欲しいのです」

小さくニコリと微笑んで一息に告げた。ここで絶対に泣かないと決めていたので、必死に笑顔を作った。泣き落としにだけはしたくなかったから。

優しい和久は、自分の涙を見て心を揺らしてしまうかもしれない。愛する人を慰《なぐさ》めたいと思って、決断をしてしまうかもしれない。でもそんな同情なんて要らない。

「向こうで貴方の仕事がなくても全然構わない。私に養わせてください。男が女に食べさせてもらうのはおかしいって思わないで。ただ自分について来てくれる人を支えたいだけなの。だから……」

全てを手に入れたいと願う自分が、相手に全てを捨てろと望むのは身勝手だと思う。だからこそ、そこに同情を挟んで欲しくない。

愛情だけしかお互いを繋ぐものはないけれど、あなたのご両親に反対されるかもしれないけど、それでも私が手に入れたいと願うのは貴方しかいない。

だからどうかお願い。

どうか私と――


「私と、結婚してください」


泣かずに言い切ることができた。梓は涙を堪えて微笑む。それでも体が震えるのを止められなかった。ありったけの勇気を振り絞った一世一代の逆プロポーズ。だが、相手が受け入れてくれる確率が低い内容だ。

和久はどう答えてくれるのか。梓は心臓が破裂しそうなほどの緊張に耐えて彼を見上げる。

すると和久は真摯《しんし》な表情で、彼女の心の奥底を覗《のぞ》くかのような強い眼差しで見つめていた。やがてその視線が触れ合う二人の掌へ落ちると、右手で慰《なぐさ》めるように彼女の両手を撫でた。

「すまなかった」

「え?」

「女のおまえに言わせて。……でも、それも悪くない」

彼の口角がゆるやかに吊り上がる。出会ったときからよく見せる、彼女の気持ちを乱す黒い笑みだ。昔はこの表情が苦手だった彼女も、今ではくすぐったい思いで恋人の心情を受け止めていた。彼がこのような顔をするときは悪巧みを考えている場合もあるが、それでも自分を想ってくれるのだと分かっているから。

和久が腰を屈《かが》めて梓の耳に唇を寄せる。

「おまえを愛している。心から」

その瞬間、梓は心が一気に温かな光で満ちるのを感じる。

「生きる場所はどこでもいい。おまえについていくよ」

囁《ささや》かれる声は梓が好きな、胸を震わせる低い声。

「その代わり俺の傍にいてくれ。ずっと、だ」

与えられた音は、焦《こ》がれ続けた言葉。

「ありがとう、和久……」

もう我慢の限界だった。

和久の首に抱きつくのと同時に、梓の涙腺《るいせん》が崩壊した。幸福を噛み締めながら声を上げて泣く。背中をさすられて慰められても、涙が止まらない。泣きすぎて和久が狼狽《うろた》えてしまうほどだった。

グシャグシャに乱れる泣き顔はみっともないと知っていたが、それを隠す余裕なんてない。

自分の意思で止めることができないほどの嬉し涙。それを経験できる人生こそ、とても、とても幸福なのだと初めて知ったのだから。

生涯を共にする誓いを交わした日の夜更け。

その夜の行為はとても激しかった。

二人はもつれるようにしてベッドへ倒れると何度も舌を絡め、唾液《だえき》が溢れるのも構わずにお互いの唇を貪《むさぼ》る。やや乱暴にも見える性急な動作で衣服を脱がし合い、火照《ほて》った素肌をまさぐりながら口付けにのめり込む。

体が熱い、と梓は感じる。

全身を這い回る掌《てのひら》も、口内を蹂躙《じゅうりん》する舌も、欲にけぶる眼差しも、愛する男の全てが梓の体温を上昇させていく。

和久は両手でふるふると震える乳房を包み、形を変えるほど揉みしだいて梓の息を乱す。官能を引き出すポイントを押され、梓は熱い吐息を零《こぼ》した。その瞬間、胸の先端に噛み付かれる。

「ンッ!」

不意に与えられた快感に梓の頭が仰《の》け反《ぞ》る。とっさに和久の頭を抱き締めた。

「痛いか？」

「平気」

常に羨ましく思うサラサラな黒髪を指の間で感じながら、かき乱す。

「……なにされても、平気よ」

「煽《あお》るなよ」

和久はニヤリと笑いながら絶妙な力加減で乳房に齧《かじ》りつく。梓が見ると、彼は歯形を残してはその痕《あと》を優しく舐めていた。そして勃ち上がる桃色の突起に吸い付いて、もう片方のそれを指先で弾いては捏《こ》ねる。やがて官能的な香りが部屋に充満する。梓の白く柔《やわ》らかな下腹から、甘い雫が溢れてきたのだ。

絡め合う眼差しも交じり合う吐息も、真夏の大気より熱く二人を煽り立てる。

和久に体を持ち上げられ、膝の上に座らされると、強く抱き締められた。

梓は自分の背中に回される腕に目が眩《くら》むほどの幸福を感じ、逞《たくま》しい首に腕を巻きつけて体を持ち上げると、頭上にある和久の顔中へキスをする。顎に、頬に、鼻に、瞼《まぶた》に、そして唇に。己《おのれ》の口と舌が届く全てへ。

彼の耳を甘噛みしているとき、幸せすぎて思いもよらない言葉が自分の唇から零れた。

「好き……」

一度口に出してしまうと止まらない。耳へ吹きかけるようにして繰り返す。

「好き、和久。好きよ……」

キスをしながらうわ言のように告げると、和久も梓の耳朶《じだ》を食《は》んで応える。

「俺も好きだ。梓、愛している。おまえだけだ」

二人はお互いの肉体を愛撫して口付けを交わし、内側に籠もる欲望の熱量を溜めていく。

この熱を冷ますには、絶頂を呼び込むしかない。梓はそれを与えてくれる彼の分身を下腹部で刺激した。すると、和久は梓の背中を撫でて、お尻から濡れそぼったぬかるみへ指を沈めた。くちゅ、と蜜《みつ》がかき混ぜられる音が上がる。

梓の秘所はとろりと蕩《とろ》けており、和久の長い指を奥へ引きずり込もうと収縮していた。

「ヒァッ！　アァ！」

和久の腕に絡め取られて動けない梓は、小さな啼《な》き声を上げて悶《もだ》えるしかない。背筋から脳天まで貫く鋭くも甘い快楽に、意識が朦朧《もうろう》としてくる。今まで感じていた不安も苦悩も焦燥《しょうそう》さえも、全て霧散《むさん》するようだった。目の前にある肉体に縋《すが》り、痴態を晒《さら》す。

そのたびに和久は腕に力を込め、執拗《しつよう》なまでに口付けを贈ってくる。

和久は彼女のナカに突き立てる指を増やし、激しく攻め立ててくる。なにも考えられないほど自分に堕《お》ちるように、自分がいなくては生きていられないほどに、己の技巧を駆使して恋人を篭絡《ろうらく》しようとしているようだ。

「んぁ、あっ、あぁっ、あっ……！」

　梓の腰が揺れて足がぶるぶると震えてきた。全身から汗が噴き出し、荒い息を吐き熱の籠もった嬌声を上げ続ける。

「気持ちいい？」

「あぁっ、んっ、い、いいっ、ん、ん！」

「なに？　良くない？」

「ちがっ、あっ、やぁ……あぁぁ！」

　やがて腹の内側をまさぐる指が梓の快楽の急所を突いた。

　梓はとっさに唇を男の肩に押し付けるが、悲鳴は隠せない。どこかに連れ去られるような恐怖にも似た、大きすぎる快感が彼女を攫《さら》った。瞼《まぶた》を固く閉じていても、頭の中になにかが爆発するような光が浮かんでくる。梓の体の力が抜け、後ろに倒れた。

「おっと」

　慌てて和久が小さな頭を支える。とっさに梓の秘所をいじっていた手を出したので、彼女の短い髪に蜜をたっぷり付けてしまった。

「梓、大丈夫か？」

「んぅ……」

息を乱しながら梓が瞼《まぶた》を開くと、目の前には心配そうな和久の顔。梓は彼を安心させるかのように柔《やわ》らかく微笑んだ。

「大丈夫」

至近距離にある端整な容姿を両手でそっと包み、触れ合うだけの口付けをする。愛情を込めた優しいキスを何度も。

もどかしくなったのか、和久が舌を出し彼女の中へ入ろうとしたが、梓は頭を逸らしてその舌先に口付けるだけで離れた。クスクスと小さく笑うと、彼は拗《す》ねたような顔付きになる。

「逃げるな」

和久の掌《てのひら》に力が込められ、梓の頭ががっちりと固定された。

濃厚な口付けで彼女の息を乱してから、和久は慌《あわただ》しく己《おのれ》の分身に準備を施《ほどこ》す。そして梓の小さな体を持ち上げ、お仕置きとばかりにそそり立つ彼自身に一気に落とした。

「はぁぁんっ！」

一瞬で満たされた梓のナカから全身へ熱が広がる。腰を突き上げられて彼女の体が魚のように跳ねた。二人は座ったまま奥深くまで交じり合う。

きつい締め付けに呻いた和久が激しく腰を打ちつければ、梓はナカを蠢《うごめ》かせてそれに応える。愛で満たされる幸福に、彼女の眦《まなじり》から涙が零《こぼ》れ落ちた。

梓は、実は厚い彼の胸板に縋《すが》りつく。抜き差しされる衝撃に何度も意識が飛びそうになるが、和久は恋人を片時も離さない。何度果てても、すぐに彼女を貪《むさぼ》る。二人は想いを通じ合わせて肉体を愛する行為が、これほど幸福なものなのかと初めて知った。

いつだって、どんなときだって私を見て。

梓が揺さぶられながら彼の耳元で囁《ささや》けば、「おまえが嫌と言うまでいつまでも」と和久が息を乱しながら応える。

際限なく愛する人との肉欲に溺れた二人は、寄り添いながら横たわった。

梓は額を和久の胸へ当てて心音を聞きながらポツリと呟く。

「これから……」

「どうした？」

「ううん、これからはずっとこうしていられるかなぁって思ったの」

誰にも憚《はばか》ることなく堂々と。

「そりゃそうだろ。結婚すれば――夫婦になれば」

夫婦、との言葉の響きに幸福を覚える。今まで自分達の間で語られることのなかった、一生共にいられる証《あかし》の言葉に。

「うん、そうね。……嬉しい。すごく嬉しい」

頭を撫でて労《いた》わってくれる和久の優しさに梓は微笑み、目の前にある胸板へキスをして目を閉じる。甘い疲労に身を委《ゆだ》ねると、やがて眠りの世界へ落ちていった。

20

目を覚ましたとき、時計の針は午前十時を指していた。

遅い朝食を済ませると、和久はさっそく両親へ結婚の報告と、名古屋へ行く許しをもらうために帰って行った。

梓も母親にはこのことを報告しようかと思ったが、和久が両親から反対されたら言いにくい。

ここ大分県に住み始めて約二年。地域柄、家や親の跡を継ぐのは長男という意識が強いことを、梓は理解している。和久は必ず両親を説き伏せると言ってくれたが、やはり不安は残る。

和久からの連絡が来るまで掃除や洗濯をして、落ち着かない気分を紛《まぎ》らわせる。

一時間ほど経つと、スマートフォンが鳴った。心臓が口から飛び出るほど驚く。

――和久からだ。

え？　なに、やけに早くない？

ここから彼の自宅まで高速道路を使っても四十分は掛かる。帰ってすぐに話し合ったのだと思うが、すんなりと許しをもらえたのだろうか。

それとも、絶対に許さないと、梓の方が仕事を辞めて嫁いで来いと言われたのか。

ドキドキしながら通話ボタンを押した。

「も、もしもし」

『梓、親父達を説得したから大丈夫だ。一度うちにおいで』

嬉しさを滲《にじ》ませる声が彼女の心に沁みる。梓はその場にヘナヘナと座り込んでしまった。安堵のあまり胸が詰まってなにも言えなくなる。

『おい梓、どうした？　大丈夫か？』

「ごめん、嬉しくって、びっくりして……」

『そうか、俺も嬉しいよ』

「うん……。とりあえずうちの親にも報告するわ」

『あ、そうだ。もう少ししたらおまえを迎えに行くからな』

「なんで？」

『今、うちの親が会いたがってるんだ。おまえが来月には名古屋に行っちまうって話したから、それで』

おぉっとぉ！　いきなり彼氏の両親に結婚の挨拶《あいさつ》ってやつですか⁉

梓は心の準備がまだできていないので、慌てる。しかも向こうから会いたいだなんて、いったいなにを言われるのだろうか。

だが、いずれ彼の両親とは正式に挨拶をしなくてはならないのだ。すでに何度か会っていますから、では済まされない。それに自分が大分にいる間に会っておいた方が、確かに都合がいい。名古屋からだと時間も手間もお金も掛かる。済ませられることはなるべく済ませてから帰るべきだ。

すぐに梓は覚悟を決めた。

「分かったわ。でも支度を……あっ！　そうだ、今から服を買ってくるから、もうちょっと後で迎えに来て」

『へ？　いつもと同じでいいだろ』

「よくないわ。手土産も買いたいし……そうだ、美容院にも行ってくる！」

『いやそこまで——』

「だって考えてみてよ。和久がうちの両親に会いに行くとき、ジーンズとTシャツで来る？」

『……そう言われりゃそうだな。じゃあ夕方迎えに行くよ。うちでメシ食ってけ』

「う、うん。ありがと」

彼の両親と食事——ただの挨拶で済ませるはずが、ハードルが格段上がったわ。

梓は震える指で通話を切り、今日一日の予定を素早く組み立てる。

まず、自分も名古屋の両親へ結婚の報告をする。そして美容院の予約。それから服と手土産を買って——って、しまった！　和久の両親はなにが好きか訊《き》いておけば良かった！　仕方がない、これはメールで訊くとして……

と、若干焦《あせ》りながら考えていると、スマートフォンから着信メロディが鳴り出した。

梓は再びその場で飛び跳ねた。

和久からだろうか。スマートフォンを取り落としそうになりながら液晶画面を見ると、そこには希和子の名前があった。

「……」

無視したい。友人に対し薄情な気持ちが浮かび上がった。このタイミングで電話を掛けてくるのだから、彼女の話など分かりきっている。

だが希和子にとって、自分達の結婚はひと事ではない。なにしろ彼女は和久の義妹なのだ。

小さな溜め息を零《こぼ》してから、梓は通話ボタンを押した。

『こんにちはー！　話は聞きましたよ、とうとうゴールインですね！　おめでとうございます、お義姉さま！　今夜は美味《おい》しいものいーっぱい作りますからね！　なにがいいですか⁉』

無駄にテンションの高い声が響いてきて、梓は思わずスマートフォンを耳から離した。それでも声がよく聞こえるとは恐ろしい。彼女の子供達は驚かないのだろうか。

「ありがとう希和子。でもお義姉さまは止めてよ」

『いやー、だってお互いに林家のお嫁さんじゃないですか！　あ、でもお義兄さんが名古屋に行くならこれは婿入りでしょうかっ⁉』

キャーッ！　と乙女的な悲鳴で再び鼓膜にダメージを受ける。

「希和子、落ち着いて。というか話が伝わるのが早いわね。もう和久から聞いたの？」

『いいえー、お義兄さんは未だにお義父さん達と話し合っていますよ。でも旦那さまが母屋《おもや》に呼ばれて四人で顔を突き合わせているから、これはいよいよかと！』

和久の結婚話になぜ弟さんが加わるのだろうか？　梓は首を捻《ひね》った。自分の記憶を掘り起こしても、兄弟達の結婚の報告の場面で自分がしゃしゃり出たことはない。林家はそうなのだろうか。

「ねぇ希和子。和久の結婚に旦那さんも関係あるの？」

『そりゃ大ありですよー！　お義兄さんがこの家を出てくなら、旦那さまが全てを継がなくちゃいけないでしょ？』

「あ、そっか」

『そうなんですよー。まぁそれは前々から決めてたから大丈夫ですけど、お義父さん達にはそのことを言ってなかったんですね』

ん？

今なにやら引っかかるものがあった。前々から決めてたって、どういうこと？

『でもそう大した問題じゃないですよ。旦那さまはお義兄さんに相談されてから跡を継ぐ気でしたし、お義兄さんの名古屋での職も見つかりそうだって言ってましたし』

「ちょ、ちょっと待って希和子。いったいなんの話？　家のこととか和久の職とか……」

一瞬パニックになるが、希和子ののんびりとした説明を聞くうちに、どんどん冷静になってきた。

希和子曰《いわ》く、和久は前々から名古屋へ行くために事務所と家を継がないことを決心し、弟に後を頼んでいたらしい。同時に名古屋での仕事も探し始めていたそうだ。希和子はそのことを去年の冬頃、夫から聞かされたと話す。

梓のスマートフォンを持つ手がブルブルと震える。

和久が名古屋へ行くと決めたのは、どう考えても梓のためだろう。だがなぜ彼は、自分が名古屋に戻りたいと思っていることを知っていたのか。一度も話したことなどないのに。

『ごめんね、先輩。このことはお義兄さんから口止めされてたんです。だって先輩の名古屋行きって決定事項じゃないんでしょ？　先輩が強く望んでるだけで』

「……」

『そこでお義兄さんの考えを話しちゃったら、先輩のプレッシャーになるって言われて。確かに、なにがなんでも名古屋へ行かなきゃって重荷になっちゃいますよね』

「……そんなことないわ。私に結婚の意思がなかったらどうするつもりだったのよ」

『えっ、結婚しないつもりだったんですか？』

「いや、それは……」

　愛し合っているし、年齢も年齢なのでもちろん考えてはいたが。

　言い淀む梓に、希和子は諭すように話し続ける。

『それにお義兄さん、先輩が名古屋に帰らなくても、この家は出て行くつもりだったらしいですよ。私はよく知りませんが、旦那さまが言うにはお義兄さんってこの土地が嫌いみたいで』

「……あぁ、なるほど」

　確かに和久はそんなことを言っていた。出会ったばかりの頃、己《おのれ》の過去を語った時に。

　だけど希和子、貴女は騙《だま》されている。

　あの策士に。

「ありがとう希和子。いつもいつも大切なことを教えてくれて」

『え、そーですか？』

褒められて照れた様子の希和子ではあるが、声の調子がやや戸惑っていた。電話越しの梓の声がなにやら低いためだ。

希和子の予想は外れていない。梓は微笑みながらも目は笑っていなかったのだから。

「でも希和子。私が名古屋に帰りたいと思ってるって和久に話したのはあんたよね」

『うっ。い、いやぁ〜、でも不可抗力です！　だってお義兄さんがあんなに落ち込んでたから……』

「あの男が落ち込む様子を見せるとは思えないけど、詳しく話してごらん」

『は、はい、実は――』

去年の冬頃、和久が酒瓶を持って弟夫婦が住む離れにやって来たそうだ。それはよくあることなので希和子はいつもどおり酒の肴《さかな》を用意したのだが、今回は希和子と話がしたくて訪問したという。

和久は梓に同棲したいと言ったところ、断られてしまったと話した。自分は遠回しに結婚を前提として切り出したのだが、梓の方はなんやかんやと理由をつけて最後まで首を縦に振らなかったと。そこで和久は、

『梓は仕事が好きだから、自営業者の長男だと家業をやらされると考えたのかな……』

などと、いかにも萎《しお》れた声で愚痴《ぐち》を零《こぼ》しつつ、背中を丸めたそうだ。その姿に同情し

た希和子は、梓が名古屋へ戻りたいと思っている理由を話してしまったそうだ。

希和子はそこまで白状すると、今度は早口で言い訳しだした。

『でもでもっ、それでお義兄さんは家を継がない方法を考え始めたし、名古屋での職を大分から探してたんですよ！　結果オーライじゃないですか！　そう思いません!?』

希和子、あんたは騙されている。

あの腹黒に。

「えーえ、そう思うわ。とっても感謝しているわよ、希和子」

梓はドスが利いた声で答える。通話口の向こう側から、『全く感謝している声に聞こえません……』と希和子の涙まじりの声が聞こえてきたが、構うものか。

梓はその後、自分が事情を知ってしまったことを和久へ話さないように念を押してから通話を切った。スマートフォンをベッドに放り投げ、狭い部屋の中で仁王立ちになる。

どうりで逆プロポーズをすんなりと受けてくれたわけだ。和久と付き合い始めて二年近くの間、ずっと心の重石《おもし》になっていたことがまさか途中から筒抜けだったなんて。しかも向こうは家を捨て、名古屋で収入を得るための算段までしていた。

本社転属の内示を受けてから二日間、胃が痛むほど悩み続けたのに、実は悩む必要なんてなかったというオチとは。

ここは笑うべきだろうか。

それともこの胸に渦巻《うずま》く怒りを、諸悪の根源へぶつけるべきだろうか。

しばらく仁王立ちのまま考えた梓は、後者を選択することにした。どうせ迎えに来るのだ。そのときぶつけてやろう。


やがて夕刻、結婚の挨拶《あいさつ》用に買ったスーツを着込んだ梓は、日が落ちる前にやってきた上機嫌の彼に拳をお見舞いすることにした。和久は梓の部屋に入ったとたん、奇妙な呻《うめ》き声を上げる。彼女の怒りの拳が鳩尾《みぞおち》にめり込んだのだ。

その場で蹲《うずくま》った男を見下ろし、梓はやっと溜飲を下げた。

「希和子から聞いたわよ。あんた、私が地元に帰りたいことを知ってたそうね」

「……あ、あず、さ」

「しかも向こうでの職も見つかりそうだって。隠していた私も悪いけど、なんで話してくれなかったのよ」

「梓ちゃん、痛い……」

「ちゃん付けするな。どうせ私の方から名古屋に帰りたいって言うまで、黙っているつもりだったんでしょう」

おそらく意趣返しだったのだろう。

梓は帰郷を望む本音をずっと隠していた。本来なら真っ先に和久に相談すべきなのに。

そのことを和久が、「なんで話してくれないんだ」と不満に思うのは理解できる。

「でも、ひと言、言ってくれてもいいんじゃない？　『故郷に戻りたいなら俺もついていく』とかさ」

「すみません……」

いつもの自信満々な声とは違う弱々しい口調に、さすがの梓も気が引けてきた。仕方ないと思い大きな溜め息をついて視線を逸らすと、彼の足元にボストンバッグやガーメントバッグがあることに気付く。

「なにこの荷物？」

梓はしゃがんでその黒いバッグを見る。すると、やや復活したらしい和久が顔を上げた。

「俺の服とか仕事用具。おまえが名古屋に行くまでここで暮らすから」

「……なんでそうなるかなぁ」

普通、そういうことは家主の了承を得てから動くものではないか。相変わらず強引な男だ。

梓が再び溜め息を零《こぼ》すと、男の真っ直ぐな視線が彼女の瞳を捉える。

「俺は少しでも長くおまえと一緒にいたい。それにこうして傍にいれば、結婚の準備も一緒にしやすいだろ」

ストレートな物言いに、梓は恥ずかしくなって俯《うつむ》いてしまう。もちろん彼女とて同じ気持ちなのだ。

「分かったわ。出掛ける前にスーツだけはしまいましょう。シワになっちゃうわ」

梓はガーメントバッグからスーツを取り出して、ウォークインクローゼットへ収納した。

彼女が動くたびに買ったばかりのスーツのシフォンスカートがふわりと揺れる。和久は裾から伸びる細い足を眺め、鳩尾《みぞおち》の痛みも忘れて見惚《みと》れていた。

「可愛いな」

「ん？　このスカート？」

「服もそうだけど、梓が」

「……ありがと」

自分を見つめる熱っぽい視線を感じて、梓は先ほどまでの怒りを忘れて頬を染めた。

和久と名古屋で一緒に暮らせるのは来年の夏からだ。

和久は両親と話し合って、来年の六月までは自宅事務所で働くことを決めた。

今の時期はそれほど忙しくないが、十二月から六月までは繁忙期だ。そのすべてが終わるまでは事務所で働く、それが結婚の条件だった。

和久としては、梓が本社へ赴任すると同時に名古屋へ行きたいと考えていたようだ。

しかしそれはできないので、せめて別れとなる月末までの一ヶ月間は一緒に暮らしたいのだと言う。

梓はクローゼットに混じる男物の服を見つめながら、その持ち主に話し掛ける。

「来週は名古屋へ行こうね」

梓の両親に結婚の挨拶《あいさつ》と入籍の許しをもらいに。

彼の両親は離ればなれになる二人を慮《おもんぱか》り、今すぐ籍を入れるのは構わないと言ってくれたのだ。

「そうだな。まずはうちに行くか。皆待っているし」

さほど多くない荷物を片付け、二人は和久の実家へ向かう。

この一歩が、これからの人生を共に歩むためのスタートだった。

21

無為に過ごす時間は長く感じることもあるが、やるべきことを急いでこなす時間は早い。八月はあっという間に過ぎていく。

結婚の準備はそれほど難航しなかった。名古屋に住む梓の両親への挨拶。そして入籍の許しを得て婚姻届を提出し、梓と和久は晴れて夫婦になった。とはいっても二人は結婚した後すぐに、九ヶ月間もの別居生活に入る。

やがて訪れた八月最後の日。

二人はその日、大分空港の出発ロビーにて、手を握り合いながらベンチに腰掛けていた。搭乗手続きを済ませた梓は、これから名古屋行きの飛行機に乗る。

和久の手はいつまでも名残《なごり》を惜しむかのように、彼女の手を握り締めて離さない。

そんな彼の左手薬指には銀の指輪。もちろん梓の左手にもおそろいのものがある。

「あのぉ、和久。そろそろ飛行機に乗ろうと思うのですが」

「……やっぱり夜の便に変更しないか」

「いや、向こうに着いたら荷物の整理とかもしなきゃならないし」

「そんなもん、いつだってできる」

「いやいや、明日から新しい職場だから早く休みたいし。なるべく余裕を持って行動したいんだけど――」

「俺は余裕なんかない」

そう言いながら床を見つめる彼はしょんぼりとしている。まるで飼い主と離ればなれになる犬のようで、梓は思わず彼の頭をヨシヨシと撫でてしまった。

「そう落ち込まないで。週末にはまたこっちに来るから」

「でもさすがに毎週は無理だろ。交通費だって馬鹿にならないし」

和久は更にガクリと首を曲げて項垂《うなだ》れた。猫背になったせいか、全身から負のオーラが滲《にじ》み出ているように見える。

「今までは会おうと思えばすぐ会えたのに。せっかく入籍もしたのに……」

情けないほど弱々しい声に梓は溜め息をついた。自分も夫と離れるのは寂しいが、ここまで未練たらしくはない。

どうしようと思い視線を周囲に向けると、航空機の離発着状況を示す電光掲示板が目に入った。そこの行き先の一つに目が吸い寄せられる。

「ねぇ、和久」

「んー……」

「ここって名古屋行の便は少ないけど、大阪行は結構多いのね」

「あー……」

和久は聞いているのかいないのか分からない生返事をしてくる。再び溜め息が漏れそうになるのをぐっと堪えて、梓はなるべく明るい口調で続きを話す。

「来月に三連休があるんだけど、大阪へ行かない？」

「……なんで？」

梓の急な提案に、和久はようやく意識を現実に戻し、顔を上げて梓を見やる。

「大阪って、だいたい大分と名古屋の真ん中にあるじゃない。お互いの場所をどちらかが往復するより、中間地点で会えば交通費の節約にならない？」

そうすれば会っている時間も長くとれる。その提案に、和久は口角を上げるいつもの笑みを浮かべた。

「大分と名古屋の真ん中か……福岡空港からなら、徳島や出雲にも行けるな」

大分空港の国内線は行き先が数ヶ所に限られるが、規模が大きい福岡空港なら何倍もの数の空港へ飛ぶことができる。

梓は旅先の選択肢が増えたことに加え、和久の機嫌が直ったことを嬉しく思う。

「それって四国と中国地方よね。うん、行ってみたい」

旅行となるとまた出費は増える上に、結婚式の準備でそんな時間的な余裕はないだろう。しかし今は細かいことを考えず、素直に彼の瞳を見つめて微笑んだ。

やがて梓が乗る便の搭乗案内アナウンスがロビーに流れる。

「じゃあ行ってくるね」

「あぁ……」

和久は再び項垂《うなだ》れてしまう。その姿に苦笑する梓は、やや頬を染めながら彼の耳朶《じだ》に唇を寄せる。

「和久、少しだけこっち向いて」

「え？」

声の近さに驚いた彼が顔を上げた瞬間、梓からキスをした。そして和久の瞳を覗《のぞ》き込む。

「行ってきます、旦那さま」

逆プロポーズをしたときのように、必死で笑顔を作る。だが距離は離れるけど心は決して離れない、関係も途切れないとの想いを呼び名に込めた。

和久も笑みを作って応えてくれる。

「……行っておいで、奥さん」

今度は和久が梓にキスをする。先ほどより長く、情熱的なキスを。

いつもなら人前では恥ずかしくて抵抗する梓も、このときだけは逃げないで口付けに応えた。唇が離れた後も笑顔を見せる。

無言でお互いの額をすり合わせる。しばらくしてから梓は立ち上がると、何度も振り返りながらセキュリティチェックへ向かった。検査を済ませてロビーを見ると、ずっと梓の姿を目で追っていた和久が手を振っている。

胸の奥からせり上がる気持ちを抑えて、彼女も手を振り返した。

――貴方が来るのを待っている。貴方と共に生きて行くのを楽しみにしている。貴方となら幸せになれると信じている。

この地に未練を残しながらも、梓は背を向けて歩きだした。

愛する人と共にある未来へ向けて。

エピローグ

和久と離れてからの九ヶ月間は大変だった。

梓は本社で営業戦略室に配属された。そこは名の通り営業の戦略を練る、営業部の上部組織だ。日々の情報収集や分析をもとに、営業部員たちに最善の方法を落とし込む。

それ以外にも、大口の顧客に対する営業プロジェクトもまとめていた。

和久は、地元を離れる挨拶《あいさつ》回りと仕事の引き継ぎで忙しいらしい。

それでも夜になればインターネット通話で、結婚式の準備や新居の打ち合わせをした。

また連休や年末年始などのまとまった休暇では、大分県と愛知県の中間地点で会ったりもした。

二人が入籍をして離れ離れになったのは夏の終わりのこと。気付けば秋となり、冬を越して春を迎え、新緑が目に眩《まぶ》しい季節を迎えていた。

天気予報士が「もうすぐ梅雨入り」と、ありがたくない予想を伝える六月上旬。今日はようやく新婚生活が始まる日だ。今はまだ青空が広がる頭上を眺めていた梓は、それほど広くはない縁側に腰を下ろし、夫の到着を今か今かと待っていた。

気持ちのいい初夏の風をその身に受け、木の香りをほのかに感じる縁側にゴロリと寝転ぶ。この縁側は和久の実家にあるものと同じ「くれ縁《えん》」で、あまり新居に注文をつけなかった彼が控えめに望んだ場所の一つだった。

梓はその滑らかな木の感触を掌《てのひら》で撫でながら、「和久まだかなぁ」と大分県から愛車でやって来る夫のことを考えた。目を閉じて彼の姿を思い浮かべる。

朝から再会を待ち望んでいるが、車での移動時間は軽く九時間を越えるのだ。途中で何度か休憩を挟むと十時間以上は掛かるだろう。朝の八時に家を出ると言っていたから、ここへ到着するのは夕方になる。

梓は何度もフェリーを使えと言ったのだが、和久は長距離運転が全く苦にならないらしく、むしろ西日本を横断するのを楽しみにしていた。結局、「お願いだから事故は起こさないでよ」と言うことしかできなかった。

現在の時刻は午後三時。会えるのはもう少し先だ。

むくりと起き上がった梓は早めに夕飯の準備を始めた。とはいっても今日はお寿司を頼むつもりなので、たいした準備ではないが。

梓は真新しいキッチンに立って、のんびりと彼の好きな焼酎や酒の肴《さかな》を用意した。今夜は共に暮らし始める梓の両親も呼ぶ予定なので、父親の好きな日本酒も冷やしておく。

実は、二人の新居は梓の実家だ。とはいっても完全分離型二世帯住宅にリフォームしたため、リビングはおろかキッチンも風呂も玄関も全て別にした。

　和久と新居の話をしたとき、彼の方から梓の両親との同居を申し出てくれたことは嬉しかった。梓から母親のことを聞いて気を使ったのだろう。申し訳なく思いつつも、両親にそのことを伝えてみた。

　すると意外なことに梓の父親が反対した。原因は和久との初顔合わせである。

　俳優かモデルと言ってもいいくらいの美男子を一目見た梓の母親が、年甲斐もなくきゃあきゃあと騒いで彼を歓迎したのだ。それで父親が臍《へそ》を曲げてしまい、同居は了承したものの二世帯住宅にリフォームすることになった。

　もちろん和久がいるときはそのような態度などおくびにも出さなかったが、後に梓が同居の話をしたとき、静かに、だが頑《かたく》なに反対された。

『俺は娘夫婦との同居なんて考えておらん。新婚なら新婚らしく二人で住みなさい』

『それもいいけど、せっかく和久が気を使ってくれたんだから、この家を二世帯住宅にリフォームするとかは？』

『必要ない。娘夫婦の邪魔になどなりたくないからな』

『うーん、じゃあこの家の近所に住もうか？』

『それも必要ない。郊外の方が家賃も安いし自然も多いから、子育てにはそちらの方がいいだろう』

『いや、うちは共働きだから収入はそこそこあるんだけど』

『だいたい、なんでおまえの旦那は同居したがるんだ。普通、嫁の両親と同居したいとは思わないだろう』

『ちょっと、和久はお母さんが体が弱いのを知って同居を言い出してくれたんじゃない。私が遠慮すると思って――』

『おまえも旦那に甘えてばかりいるんじゃない。跡取り息子をもらって、さらに同居までさせるなんておかしいだろう』

なんなのよこの頑固親父。梓は初めて見る父親のひねくれた態度に眉をひそめる。いったいなにが理由でここまで拒むのだろうか。

それを教えてくれたのは、二人のやり取りを眺めてクスクスと笑っていた母親だった。

『ごめんね、梓。私が和久さんを見て舞い上がっちゃったから、お父さん妬《や》いているのよ』

『えぇっ！』

『……そんなことはない』

否定しながらも父親の顔は苦りきった表情をしている。それが母親の言葉を肯定していた。

『だからお父さんの言うことはあまり気にしないで。せっかく和久さんが同居してくださるなら、この家を建て替えましょうか』

『おい！　俺はそんなこと認めんぞ！』

『でも楽しみだわぁ、お母さん、あんなイケメンといっぺんでいいから買い物に行きたい』

『おまえは黙っていろ！　だいたい彼が来てから、おまえはイケメンイケメンとうるさいぞ！』

『いいじゃない、あんなにカッコイイ人なんだもの。それが自分の息子になるなんて楽しみだわ』

『恥ずかしくないのか！　いい歳して芸能人を見たかのように騒ぐなんて！』

『あの、お父さん……』

滅多に見ない両親の喧嘩《けんか》に、梓は呆然としてしまった。これは遠回しなのろけなのだろうかと一瞬思ったくらいだ。

『べつにいいじゃない。それよりお父さん、和久さんが来てからイライラしっぱなし。そのうちハゲるわよ』

『なんだと！』

『二人とも、話を進めようよ……』

こうして無用な諍《いさか》いを避けるため、お互いの生活にはいっさい干渉しないという条件で、家を完全分離型二世帯住宅にリフォームすることになった。

そんなことを思い出しながらサラダの準備をしていると、部屋に軽快なチャイムが鳴り響く。液晶画面付きインターホンから「山代さーん、お荷物でーす」との声が流れた。

印鑑を持って玄関へ向かうと、やや重いダンボール箱を受け取った。配達物に貼ってある伝票には希和子の名前がある。どうやら新婚生活が始まる今日に合わせて、祝いの品を送ってくれたらしい。伝票の届け先が、『山代和久様、梓様』となっているのが少々くすぐったい。

実は婚姻届を提出する際、和久は夫婦の姓を山代にしたのだ。

まだ慣れない夫の氏名をくすぐったく思いつつ、友人からの贈り物を開けた。すると爽やかな柑橘系の香りがふわりと広がる。

箱の中は大量のカボスが入っていた。梓は添えられた手紙を開けて読んだ。

『新生活おめでとうございまーす！　私は結婚した当初、旦那さまとの味覚の違いに苦労しました。九州の調味料は名古屋と比べて甘いですからね。でもそれより、お味噌汁にカボスの絞り汁を入れられたときは泣きました！　そこら辺はお付き合い期間ですでに慣れているかと思いますが、カボスは欠かさない方がよろしいかと。というわけで庭で採れたカボスを送ります。保存はポリ袋へ入れて冷蔵庫へ。絞り汁をアイスキューブにすれば一年ぐらい冷凍保存できますよ。ではではお義姉さま、新婚生活を楽しんでくださーい！』

これを書いている最中の希和子の楽しげな表情が目に浮かぶ。

それを想像して、梓は手紙を折り畳みながらクスクスと笑い出した。友人である彼女と義理の姉妹になるなんて、人生とは不思議なものだ。しかも自分達はそれぞれ林家の兄弟と結婚したのに、姓は同じではない。

ふと梓は気付いた。和久はとうとう改姓したわけだ。御手洗さんではなく山代さんだが。彼のトラウマの一つとなった改姓問題が、こんな形で決着するとは誰も思わなかっただろう。

このことを知った彼の頭が固い親戚達は、一様に驚き、怒り出し、再び改姓しろと騒ぎ始めたらしい。そのため和久は結婚式を海外挙式に決めて、招待客も両家の家族しか呼ばないことにした。今月下旬に休暇を調整してグアムで式を挙げる予定だ。

図らずもジューンブライドになったことに、梓の表情がフニャリと崩れる。

——だけどその前にまず、旦那さまをお迎えしなきゃね。

止まっていた手を動かすと、いつの間にか陽気な鼻歌が自然と出ていた。

時刻は午後六時すぎ。

三十分ほど前に和久からメールがあり、『今、近くのサービスエリアに着いた。あともうすぐ』という短い文面と共にサービスエリアの写真が添付されていた。そろそろ家に着いてもいい頃だろう。

おかげで梓は先ほどから落ち着かない。無駄に何度も冷蔵庫を開けたり、家の前をうろついたりと不審な行動を繰り返している。パトロール中の警察官に見られたら職務質問でもされそうな雰囲気だ。

あとちょっとかな。でも、もう着いていてもおかしくないんじゃないかな。まさか途中で事故にあったとか……。ううん、渋滞に巻き込まれただけかもしれない。メールしてみようかな。いやいや、高速道路を走っているから駄目でしょ。でも渋滞にはまったのなら停止しているかもしれないし――

うろうろウロウロ。キッチンとリビングを何度も往復してしまう。

それから十分ほど経過したとき、玄関先から懐かしいエンジン音と車のドアを開閉する音が聞こえた。

梓は一目散に玄関に向かって駆け出す。

勢いよくドアを開けると、そこには待ち焦《こ》がれた夫の姿。いつもの悪戯《いたずら》っぽい笑みを浮かべた表情に、梓を真っ直ぐに見つめる力強い眼差しは初めて会ったときのままだ。

和久が両手を大きく広げると、梓はその腕の中に飛び込んだ。再会を喜ぶ抱擁《ほうよう》とキスに、目がくらむほどの幸福を感じる。

「お帰りなさい、旦那さま」

「ただいま、奥さん」

「いらっしゃい」とか「ようこそ」ではない。

ずっと繋がっていたからこそ帰宅の挨拶《あいさつ》を交わす。

これからはずっとこうして愛する人の帰りを喜び合う。

そんなごく当たり前の幸せを噛み締める梓の眦《まなじり》から一筋の涙が流れた。その雫《しずく》を和久の唇で吸い取られ、肩を抱かれて家の中へ入る。

二人の新居へ。

今日からの我が家に。

貴方との終《つい》の住み処《すみか》に。

新婚の主導権

1

梅雨も明け、各地で海開きが宣言された七月中旬の土曜日。梓と和久が名古屋で暮らし始めて一ヶ月半が過ぎようとしていた。

和久は新しい職場である個人経営の税理士事務所――後継者がおらず廃業予定だった事務所を継ぐ予定だ――の仕事も順調で、梓は相変わらず名東ホームコーポレーションでの仕事が忙しい。

だが休日はしっかり休み、ようやく始まった新婚生活を楽しんでいた。

しかし今日の梓は体調不良のため、窓から入るそよ風をその身に受けてソファに寝転んでいた。見上げると青く澄んでいる夏らしい空。そろそろ夕方だが、空はまだ青いままだ。

そこへ庭から和久が入ってくる。梓が目をやると、彼の背後には何度もジャンプして縁側から顔だけを一瞬出す柴犬の姿。まだ仔犬なので、飛び上がらなければ梓の顔が見えないのだ。その懸命な様子に彼女は微笑む。

「梓、具合はどうだ」

「もう大丈夫よ。ちょっと眩暈《めまい》を起こしただけなのに大袈裟《おおげさ》ね」

「急にしゃがみ込んで動けなくなったら心配するさ。今から楓《かえで》の散歩に行ってくるけど、大人しく寝てるんだぞ」

楓とは、和久が名付けた柴犬の名前だ。

近所の小学生が公園に捨てられた犬の赤ちゃんを三匹も見つけたため、和久が引き取ってある程度丈夫になるまで育てたのだ。

彼が犬好きで犬の扱いに慣れていることを知っていた発見者の少年の母親が、和久に相談したのがきっかけだった。美貌の夫は、結婚の挨拶《あいさつ》回りで近所の家を訪問して以来、町内では有名人なのだ。——主に女性達の間で。

仔犬達は全員里親が見つかり、楓の引き取り手もあったが、和久は一頭だけ手元に残したがった。生まれたときから多数の犬に囲まれて育った彼にとって、犬がいない生活は少々物足りなかったようだ。そのことを察した梓は自分も犬好きであるし、幸い庭が広かったのもあって飼うことにしたのだ。

そろそろ楓の夕方の散歩時間だった。休日はいつも二人で散歩に行くようにしているが、梓は体調不良のため今日はお休みだ。楓は主人の不調を察しているのか、縁側の傍でクゥ〜ンと心配そうに鳴いている。梓はその声に思わず上半身を起こすが、和久に注意されてしまう。

「こらこら起きるんじゃない」

「でも買いたい物もあるし、ついていきたいな」

「駄目だ。欲しいものがあるならついでに買ってきてやる。なにが必要なんだ？」

うーん。これは男の人に頼んでもいいだろうか。梓は顎に手を添えて一瞬悩んだが、夫婦なんだから構わないでしょう、という結論を出して頼むことにした。

「じゃあお願いしようかな。お散歩の途中でドラッグストアの前を通るでしょ？　そこでね――」

一度話を切って和久を手招きすると、彼は不思議そうな表情で近付いてきた。梓が夫の形のいい耳朶《じだ》へ手を伸ばすと、和久は素直に耳を寄せてくれる。

梓が桜色の唇でそっと呟《つぶや》くと、彼の目が真ん丸く見開かれた。

「頼んでもいいかしら？」

「あ、あぁ……」

和久の頬がほんのりと赤くなったのは気のせいではない。ただ梓も目元を赤くしてはにかんでいる。お互い照れ隠しのように視線を彷徨《さまよ》わせていたが、楓の焦れた鳴き声によって二人は我に返った。

「あ、じゃあ、行ってくる」

「うん。気を付けて」

ちょっとぎこちない挨拶《あいさつ》を交わしてから、和久は楓を連れて出掛けて行った。梓はもう一度ソファに寝転んで再び空を眺める。

梅雨が明けてから蒸し暑い日々が続いているけれど、夕方近くに吹く風は気持ちよくて好きだ。平日はオフィスビルが乱立する無機質な街で過ごしているため、こうやって土や草の香りを嗅ぎながら自然の風に身を任せることに幸せを感じる。

しかし今日、いきなり立ちくらみで動けなくなったのには参った。海外挙式やハネムーンを慌《あわただ》しく済ませた疲れが溜まっただけと思うが、梓の母親と同じ症状だったので和久はかなり慌てていた。救急車を呼ぶとまで言い出すから、梓の方が慌ててしまった。少し横になると楽になったので、結局病院には行かなかったのだが。

ただ本当の理由は違うのではないかと、梓は気付いていた。先月の頭に新婚生活がスタートして約一ヶ月半。まぁおかしくはない時期だ。月のものも遅れているので、きっと妊娠したのだろう。

ふふ、と小さく微笑んで梓は目を閉じる。風の囁《ささや》きを子守唄にしながら、うつらうつらと浅い眠りへ引き込まれていった。

ふと芳《こう》ばしい香りを感じて、梓は瞼《まぶた》を開ける。気付かないうちに、そのままソファで眠っていたらしい。オレンジ色に染まった空が視界に飛び込んできて驚く。先ほどまでは青空だったのに、すでに夕焼けになっていた。かなりの時間が経ったのだろう。

体を起こして香りのもとを探すと、どうやら対面型キッチンの方から漂《ただよ》ってきているようだ。そこには和久が背を向けて佇《たたず》んでいた。なにか焼いているらしい。

この家のオープンキッチンは少し変わった造りをしている。ダイニングカウンターと対面しているのだが、段差をつけてキッチンスペースの方をあえて高くしているのだ。キッチンに入るためにはゆるやかな階段を上がるので、まるで舞台のような造りになっていた。

なぜこんな風に段差をつけてキッチンを高くしたかというと、梓と和久の身長差が大きいからだ。キッチンは梓の身長に合わせた低めにして、梓は普通に立って作業を、和久は階段を上がらずにダイニング側で作業をすれば、二人で一つのキッチンを共有することができる。

和久は今、そのキッチンで梓に背を向けた格好でなにやらゴソゴソやっていた。彼女が近付くと、その気配を察して和久は振り向いた。

「起きたのか。気分はどうだ？」

「もうすっかり元気よ。さっきからいい匂いがするけど、干物？」

「あぁ。実家から送ってきた」

彼の手元を見るとフグの一夜干しにかますの開き、タコの干物なんて珍しいものまである。艶々《つやつや》とした身がとても美味《おい》しそうだ、と梓は顔を輝かせる。そんな妻の様子を見て和久は笑顔になるものの、すぐに困った顔になって言いにくそうに口を開いた。

「……頼まれたやつ、買ってきたから」

彼が指差す方向へ視線を向けると、リビングのテーブルにビニール袋が置いてある。

「ありがとう。じゃあ、ちょっと待っててね」

「あぁ……」

和久は網で焼いている干物を見つめながら返事をした。そろそろ裏返した方がいい頃合なのに、箸が宙で止まっている。

「あのさ、そろそろ引っくり返したら？　焦げるよ」

「あ、あぁ……」

先ほどから「あぁ」しか言わない。妻が本当に妊娠しているかどうか気になって、心ここにあらずなのだろう。これは早く確かめたほうがよさそうだ。でないと、美味しそうな干物が全て黒焦げになってしまうかもしれない。梓は急いでテーブルの上にあるビニール袋を手にして、トイレに向かった。

それから約五分後、リビングに戻ってきた梓は、ダイニングテーブルの上に置かれた干物たちを見てホッと胸を撫で下ろした。どうやら苦い干物を食べなくても済みそうだ。

「すごい、美味しそうね。今日はなに飲む？　久しぶりに日本酒にしようか」

和久は九州出身のせいか、ほぼ毎晩焼酎を飲んでいる。梓も焼酎を飲むけれど日本酒が昔から好きだったので、必ず冷蔵庫に一本は保存してあった。

しかし和久は――

「あぁ……」

また「あぁ」しか言わない。男の人ってこういう場面だと落ち着きをなくすものかしら。梓はいつも自信に溢れている和久の意外な一面を知って、内心驚いた。特にベッドでは優しいながらも自分を翻弄《ほんろう》しているのに。

そこでふと悪戯心《いたずらごころ》が湧いて、訊《き》かれるまであえて自分から言わないことにした。

冷蔵庫で冷やした日本酒を取り出し、結婚祝いにもらった冷酒グラスを一つだけ用意する。そして自分はほうじ茶を淹《い》れた。

冷酒とお茶を持って席に着く梓を、和久はなんとも言えない表情で見つめている。

「梓」

「ん、なに?」

ようやく「あぁ」以外の言葉も言えるようになったらしい。

「酒は飲まないのか?」

「うん。お茶でいいわ」

ここでも意地悪をして、お酒を飲まない理由を言わない。

梓は、夫からの物問いたげな眼差しを無視して、「いただきます」と言ってから箸を取った。大分県の漁港で取れた魚は、どれもほっぺたが落ちそうなほど美味だ。

「ん〜っ、美味《おい》しい！　これ美味しいわよ、和久！」

「あぁ……」

また元に戻ってしまったようだが、梓は気にせず食べ続けた。しかし食事も終わりに差し掛かったとき、とうとう彼の忍耐力は限界を迎えたらしい。椅子を背後に倒しそうな勢いで立ち上がった。

「あずさっ！」

「はい」

「結果はどうだったんだ!?」

「プロ野球の？」

そういえば今日は貴方が応援しているチームの試合だったわね、と梓はリモコンを取って、やや遠くにあるテレビの電源をつけようとして……和久にリモコンを奪われた。

「違うって！　分かってるだろ」

和久は目を吊り上げて喚《わめ》き出した。そんな夫を見上げ、からかい過ぎたかと梓は小さく頭を下げた。

「ごめんごめん。だって訊いてこないから」

「訊《き》きにくいんだよ！」

「そういうもんかなぁ」

「そういうもんだ。……で、どうなんだ」

今ちゃんと訊けているじゃないか、夫よ。との言葉は呑み込んでおく。

しかしいざ告白しようとすると、今度は梓の方が落ち着きをなくして俯《うつむ》いてしまう。

意味もなく己《おのれ》の片方の頬をそっと手で押さえて、しばしの間モジモジしてから口を開いた。

「えーっと、陽性だった。なるべく早めに産婦人科へ行かなきゃね」

「……」

あれ、なにも言わないの？ 奥さんが妊娠したのに。

梓が夫を見上げると、彼はなんとも表現しにくい顔をしていた。なにかに耐えているような、笑い出したいような、怒りたいような――その全てを混ぜたような表情だ。

チクタクと時計の秒針の動きがはっきり聞こえるほどの静寂が流れる。梓は和久がなにを考えているか読み取れず、大きく鼓動を打つ心臓を服の上から押さえて夫を見つめた。

ようやく和久が動いたと思ったら、無言でテーブルを回って、彼女の傍までやってきた。足が長いなぁと梓が感心して見ていると、和久はなにを思ったのか、急に膝をついて梓の腹に顔を押し付けてきた。梓は慌てて箸を置く。

「か、和久？」

「……嬉しい」

率直な言葉に彼女の瞳が揺れる。さきほどまで感じていた緊張が嘘のようにかき消えた。自分の体を負担が掛からないように抱き締めてくれる。その気遣いに、愛されていることを実感する。

「そうね、私もよ」

「俺、おまえと会ってからすごく幸せだけど、今もっと幸せになった」

ありがとう。彼の小さな呟《つぶや》きが、腹に響いて梓の心に伝わってくる。体の内側を揺らすその響きはまるで心音のようで、まだ人の形にもなっていない萌芽《ほうが》のものかと思ってしまった。ここに新たな生命があるということを、じわじわと実感する。

梓は夫の髪を撫でながら、じんわりとこみ上げてくる温かな気持ちに浸った。いつもの彼女なら、気障《きざ》な台詞《せりふ》だと照れを誤魔化《ごまか》すために一蹴《いっしゅう》するところだ。だが、今の自分は彼と同じ気持ちだ。一人では成しえない至福を感じたとき、人は感謝の気持ちを抱くのだと初めて知った。

「うん、私も幸せよ。和久」

貴方に会えて。貴方と結婚できて。

二人はしばらくの間、抱き合ったまま幸福を噛み締めていた。

2

その夜、梓はベッドの上で和久から濃厚な口付けを受けていた。

翌日が休みの日の夜は必ず肌を合わせているのだ。梓は、彼の愛撫を頭の天辺から爪先まで感じてうっとりとしていた。長い節ばった指が髪を梳《す》き、彼女の重量感がある乳房を揉みしだく。そして小さな背中をひと撫でして尻から足先までを撫でた。

だがしばらくして梓はいつもと違うことに気づいた。和久がそれ以上は先へ進もうとしないのだ。彼女は体内に堆積する熱量でとろんと潤《うる》む瞳を彼へ向ける。

「どうしたの？」

「いや、ちょっとその、気が引ける」

「なんで？」

不思議に思う梓は小首を傾げた。和久は欲情を露《あら》わにした目をしているのに、なにを躊躇《ためら》っているのか。

「おまえ、今日倒れただろ」

「……あぁ」

そのことか。

「別に倒れたわけじゃないわよ」

ちょっとしゃがみ込んで動けなかっただけだ。梓は彼の言いたいことが手に取るように分かった。梓の体を気遣ってくれる彼の優しさや気持ちは嬉しいけれど。でも。

「ここでやめられるの？」

梓が今度は小さく微笑むと、和久は気まずそうに目を逸らした。彼の股間はパジャマの布を盛り上げている。梓はそっと手を伸ばした。布越しに撫でるだけでも熱い。触るとピクリと揺れた。

梓はしばらく撫でていたが、やがてパジャマのズボンと下着を下へ引っ張り局部を露《あら》わにした。

上を向く楔《くさび》がガチガチに固くなっている。梓の手が直に触ると更に大きくなった気がする。和久が精神力でこれを鎮めるのは難しいだろう。それに自分がいながら一人で処理をさせるなんて申し訳ない。

でも和久は、梓の体を慮《おもんぱか》って止まろうとしている。その気持ちが嬉しくて、梓は和久に抱きついた。すると、自分でも思ってもみなかった言葉が口から零《こぼ》れる。

「ねぇ、胸でしてあげようか」

「……俺は嬉しいけど、いいのか？」

いつもの梓は胸で奉仕することに逃げ腰になる。それを彼女から申し出たことに、和久は驚いているようだ。

「うん。今夜は特別です」

梓がニコリと微笑むと、和久の瞳が欲望に揺れた。その端整な顔を彼女の耳に寄せる。

「でも、気分が悪くなったりしたら、言えよ」

男の色気をたっぷりと乗せた美声で囁《ささや》かれて、梓の下腹部がヒクリと反応する。こんなことに反応するなんて、まるで調教されたかのようで恥ずかしい。そんな己《おのれ》の体を恨めしく思いながらも、梓は素直にパジャマを脱いだ。和久もダウンライトの小さな灯りで浮かび上がる細い肢体を見つめながら、手早く脱いでいく。

「おいで」

梓は伸ばされた手にそっと己の手を重ねて、自分より高めの体温に触れた。彼の大きな体躯《たいく》にすっぽりと包まれるのは、付き合い出したときから好きだ。

身長差が大きいため、梓の頭は和久の顎までしかない。おのずと視線は彼の首筋へ向かう。だから、梓はよく目の前にある首筋に額を当て、そこへ痕《あと》をつけない程度にキスをする。ときどき歯を立てたりもした。

頭上から和久の忍び笑いが聞こえてくる。

以前、和久は彼女のこの行為を犬の甘噛みのようだと言った。だから躾《しつ》けてもいいかと馬鹿なことを尋ねてきて、そのときムードに呑まれて頷いてしまったのだが、後々まで後悔した。……彼の望むままに恥ずかしい体位で交わり、朝まで啼《な》かされる羽目になったから。

それでも彼が悦《よろこ》んでくれるならまぁいいかと思ってしまったのは、男の甘い毒にやられたせいだろうか。

梓はそんなことを考えながら首筋や鎖骨に吸い付き、ズルズルと下がっていく。足がベッドからはみ出すとそのまま床へ降りて、膝立ちになった。和久は、ベッドへ腰掛けるようにして両足を投げ出して寝転ぶ。

梓は彼の足の間に陣取り、その膝頭にちゅっとリップ音を立てて吸い付いた。顔を上げると、目の前には重力に逆らって立ち上がる夫の分身。ピクリと揺れるその動きを見るだけで、彼女の体が熱くなる。

梓はそれに息を吹き掛けた。ふぅっと揺れる空気のさざなみによって、天を向く彼自身も前後に揺れる。和久が切ない溜め息を零《こぼ》すと、梓は小さく笑った。

「感じる？」

「……惚れた女にヤられたら、なんでも感じるもんだ」

サラリと言われた言葉に、梓は恥ずかしくなってしまった。

メトロノームのような楔《くさび》の動きを見ながら、梓は彼の腰から肌を撫で上げて引き締まった腹部をまさぐる。うっすらと割れている腹筋を指先でなぞり、茂みをかき分けながら楔の根元をくすぐった。さらに手を下ろして太ももの内側も愛撫する。

ときどき膝頭に移動して膝裏を指先でくすぐると、自分の愛撫に彼が反応して揺れ、尖端《せんたん》から透明な雫《しずく》が溢れる。

あの色が白く濁るとき、自分の性欲が満たされて昇りつめることを、梓はよく知っていた。

ごくり。梓が思わず唾液《だえき》を呑み込むと和久に呼ばれる。

「なぁ、梓」

「なに？」

「結構きついんだけど」

「なにが？」

梓は分かっていながらあえてシラを切った。

はっきり言わないと、いつまでもたってもシてあげないわよ。

和久は寝そべったまま頭を上げ、勃ち上がる自分自身越しに梓の顔を見やる。梓はそこでようやく視線を昂《たかぶ》りから黒い瞳へと移した。溢れんばかりの欲望を抑えた瞳を見つめる。

「……おまえだって我慢できるのか？」

「あら、そんなこと言ってもいいのかな」

梓は和久と見つめ合ったまま指先を彼の膝頭から離し、太ももを撫でて内股を爪でカリッと引っ掻いた。足の反応と共に揺れる楔からまた雫が溢れた。和久の顔に焦《あせ》りが浮かぶ。

いつまでも決定的な刺激を与えない梓の動きに、先に降参したのは和久の方だった。瞼《まぶた》を閉じると頭部を枕へ落とし、苦しげな息を吐いて彼女に懇願《こんがん》する。

「頼む。触ってくれ」

梓の顔に笑みが浮かんだ。彼自身の尖端から根元までゆっくりと撫でる。そして再び上へなぞって頂点へ。

ふと好奇心が浮かび上がり、雫が湧き出る入り口を指先で塞《ふさ》いでみた。どうなるのかしら、と興味津々で眺めていたら、和久が息を詰める気配がする。構わずに窪《くぼ》みをクルクルとマッサージすると、面白いように肉の棒が何度も震える。

でもあんまりいじめると後が怖いので止めておこう。梓は指を離して身を乗り出すと、自ら胸を寄せて谷間に固くそそり立った熱い塊を挟んだ。

両手で柔《やわ》らかく包み込むように揉み上げれば、挟み込まれたモノがこれ以上ないほど固くなった。

「はっ、梓」

「気持ちいい？」

「いい……、すごく……」

和久は熱い溜め息を零《こぼ》すと、まるで褒めるかのように梓の頭を優しく撫でる。耳朶《じだ》をくすぐり、うなじをさすり、手が届く範囲で彼女の肌を愛撫する。梓が胸の谷間から顔を覗《のぞ》かせる楔《くさび》を舐めた瞬間、和久は呻《うめ》いた。

「グ……ッ」

「痛い？」

「……分かってて言ってるだろ」

「じゃぁ、これは？」

胸で揉みながら亀頭を口に含んで舌で転がす。和久の腰が少し浮いて、梓の肩を掴む手に力が籠もった。

実を言うと、梓は彼を翻弄《ほんろう》させるこの奉仕が嫌いではない。そんなことを言えば調子に乗って毎日ヤってくれと言われそうなので黙っているが、彼の色っぽい喘ぎも甘い苦痛の呻きも、全て自分が与えているのだと思うと嬉しいのだ。

和久の息が荒くなり限界かと思われたそのとき、梓は急に手首を掴まれた。せっかくいいところだったのにと、不満そうな声で訊ねる。

「なんで止めるのよ」

その言い方に和久は苦笑しつつ答える。

「イきそうだから」

「別にいいじゃない」

しかし、和久はもういいと言わんばかりに、梓を優しくベッドの上まで持ち上げる。

梓は、彼の逞《たくま》しい肉体を覆うようにしてそっと横たわった。

顔を上げると、目の前にあるのは欲望に濡れた黒い瞳。梓の腰が自然と揺れた。

和久は梓を左腕だけでしっかり抱え込むと、右手を尻から足の付け根へ伸ばす。そして、すでに潤《うる》みきっている秘所の入り口をそっとなぞった。

「ひゃんっ！」

長い指が固くしこっている粒を探りあて、ダイレクトに快感を送り込む。いきなり与えられた大きすぎる刺激に、梓の背中が弓なりにしなった。

「あっ、あっ！　やぁっ！」

「暴れない、大人しくしてな」

「だって、そこっ……あぁ！」

梓は腰を揺らして逃げようとするものの、抱え込まれていて動けない。しかも彼の両足が梓の足の間に割り込み、膝を立てられるものだから彼女の足が大きく開いて秘所が暴かれる。

「あん！　あぁっ！　あ、あっ、や、だめぇ！」

「イキそう？」

突然、和久の指の動きが止まる。

「な、なんでっ、止めちゃうの……？」

梓は荒い呼吸を繰り返しながらなんとか言葉を絞り出す。そんな彼女の様子を笑って受け止めると、和久は再び指で緩やかな刺激を注いだ。

「あっ！」

「さっき散々焦らされたから、お返し」

「ばかぁっ」

指だけで何度も達しそうになっても、そのたびに寸前で止められる。まるで地上と天井を終わりなくバウンドするかのような行為に、梓の眦《まなじり》に涙が浮かんできた。

光る雫《しずく》を見て和久は指を股の間から抜くと両腕で梓を抱き締める。

「大丈夫か？」

「はぁっ、はぁ、い、イきたい、和久……」

「もうちょっとお前が落ち着いたらな」

そう言って彼は梓の背中を優しく撫でる。そのじれったい動作に梓の理性が焼き切れた。

「和久……お願い、挿れて欲しいの」

「俺は嬉しいけど……いいのか？」

妊娠中の妻を気遣う気持ちはありがたいが、このままでは梓の収まりがつかない。息を乱しながら小さく頷くと和久は微笑む。

「妊娠中はゴムを着けた方がいいらしい。枕の下にあるから、取ってくれるか」

その言葉に梓は不審に思いながらも枕の下へ腕を伸ばした。そこには、久しぶりに見るパッケージがあった。

「……なんであるのよ」

梓は、交際中に大変お世話になった品を手に、和久を睨む。

和久は入籍しても避妊を続けていた。離れ離れになっている間に子供ができたら、梓が苦労をするという理由で。だが、先月からこの家で暮らし始めてからは、もうそんな心配はしなくていいと一切避妊をしていない。だから避妊具などこの家にないはずなのだが――これはなんなのか。

まさか、まさかこれを使うような相手がいたとか……

梓の頭の中が一瞬にして疑惑で満たされてしまう。自分たちが大分県と愛知県に離れ離れになっている間、会えるのは月に一回か、多くて月に二回しかなかった。健康な男性がそれだけで満足したのだろうか。

　梓がじっとりと睨み続けていると、濡れ衣を着せられた夫は小さく噴き出した。

「勘違いするなって。それはおまえに使ってたやつの残りだぞ」

「もう必要ないんだから捨てればいいじゃない。なんで大事にとってあるの」

「俺もそう思ったんだけど、荷造りしてるときに捨てようとしたら弟に言われたんだ。残しておけって」

　妊娠した後もセックスできるが、感染症を予防するためにゴムを使わなければいけないらしい。自分も持っていると弟に言われて、捨てずに取っておいたそうだ。

　梓はなるほどと思いつつ、胸中で、「男兄弟ってそんなことを話すのか……」とやや複雑な気持ちになった。

「また使う日がこんなに早く来るとは思わなかったけど、子供はなるべく早く欲しいと思ってたからちょうどいいさ」

　和久の「子供は早く欲しい」という言葉は本心からだと、梓にはよく分かっていた。和久は現在三十七歳。お腹の子が産まれる年には三十八歳になる。子供となるべく多くの時間を一緒に過ごすためには、早い方がいいだろう。

　ただ、自分たちは入籍してから一年近く離れ離れになっていて、一緒に暮らし始めてまだ二ヶ月も経っていない。子供も早く欲しいが、もう少しこのまま二人きりで過ごしたい――そういった相反する気持ちが、和久の中でせめぎあっていることも、梓は分かっていた。

そっと彼の唇にキスをして、梓は顔を覗《のぞ》き込んだ。

「好きよ」

唐突な告白に、和久の目がパチパチと瞬《まばた》く。梓はその面食らった顔を微笑んで見つめながら、彼を抱き締めた。

「ね、和久」

「なに？」

「私ね、貴方と離れている間、仕事を辞めて大分へ行こうって何度か本気で考えたのよ」

息を呑む音が聞こえた。梓の口から重い溜め息が零《こぼ》れる。

「勝手なこと言ってごめんなさい。でも、そのときはあなたと離れていることがそれぐらい心細かった。つらかった。……怖かったの」

こんな我儘《わがまま》な女じゃなくて、もっと彼のことを想う優しい女性の方が相応《ふさわ》しいのではないか。そんな人が現れたら、彼の心が移ってしまうのではないか。結婚しているとはいえ、傍にいない薄情な妻よりも、すぐに会える女性の方がいいのではないか――と。

離れているからこそ生まれてくる猜疑心《さいぎしん》。それはどんどん膨《ふく》れ上がり、梓を不安にさせた。

そのたびに結婚指輪を握り締めて耐えた。和久が自分のために選んでくれた指輪。赤い糸なんて信じていない梓も、この指輪は彼の指輪と繋がっていると己《おのれ》に言い聞かせたのだ。

「だから……、だから私は今がとても幸せなの」

隣で寝ている夫の寝顔を見て理由もなく涙が零れるほどに。

「和久が傍にいてくれるだけでいいの。子供がいてもいなくても、つましい暮らしをしたとしても、私は幸せになれるの。――ありがとう」

ありがとう。私を選んでくれて。私のために全てを捨ててここまで来てくれて。

梓は彼の逞《たくま》しい胸板に顔を乗せて目を閉じる。抱き締め返してくれるのが嬉しくて、自然と笑顔になる。

しかしその瞬間、体がゆっくりと半回転して和久と上下が入れ替わった。梓に体重を掛けない位置で彼に見下ろされる。

「なに？」

見上げると至近距離にある秀麗な顔には、口角を吊り上げたお馴染みの微笑。過去に散々梓の心をざわめかせたが、今は温かな気持ちを胸に抱かせる。その裏になにかがあるとは感じられない慈愛の籠もった笑み。

「俺も同じだよ」

「え？」

「仕事を放り投げて、身一つで名古屋へ行こうかと何度も考えた。特におまえの仕事が忙しくて顔も見れなかった夜は」

二人は離れている間、インターネット電話で相手の顔を見て話をしていた。そうやって、結婚式や新居の打ち合わせも順調に済ませたのだ。

だが、どちらか片方でも時間が取れないと、それは叶わない。一緒に住んでいれば夜遅く帰ってきて相手が眠っていたとしても、顔を見ることはできるのに。

今すぐに会いたい。ただそれだけの理由で、和久は真夜中に車のキーを手にしたことがあるという。すでに飛行機も新幹線も止まっている時刻、移動手段は車しかない。しかも、大分県から名古屋まで十時間以上も掛かる長距離だ。だが、今から出発すれば昼には会える。そんな現実味のないことを何度も思ったらしい。

「だからこうして触れることができるのって、本当はすごいことなんだよな」

どちらかが欲望のまま突っ走ってしまったら、こんなにも素直に幸福を受け止めることはできなかっただろう。なんのために離れ離れになったのか、ということになってしまう。

夫の告白を聞いていると、涙が滲《にじ》んできた。彼も自分と同じく寂しさに耐えていたこと、そしてそれを必死に隠していたのだと知って。

耐えてよかったと心から思った。たった一度しかない人生で、これほど憂《うれ》いなく幸福を噛み締めることができる今が嬉しい。とてもとても嬉しい。

梓の目から、ほろりと流れ落ちる一滴の涙。和久はそれを吸い取り、柔《やわ》らかな唇にキスを落とす。

決して言うまいと、心の奥底に封じていた気持ちを吐き出した二人が見つめ合う。

「……嬉しい、和久」

「あぁ、俺もおまえを抱ける今が嬉しい」

そう言って和久の手が梓の胸に触れる。梓の体を熱くする動きに、熱い息が漏れた。

「私達って、んっ、もしかして、似たもの同士かもね」

「そうだろうな。だからこそ惹かれたんだろ」

和久の指先がすでに勃ち上がっている桃色の尖《とが》りをキュッとつまむ。ひくりと梓の体が震えた。

「あっ、はぁ……惹かれたって、体だけ？」

「馬鹿。だったら俺はここにいないだろ。もう黙ってろよ」

やがて和久は、梓の腹に体重を掛けないようにしながら動いた。自分の体に施《ほどこ》された愛撫と同じように、首筋にキスをして甘噛みする。

そして、己《おのれ》の分身を可愛がってくれた豊満な乳房を、両手で包み込んだ。思うように形を変えながら、先端にある突起を舐めては吸い付く。

「ふぁあっ、あぁん！」

「梓、好きだ」

「あっ、くわえて、喋《しゃべ》っちゃ、やぁっ」

「愛してる。ずっとこうしていたいぐらいだ」

「だからっ、だめぇ……！」

和久は梓の足や背中を舌で可愛がると、梓が握り締めている避妊具を優しく奪う。そして素早く自身に装着して、彼女のナカへ埋め込んだ。

「あぁぁっ！」

「ハッ、すごい」

一度もイかされることなく官能が限界まで高まっていたナカは、ドロドロに溶けていた。熱い粘膜で柔らかく、ときにはきつく締め上げて和久へ刺激を与える。

和久は己を制御しつつも、快楽を高める律動を彼女に刻み込む。梓は啼《な》きながらそれに応えた。

「ハァン！　アァッ、アッ、アッ！」

「あずさ……俺を見ろ」

梓が瞼《まぶた》を開けると、和久の色っぽい眼差しとぶつかる。

「はぁっ、かず、ひさぁ……」

「あずさ」

お互いに呼吸を乱し、名を呼び合い、快楽を分かち合いながら行為にのめり込んで同時に果てを見る。

やがて梓は和久へ寄り添い、息が整うと先ほどから考えていたことを言葉にした。

「あのね、和久」

「ん？」

「私、また貴方の故郷に行きたい」

本来なら出会うはずのない遠くに住まう自分達が、偶然を積み重ねて出会った土地。恋に落ちた懐かしい場所。愛する人が生まれ育った故郷。

和久は梓の言葉に微笑んで頷く。

「子供が生まれたら三人で行こう。親父たちも喜ぶ」

「うん。生まれるのは春ぐらいだから、過ごしやすい時期に連れて行こうね」

「そうだ、名前はどうする？」

「まだ早いわよ。性別だって分からないんだから」

二人は笑い合いながら様々なことを話し合った。今後の働き方や過ごし方など、将来の自分たちを思い浮かべて。

やがて訪れた微睡《まどろ》みの中で、二人は同じ夢を見ていた。

小さな光を自分たちの間に挟み、並んでどこかの景色の中を歩いている。

それはまだ見ぬ未来。でも確実に近付いている幸福な未来。

二人は共に見つめ合い微笑むと、その光へ手を伸ばす。すると、温かくて柔《やわ》らかな光が握り返してくれた。

そして、どこまでも続く美しい景色の中を、三人で歩き続けた。

この先にある新たな世界へ向けて。

書き下ろし番外編

誘惑の主導権

真冬の乾いた風に雪が混じる、非常に寒い二月のある日曜日。今日は和久にとって久方ぶりの休日だった。

税理士事務所の後継者として働く彼は、年末調整や確定申告の仕事が舞い込む今の時期が繁忙期だ。多忙を極めるため、休みなどあってなきが如《ごと》しとなる。休日出勤も当たり前。

その最中《さなか》にもぎ取った本日の休みは、実に貴重な一日だった。

妻の梓は破壊的な音響を撒き散らす目覚まし時計のアラームを止めて、疲労の色が滲む夫を好きなだけ眠らせる。昼に近い時刻で瞼《まぶた》を開けた彼に誘われ、温かなシーツの中で触れ合いを楽しみ、大きく膨らんだ腹部を愛しそうに撫でられる幸福を味わう。彼の好きなキリマンジャロコーヒーの芳香で睡魔を追い払い、やはり好物である厚焼き玉子を挟んだサンドイッチで空腹を満たす。風が止んで温かな日差しが降り注ぐ午後は、愛犬と共に夫に寄り添いながら散歩をする時間を楽しんだ。

平凡だが有意義で幸福な休日だった。

しかしその日の夕刻、梓はダイニングテーブルに置かれた大皿へ、山と積み上げられた唐揚げを目撃して目を瞬《またた》かせてしまう。山のように、との表現が過言でないほどの大量の唐揚げだ。食欲をそそる香ばしい芳香を放つ、実に美味《おい》しそうな品であるが、大皿からはみ出しそうな状態で盛られているのはちょっとおかしい。梓のせり出した腹部がテーブルに触れて振動を与えてしまえば、幾つかの唐揚げが皿から零れ落ちそうなほどだ。

彼女は困惑を顔中に表して背の高い夫を見上げた。

「えっと、これは何？」

「唐揚げだけど」

「見れば分かるわよ。そうじゃなくて、こんなに買ってどうするのよ！」

何を当たり前のことを言っているのかと、整いすぎた美貌の夫を睨み付ける。

共働き夫婦である梓と和久は、家事を分担していた。とはいってもどちらが何をするのかをキッチリ決めているわけではなく、お互いの状況を見ながら出来ることをやるというスタイルだ。

そのため妊娠八ヶ月を過ぎた頃から産休を取得した梓の方が、現在は家事を担う部分が多い。しかしそこは妻想いの夫なので、大きなお腹を抱える彼女を案じて、本日の夕食は自分が用意すると主張した。

彼は夕刻になると具沢山の味噌汁とサラダと煮物を作り、炊飯器のボタンを押してからウキウキと外出した。そして大量の唐揚げを梓の前に積み上げたのだ。

彼女はその茶色い塊を見つめて複雑な心境を抱く。別に唐揚げを買ってきたことは構わない。自分も好きだから。しかしここまでの量が必要だろうか。もうちょっと少なくてもいいのでは、と首を捻《ひね》ってしまう。

梓はここで、無意識のうちに突き出た腹部を撫でて溜め息を零した。

今現在、妊娠期間は九ヶ月目に入っている。この時期の妊婦は大きく育った胎児に下から胃を圧迫され、食事は少量しか取れない。梓も例に漏れず、食べたくても食べられない状況に苦しむことがあった。そんな自分の前に大量の唐揚げをドカンと置かれれば、さすがに心中穏やかではない。

鬱屈《うっくつ》が混ざった梓の溜め息に気付いた和久が、不思議そうな声をかけてきた。

「あれ、おまえって唐揚げは好きじゃなかったか？」

「そんなことないけど……、これって一度に食べるつもりじゃないわよね」

「まさか。余ったら明日俺が食うよ」

「……そこまで唐揚げ好きとは知らなかったわ」

「うん、好きってのもあるけど、懐かしくって」

「え？」

　和久曰《いわ》く、この唐揚げは大分県中津市の味を再現したものらしい。中津市とは、彼の実家がある宇佐市の隣に位置する町だ。彼の地元の味を提供するこの店を、仕事で外回りの最中に偶然見つけたと話す。

　それを聞いた途端、梓の胸の裡《うち》に拡がっていた負の感情が急速に萎《しぼ》み、代わりに罪悪感がどんどん膨らんできた。

「故郷の味なんだ……」

「そう。これ旨《うま》いんだぞ。食べようぜ」

　いそいそとダイニングテーブルにつく和久につられて梓も着席する。だが箸を持ち上げたまま、それ以上は手が動かない。湯気を立てる出来立ての唐揚げにカボスを絞った和久が、妻の様子に気付いて眉を顰《ひそ》めた。

「どうした？」

「あの、ごめん……怒鳴ったりして」

「へ？」

　梓がしょげている意味を本気で理解できない様子の彼へ、梓はおずおずと心情を吐露した。彼に抱いたかすかな不満と、すぐに反省したことを。言いにくそうに話す妻を見て、和久は声を上げて笑い出した。

「そんなこと気にするなよ！」

「うん、まあそうなんだけど……」

喧嘩とも言えないどこにでもある夫婦の会話だ。いちいち深刻に捉える自分の方がおかしいとの自覚がある。体の変化に合わせて情緒も不安定になっているので、マタニティブルーかもしれない。

大きく膨らんだお腹から胎動を感じて幸福を味わうときもあれば、出産に対する恐怖や、子どもをきちんと育てられるのか、との不安もある。

おまけに梓には和久に対して引け目があった。跡取り息子であった彼に故郷を捨てさせたうえ、この地へ呼び寄せた引け目が。

梓は、彼の郷愁に気付けなかったという察しの悪さに、しょんぼりと項垂《うなだ》れる。肩を落としていると、和久が唐揚げを箸でつまんで梓の口元へ近付けてきた。

「ほらほら、しょげてないで食べなさい」

子どもをあやすような口調で、唐揚げを差し出してくる。彼の顔には笑みが浮かび、優しい眼差しで妻を見つめていた。その様に安堵を覚えた梓は素直に口を開く。

カボスエキスが染みた香ばしい唐揚げは、表面がカリッとしているのに中身がものすごくジューシーで、噛み締めるたびに肉汁が溢れてくる逸品だった。ほんのりと香るにんにくの風味も鶏肉にとても合う。

「わあ、美味しい、すごく」

「だろ？」

まるで自分が褒められたかのように微笑む和久の表情に、梓もつられて微笑を浮かべる。

懐かしい味をほおばる夫の様子がとても嬉しくて、ようやく梓も少しずつ食事を食べ始めた。


その後、唐揚げと共に和久が買ってきたプリンをいただき、リビングへ移ってからはソファに並んで一緒にマタニティ雑誌などを読む。最近の話題は生まれてくる子供の名付けについてだった。

男の子だと分かっているため、命名辞典や名付けの本を図書館で借りてきては、ああでもないこうでもないと話し合う。子供が生まれてからはゆっくりする時間などないことを、義理の妹である希和子を見て互いに知っているため、この時間を噛み締めるように過ごす。

ピッタリと寄り添って囁《ささや》くように会話を交わし、ときどき唇を触れ合わせてはじゃれ合いのような甘い時間を楽しむ。このソファはベッドに次いで睦《むつ》み合う時間が長い憩《いこ》いの場だった。

妊娠が分かる前はここで押し倒されるときもあったし、妊娠が分かってからも体を労わりつつ仲良くしたことが多い。梓は悪阻《つわり》などの肉体的な変調がかなり少ない妊婦であるため、お互いに体の様子を探りながら二人きりの時間を大切にしていた。

しかしさすがに妊娠後期となれば、大きなお腹に動きを制限されて仲良くする時間も減少する。もちろんスキンシップは欠かしていないものの、それだけでは済まないのが男の性《さが》ではないかと梓は思う。熱心に名付けの本を読む、夫の端整な横顔を横目で見つめる。

——男の子なら逞《たくま》しい印象の名前や、凛々《りり》しい感じにした方がいいかな。

以前、そのように話していた彼は、広げた本の上にメモ用紙を置いて書き込みをしながらページをめくっていた。彼の感性に触れた名前をピックアップしているようだ。

梓は紙に触れる彼の長い指を目で追い、ときどき考え込む際に顎へ添える拳《こぶし》を見つめる。

自分は彼の手が好きだ。恋人繋ぎをするとき、捕らえるかのようにガッチリとつかんでくる長い指、書類をめくるときに邪魔だからとの理由で短く揃えられた爪、己《おのれ》の体を軽々と持ち上げる掌《てのひら》。その全てにどうしようもないほど惹かれる。

あの手に触れたい。あの手に触れて欲しい。

ここ最近、彼の多忙と己の変化が相まって、あの手が生み出す官能から遠ざかっていれない。妻想いの和久のことだ、母体と胎児を慮《おもんぱか》って積極的な行為は自制しているのかもしる。

それがとても寂しいと、梓は不意に思った。誘蛾灯《ゆうがとう》に誘われる蛾のように、視線が夫の手へ吸い寄せられる。するとしばらくして和久が押し殺した笑い声を漏らした。

「あんまり見られると、気になるんだけど」

「……ごめん」

クスクスと面白そうに笑う彼は、膝の上の本をメモ用紙ごと閉ざしてテーブルの上へ置き、妻の肩を引き寄せ額同士を合わせる。

「おまえにならいくら見られても構わないけど、何か気になった？」

「手が……」

「手？」

「触っても、いい？」

一瞬だけキョトンとした表情になった和久だが、すぐにお馴染みの唇の端を吊り上げる笑みを浮かべて頷く。耳元で、「おまえにならいくらでも」と囁《ささや》いたのは絶対にわざとだ。

梓は、紅色に染まっているだろう己の顔を包む彼の右手へ、愛しげに頬ずりをする。唇のすぐ傍にある節くれだった親指に口付けを贈り、根元へと細かく吸い付いていく。目を閉じて指の股へ舌先を伸ばし、瞼《まぶた》の裏側に夫の分身を思い浮かべ、くすぐるように舐め続ける。彼を悦《よろこ》ばせる夢想の中で指を愛撫していく。

「……なんか、クるな、これ」

切ない響きに瞼を上げれば、ここ最近、ご無沙汰になっていた情欲を秘める眼差しが己《おのれ》を貫いていた。夫の欲望に火を点けることが叶ったと、満足した梓は彼の親指をぱくりと咥《くわ》える。

爪と皮膚のわずかな隙間を舌でなぞり、まんべんなく唾液をまぶして口腔全体でしゃぶる。ねっとりとした舌使いを執拗《しつよう》に続けていると、指を食べられたままの和久が顔を近付けてきた。

「おまえさ、さっきのこと引きずっているだろ」

「……ふぁ？」

指を咥えているため声が出せない梓の疑問を読み取って、和久は唇を妻の耳朶《じだ》へ押し付け、笑いを含ませた声を直接注ぎ込む。

「メシのときにしょげてたこと。おまえが積極的になるのって、俺に対して落ち込んだ後が多い」

「え」

にゅるり。驚愕で半開きになった口から親指が逃げていく。予想外のことを言われた梓は目を見開いて夫を凝視した。相手はこちらの反応を見て面白そうに笑っている。

全く自覚はなかったけれど、なんとなく心当たりがある指摘に梓は恥じ入り、両手で紅潮した顔を隠した。

「ごめん……」

「なんで？　俺はどんなきっかけでも嬉しいんだけど」

弱々しい梓の声に対し、和久の声は本当に喜悦を含んでいる。彼は慰めるように妻の背中を大きく撫でると、その掌《てのひら》を小ぶりの尻へと移す。大きなお腹を圧迫しないように抱き締め、ゆったりとしたスカートをたくし上げて太腿の柔らかさを堪能する。やがてその手が上へ移動し、膨らんだ腹部の脇をそっと撫でた。

「妊婦プレイもいいからね」

「ばか……」

「だって期間限定だろ」

クックッと笑いながら馬鹿なことを言うのは、もしかしたらこちらの気分を変えようとしているのかもしれない。梓は照れながらも夫の気遣いに感謝し、片腕を彼の逞しい首に絡め、空いた手の指で唇の輪郭をなぞる。その指先を下ろし、頬と顎を滑って喉仏をくすぐり、鎖骨を隠すシャツをぐいっと引っ張る。

前屈みになった和久が妻の唇を封じた。慈《いつく》しむような優しく啄ばむキスが降り注いでくる。

以前は激しい夫婦の営みを好んだ彼だったが、妊娠が分かってからというもの、労わりを含む慈愛を込めた動きに変わった。それをやや物足りなく感じるときもあるけれど、大切にされていることを如実に感じて嬉しい。

梓はやがてもぐりこんできた舌に自分の舌を絡め、ゆったりとした深いキスを交わす。少しずつ熱を帯びていく己《おのれ》の体を知覚して、彼の頭部を両腕で包んだ。唇が離れた途端、頬を夫の秀麗な顔へピタリと寄せて頬ずりする。触れ合う皮膚から彼が笑うのを漣《さざなみ》のように感じた。

「いいね、おまえに甘えられるのって」

「……そう?」

「ああ。すごくいい気分になれる」

「私、和久に甘えっぱなしな気がするけど」

「そんなことないぞ」

おまえはしっかりしていて、全部自分のことは自分で済ますから、あまり頼ってくれないのが寂しい。

と、和久は軽口を叩くような口調で話す。そのように思っていたなど知らない梓は意外な印象を抱いた。

「そりゃ大人だから、そうそう甘えやしないでしょ」

「他人のことなんか知らねえよ。俺は梓をもっともっと甘えさせて骨抜きにして――」

俺なしでは生きられないようにしたい。耳元で囁《ささや》かれた色っぽい艶《つや》のある声と、あからさまな独占欲に梓の胸が高鳴った。全身が火照《ほて》るように熱い。

こんなにドキドキしていては、和久へときめいていることがお腹の子にばれてしまいそう。

恥ずかしさから、夫の首筋に顔を埋《うず》めてギュッとしがみ付いた。

「梓、顔を見せろ」

彼の温かな肌に接したまま、ふるふると首を左右に振る。だが拒否を表す妻の羞恥《しゅうち》を彼はものともしない。

「おまえの首、真っ赤。せっかくだから赤い顔も見せてくれよ」

梓が再び首を振ると、少し考え込んだ和久は彼女の耳元へ唇を寄せて、「くぅーん」と愛犬を真似る声を出した。一瞬、その可愛らしい声に驚いた梓の目が真ん丸く見開かれ、しがみ付いていた腕の力が抜ける。その隙を突いて和久に体を引き剥がされた。

「あっ！　ずるい！」

「おまえの負け」

悪戯《いたずら》が成功したような表情で微笑む彼が、赤くなった梓の目元を優しくなぞり、瞼《まぶた》にそっとキスをする。次いでこめかみへ、頬へと唇を滑らせてから、耳朶《じだ》へ吸い付く。

「ときに梓」

「ん？」

「ここは暖房が利いていても薄着になれば寒い。毛布を被らないか？」

スマートな誘い方に梓は照れながらも頷いた。そっと手を引かれて立ち上がり、腰を抱かれて寝室へ向かう。

ストーブの前で暖を取っていた仔犬が主人たちの動きを察して顔を上げたが、寝室へ向かう二人分の後ろ姿を認めて大人しく眠りの世界へ戻る。和久は寝室の中へ絶対に愛犬を入れないのだ。

成人指定のシーンは子どもには早すぎるだろ。と彼は笑って理由を話したことがある。だが本音では妻と愛を交わす時間に乱入されたくないだけだと、梓は分かっていた。

リビングより気温が低い廊下を足早に通り過ぎ、後ろ手に寝室の扉が閉められる。パタン、とかすかに響いた音は、二人だけの時間が始まる甘い合図だった。

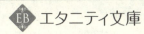

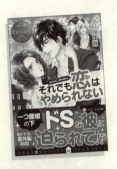

会社では、バリバリのキャリアウーマンを演じている愛果《あいか》。だけど会社を一歩出れば、ビン底眼鏡を装着し、アニメや乙女ゲーに興じる完全なオタク。そんな姿が天敵である会社の同僚にバレてしまった！ 彼はバラされたくないなら、俺と付き合え、と言ってきて…!? オタクな彼女の恋愛経験値ゼロから始まるラブストーリー！

6判　定価：640円＋税　ISBN 978-4-434-20071-7

訳あって、ひとまわり以上も年上の
相良《さがら》と十六歳で結婚した香奈。
相良は小さい頃から憧れていた相手。
身も心も彼のものに！
と勢い込んでみたものの一向に手を出して
もらえない。そしてそのまま早九年。
ところがある日、旦那さまから愛の告白が。
溺愛夫に豹変した彼はついに……!!

B6判　定価：640円＋税　ISBN 978-4-434-19917-2

恋愛小説「エタニティブックス」の人気作を漫画化!

Eternity COMICS
エタニティコミックス

俺様上司の野獣な求愛。

ラスト・ダンジョン

漫画：難兎かなる　原作：広瀬もりの

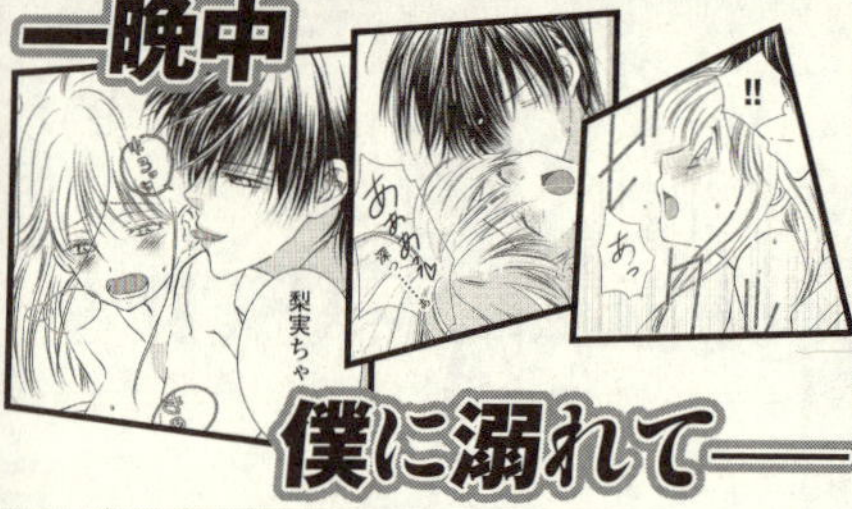

B6判　定価640円+税
ISBN 978-4-434-19592-1

大人の恋愛 教えてやるよ

乙女のままじゃいられない!

漫画：流田まさみ　原作：石田累

B6判　定価640円+税
ISBN 978-4-434-19664-5

http://www.eternitybooks.com/
エタニティブックスは大人の女性のための
恋愛小説レーベルです。
Webサイトでは、新刊情報や、
ここでしか読めない書籍の番外編小説も！
〜大人のための恋愛小説レーベル〜
エタニティブックス
ETERNITY
エタニティブックス
ETERNITY
Rouge
いますぐアクセス！
エタニティブックス
検索
http://www.eternity-books.com/
Web漫画も好評連載中！
単行本・文庫本・漫画
好評発売中！
エタニティブックスの
人気小説が続々コミック化！
随時大好評連載中！

恋の王子との結婚に胸躍らせる小国の王女アン
エッタ。しかし、別人のように冷たく変貌した王
は、愛を告げるアンリエッタを蔑み乱暴に抱いて
る。王子の変化と心ない行為に傷つきながらも、
する人の愛撫に身体は淫らに疼いて……。
憎渦巻く王宮で、秘密を抱えた王子との甘く濃
な運命の恋！

価：本体1200円+税　　Illustration：涼河マコト

パン屋を営むアニエスと魔法使いのサフィールは結婚して一年の新婚夫婦。甘く淫らな魔法で悪戯をしてくる旦那様にちょっと振り回されつつも、アニエスは満たされた毎日を過ごしていた。だけどある日、彼女に横恋慕する権力者が現れて——？

新婚夫婦のいちゃラブマジカルファンタジー！

定価：本体1200円+税　Illustration：泉渼てーぬ

本書は、2013 年 6 月当社より単行本として刊行されたものに書き下ろしを加えて文庫化したものです。

エタニティ文庫

恋愛《れんあい》イニシアティブ

佐木《さき》ささめ

2015年 2月 15日初版発行

文庫編集－橋本奈美子・羽藤瞳
編集長－塙綾子
発行者－梶本雄介
発行所－株式会社アルファポリス
〒150-6005 東京都渋谷区恵比寿4-20-3 恵比寿ｶﾞｰﾃﾞﾝﾌﾟﾚｲｽﾀﾜｰ5階
TEL 03-6277-1601（営業） 03-6277-1602（編集）
URL http://www.alphapolis.co.jp/
発売元－株式会社星雲社
〒112-0012東京都文京区大塚3-21-10
TEL 03-3947-1021
装丁イラスト－くつした
装丁デザイン－ansyyqdesign
印刷－株式会社暁印刷

価格はカバーに表示されてあります。
落丁乱丁の場合はアルファポリスまでご連絡ください。
送料は小社負担でお取り替えします。

ISBN978-4-434-20202-5 C0193